Erschienen im Jubiläumsjahr 1987
bei Klett-Cotta

JÜRGEN ALBERTS

LANDRU

Roman / Klett-Cotta

»Die zwei obersten Grundsätze: Was das Volk nicht weiß,
macht das Volk nicht heiß.
Was man dem Volk dreimal sagt, hält das Volk
für wahr. Aufgabe: Dem Volk
eine schlechte Nachricht vorzutragen? Auf-
lösung: Man schweige davon, bis sich die Umstände
geändert haben. Inzwischen unterhalte man
das Volk mit guten Nachrichten; entweder mit wahr-
haftigen oder mit solchen, die erstunken und
erlogen sind: sobald sich die Umstände geändert haben
und irgendein Vorteil errungen worden ist:
gebe man eine pomphafte Ankündigung davon und an
ihren Schwanz hänge man die schlechte Nachricht an.

(Heinrich von Kleist, »Lehrbuch der französischen Journalistik«, in den *Berliner Abendblättern*, 1810)

1

Als Paul Block auf den Koffer sah, den er neben dem Doppelbett abgestellt hatte, wußte er, daß er sicher an einem falschen Ort angelangt war. Der Portier fragte ihn, ob er wirklich in diesem Hotel abzusteigen gedenke, und spielte damit auf seinen dunkelblauen Tweed-Anzug an, aber er wollte sich das »Crillon« nicht mehr leisten, nicht mehr dazugehören, nicht so tun als habe sich nichts verändert, auch wenn er sich heimlich davongestohlen hatte, Gleisdreieck, Potsdamer Platz, Möckernbrücke, das lag jetzt alles hinter ihm, kam ihm vor wie ein anderer Kontinent, aus dem er nur diesen Koffer hatte mitbringen dürfen. Im schmierigen Spiegel über dem Waschbecken sah er aus wie ein unrasierter Urlauber, tiefe Ränder unter den Augen, er kühlte sich die Stirne und die Schläfen, Migräne-Anfall, der ihn seit der Gare du Nord quälte, ein Freund hatte ihm das »Esperia« empfohlen, er wollte es ausprobieren, in der Gewißheit, daß er wohl längere Zeit hier verbringen mußte, längere Zeit, ist das ein Monat, zwei, wer kann das sagen, sie hatten sich alle verspekuliert, waren überrascht worden, wie von einem Sommerschauer, aber er war in Paris, seiner Lieblingsstadt, er hätte nirgends sonst hinfahren wollen, hier war er jemand, hier gab es Freunde, er versuchte sich auszurechnen, wie oft er bereits in dieser Stadt gelebt hatte, wenn er alles zusammenrechnete, mehr als ein Jahr, die Kollegen neideten es ihm, eine Ehre, unser Mann in Paris, so wenig Wert er anfangs darauf legte, aber immer wenn er keine Lust mehr hatte in der Redaktion festzusitzen, wie er das nannte, dann bat er Markwardt um Paris-Korrespondenz, argwöhnisch betrachtet von seinen Kollegen, die ihn deswegen einen Schleimer nannten, ein Schaf im Wolfspelz, hatte er zu Andrea gesagt, als sie ihn auf den Widerspruch zwischen seinem privilegierten Beruf und seiner kaum dazu passenden politischen Überzeugung ansprach. Wenn er im »Crillon« abstieg, das Feinste war gerade gut genug, dann war er der kosmopolitische Berichterstatter einer Zeitung von internationalem Ruf, dann hatte er das Auftreten jener, die er im geheimen, aber auch in Artikeln verspottete. Der Spiegel über dem Bett zeigte den Auswanderer Paul Block, unschlüssig, in der Entfernung stehend, die Weste aufgeknöpft, aber nicht bereit, den Koffer auszupacken, der fast jeden Tag neu gepackt worden war, er hatte Andrea gedrängt, daß der Koffer bereitstand, konnte kein Abreisedatum nennen, manche seiner Freunde waren gewarnt worden, er hatte davon gehört, wie ein unbezahltes Möbelstück hatte der Koffer in dem geräumigen Berliner Salon gestanden, an einigen Ecken konnte man Spuren sehen, diesmal war der Koffer unbeschädigt angekommen, Andrea sollte Block in der Redaktion ein paar Tage mit Migräne entschuldigen, wie üblich, Markwardt wußte dann schon Bescheid, später sollte sie sagen, er hätte sich zur Recherche einer brisanten Geschichte in den Süden des Reiches begeben, das genügte, um ihn für ein paar Wochen unauffindbar zu machen, bis Andrea die wichtigsten Sachen eingepackt hatte und mit Visum nach Paris kam, nächtelang hatten sie das so besprochen, leise, als seien die Lauscher bereits an der Wand, Paul Block hatte zu ihr gesagt: »Wenn einer Jude ist, dann weiß er, wann er das Land verlassen muß, das wissen wir seit mehr als tausend Jahren, deswegen der stechende Blick und die langen, krummen Nasen«, wie auf Urlaub war er ausgewandert, hinein in ein Hotelzimmer mit Blick auf die Place de la Bastille, und es war laut, wenn die Autos vorbeifuhren, er öffnete das Fenster, ein idealer Ort, um eine Ansprache zu halten, dachte er, an welches Volk?

Esperia, 21. 2. 1933

Seitdem ich auf dem Anhalter Bahnhof das 1. Klasse-Schlafwagen-Abteil betreten habe, denke ich an Andrea. Ich hätte sie nicht zurücklassen dürfen. Der SA-Mann, dem ich meinen Paß geben mußte, grüßte mit dem völkischen Heil, ich murmelte etwas zurück, er blätterte kaum interessiert in der Fleppe. »Schreiben Sie was Gutes über uns!« sagte er zum Abschied, wieder den Führer heilend. Das kann ich ihm versprechen, ich war froh, als ich die ersten französischen Laute hörte. Die richtigen Klassenkämpfer sollten erster Klasse reisen in diesen Tagen, das nützt.

Wie spät ist es, dachte Paul Block, als es heftig an die Tür klopfte.

»Paul, Paul, open!«

Er zog sich eins von den gestärkten Oberhemden an, streifte die Anzughose über und drehte den Schlüssel.

Max.

Er zögerte. Sie vergewisserten sich, daß es keine Verwechslung war.

»Du hast dich kaum verändert«, sagte Block, während er sich die Zähne putzte.

»Du weißt nicht, wovon du redest, Paule«, erwiderte Max, der in seinem gefütterten Trenchcoat an der Tür stehengeblieben war.

»Woher weißt du, daß ich in Paris bin?«

»Connections, war ganz einfach, ich bin die große Ohr vom Cirque, wenn die Leut wisse wollt, was sich passiert, haben sie mich gefragt. Max, der Ohr.«

»Das Ohr, Max.«

Auf jeden Fall hatte der Clown sein Esperanto nicht verlernt, in den letzten zehn Jahren, solange hatten sie sich nicht gesehen. Cirque d'Hiver, 1923. Grocks großer Erfolg mit seinem Partner Max.

Während Block sich anzog, erzählte Max eine wilde Geschichte aus dem Zug. Die ganze Nacht habe er nicht schlafen können, weil im Nebenabteil eine größere Orgie stattgefunden habe, mindestens drei Frauen und ein Mann, ein Gestöhne, ein Gejuchze. »Ich wär beinah noch selbst rubergegange, aber ich wollt kein Korb tragen.«

Max, der Spaßmacher, dem immer nur komische Sachen passierten.

»Das hast du geträumt, Max, drei Frauen und ein Mann, das ist ein Traum, aber ein gewaltiger. Im Zug.«

Paul Block nahm seinen Mantel auf den Arm.

»Nein, nein, das ist Reality, kein Geschicht, nackte Reality.»

Als sie die Treppen hinunterstiegen, fragte Block: »Spielt ihr wieder im d'Hiver? Das ist toll. Wird sicher ein Erfolg.«

Max stoppte auf der Treppe, dann ging er langsam weiter.

An der Reception fragte Block nach Post, aber es war kein Brief von Andrea gekommen. »Sie bleiben?« fragte der bleiche Besitzer. »Sicher«, erwiderte Block.

Dann gingen sie die Rue de Rivoli hinunter, sprachen miteinander, als hätten sie sich gestern erst getrennt. Vertraut auf eine Weise, die Block spürte wie ein Streicheln der Haut, wie eine andauernde Umarmung. Am Kiosk kaufte er sich die »Humanité«, Max sagte, er könne keine Zeitungen mehr lesen, sie seien zu niederschmetternd.

Es war ein warmer Morgen, viel zu warm für die Mäntel, aber die beiden Männer behielten sie an, als glaubten sie nicht recht an das Wetter.

Max sprach unaufhörlich.

»Wir spielten mal in Tivoli Hall, und ich spielte auf die Geige, das war in die sechste Woche von mein Engagement mit Grock, ich spielte mein Solo, und dann fängt das Publikum an zu lachen, ich dreh mich um, da sitzt Grock am Klavier, um mich, um mir zu begleiten, und er macht Grimassen mit dem Publikum, die haben sich gelacht, und ich denke, was ist los, hab ich meine Hose auf oder mein Hemd raus, das kann passieren, in der Mitte von mein Solo, ich hab eine Wut bekomme, ich schlag ihm mit die Bogen auf den Kopf, head. Naturalmente hat er ein Perück gehabt, aber eine weiche, hatte ihm natürlich wehgetan. Er zieht die ganze Deckel von der Klavier da raus und wollte mich verhauen. Ich lauf naturalemente in die Kulisse weg, kennst du ja, und komm zurück, er wieder am Klavier, Hut auf dem Kopf, head, ich sag ganz ruhig: darf man hier ein Concert geben mit die Hut auf, ja, sagt er, aber schlagen Sie mich nicht mehr. And in the end von die Nummer kommen wir in die Garderobe, ich gebe ihm mein Kündigung. Sagt er, in schlechtes Englisch, warum nach sechs Woche. Ja, sag ich, das brauch ich nicht, ich bin bekannt in London, als gute Geigenmann, hab immer mein Brot verdient, daß die Leute da lachen, hab ich nicht nötig. Nimmt er mir by die shoulder und sagt: Komm, Charly, das Musik ist sehr schön auf die Bühne, aber das Publikum muß lachen, die haben bezahlt für Lachen. Wenn wir fünfzig Lachen haben, dann ist unsere Nummer 50 Pfund wert.« Block kannte die Geschichte, aber er wollte Max nicht unterbrechen, wollte warten, bis er sich ausgeprustet hatte.

Als sie das Seine-Ufer erreicht hatten, sagte Block: »Wann fangt ihr an zu gastieren?«

Max blieb ein paar Schritte zurück, zog sich den Mantel aus, er war ins Schwitzen gekommen.

»Paris hat sich gechanged?« Max wischte sich die Tröpfchen von der Oberlippe.

»Ja, gechanged. Für mich auf jeden Fall, Max. Ich sitze im Hotel, laufe durch die Stadt, als würde ich sie zum ersten Mal sehen, lese viel, warte.«

»Worüber?«

»Auf Andrea, oder, daß ich wieder zurückkann, oder, was weiß ich denn.«

Auf dem hellen Wasser glitt ein langer Schlepper dahin.

»Wann kommt dein Partner, Max?« Block freute sich darauf, denn vielleicht war der Cirque jetzt genau das Richtige für ihn. Als sie sich Anfang der zwanziger Jahre kennengelernt hatten, war er fast jeden Abend in der Vorstellung gewesen.

»Er kommt . . .«, Max stockte.

»Was ist los, was hast du?«

»Er hat mir rausgesetzt.«

»Was? Grock?«

»Ich bin ein Jud, das ist jetzt schwierig in Deutschland, der Lolé, sein Schwager, spielt jetzt wieder mit ihm. Aus. It's over.«

Paul Block glaubte, Tränen zu sehen, aber Max weinte nicht.

»Ich hab ein Haus in Genf, wenn du willst, du kannst kommen, jedezeit, ich geh erst nach Genf, you understand.«

Block hatte nicht gewußt, daß Max, den er immer für einen Engländer mit einem holländischen Namen gehalten hatte, ein englischer Jude war. Er drückte ihn an sich.

»Jetzt sind wir beide draußen.«

Max lachte, leise: »Draußen sein, hat man Möglichkeit wieder reinzugehen, wenn du drin bist, ist aus, kein Möglichkeit.« Und dann spielten sie am Seine-Ufer, neun Uhr morgens, das Entrée der Nummer. Paul Block versuchte sich an den Text zu erinnern, die ersten Sätze, fragte nach einem Job als Musiker, zählte die Instrumente auf, die er spielen konnte, aber einen Trompeter brauchten sie nicht, und manchmal, wenn die Antwort für den dummen August paßte, dann sagte er:

»Ich bin ein Jud, mein Herr.«

Max spielte seinen Part, der große Geiger, der einen Begleiter sucht, sehr distinguiert, immer die Nase nach oben gerichtet, der serious man in der Nummer: »Schade, daß ich mein Geig nicht dabei hab.«

Sie ließen sich auf eine Bank fallen, um Luft zu schöpfen.

»Anfang war mir greulich, wie ein Überfall auf dem Kopf, dann war ich froh, weil immer die Spannung mit ihm, jetzt weiß nicht, mal sehen, vielleicht mach ich ein eigen Nummer.«

Block bat ihn, wenigstens ein paar Tage in Paris zu bleiben, sie könnten jeden Tag einmal die Zirkusnummer spielen, damit er nicht aus der Übung komme, zusammen würden sie bestimmt viel Spaß haben.

»Spaß kann ich brauche, Paule, viel Wirbel, viele Spaß.« Sie rannten los.

Drei Stunden später saßen sie im 20. Arrondissement in einem kleinen italienischen Restaurant »Bar da Pippo« und tranken Grappa.

»Es wird mir eine Freude sein«, sagte Paul Block, »wenn ich dir die Stadt zeigen kann. Ich kenne mich hier aus.«

»Ich auch, im Cirque.«

Eine Speisekarte gab es nicht, der Wirt zählte die Gerichte auf: Schweinefüßchen mit Erbsen, Schweinebauch in grüner Sauce, Schafskopf gegrillt à la mode Landru.

Block lachte: »Aber bitte ganz lange ziehen lassen.«

Der Wirt notierte.

»Nein, nein«, Block schüttete Grappa nach, »bringen Sie uns zweimal doppelte Portionen Nudeln.«

»Grock hat ihn gesehen!« Max formulierte der ausgiebigen Zecherei zufolge sehr langsam.

»Wen?« fragte Block.

»Landru, den mit dem Schafskopf.« Max' Augen verdrehten sich.

»Ich hab ihn auch gesehen.«

»Wo? In Buenos Aires?«

»Nein«, erwiderte Block, »hier in Paris. Ich war sogar bei seiner Hinrichtung dabei.«

»In Buenos Aires?«

»Nein, in Paris, in Versailles. Salute.« Block hob sein Glas.

»Der ist doch gar nicht hingerichtet worden. Grock hat ihn gesehen, in Buenos Aires.«

»Kann er gar nicht, wann denn?«

Paul Block spielte mit, hoffte auf einen Lacher und ließ Max spinnen.

»In Buenos Aires.«

»Nicht in Paris.«

»Nein, in Buenos Aires.«

»Warst du dabei, Max?«

»Nein, da war Grock mit Allary. Bestimmt, er hat das schon häufiger erzählt. Landru war in Buenos Aires, you understand. Schafskopf!«

Paul Block fragte: »Und wann war das?«

»Das weiß ich nicht, vor ein paar Jahre, vielleicht 25, 26, da ware die in Südamerika, beide, on tour, und Grock hat den Landru da gesehen.«

»Und der Kopf saß noch auf den Schultern? Oder besser, wieder auf den Schultern, denn bereits 22 ist er guillotiniert worden.«

»Haben sie dann wieder aufgeleimt, you understand.«

»Quatsch«, Block stieß sein Glas mit der Hand um, »aber eine schöne Geschichte, nur kein Reality.«

»Vielleicht, may be.«

Das Essen kam. Es war höchste Zeit, den Suff zu stoppen.

Block fixierte Max, dessen Clownsmund breit genug war, um Gabel und Löffel gleichzeitig aufzunehmen.

»Ich hab Landru im Prozeß gesehen, hab zufällig darüber berichtet, und ein paar Monate später hat man ihm den Kopf heruntergeholt. Ich war ein bißchen spät, aber als das Beil fiel, war ich da. Ein scharfer Schnitt, hinein in den frühen Morgen.«

»Und meine Partner war in Buenos Aires, da saß Landru am Tisch mit die Spitzen der Gesellschaft, Banquet für dem großen Clown. Warum sollte Grock lügen?«

Für einen Moment war ein Mißverständnis zwischen ihnen, als sei der Sugo der Nudeln zu scharf gewürzt.

»Glaubst du es denn?« fragte Block.

»Vielleicht, may be«, erwiderte Max, »er hat viele Geschichten erzählt, die stimmten. Ich war oft dabei.«

»Aber nicht in Buenos Aires.«

Der Wirt kam an den Tisch, er hatte die grüne Karaffe nachgefüllt, Block legte die Hand über sein Glas.

»Lassen wir ihn entscheiden, Max?«

Der Clown nickte.

»Signore Pippo, lebt Landru oder ist er tot?« Block zog ein Geldstück aus der Tasche.

»Er ist tot.«

»In Buenos Aires lebt er noch.« Max ließ sich nicht beirren.

Block warf das Geldstück: »Kopf, siehst du, das heißt, er ist tot.«

»Sicuro«, sagte der Wirt, der schnell die Rechnung präsentierte.

Als sie das Restaurant verließen, waren sie beide so betrunken, daß sie sich gegenseitig stützen mußten.

Ihre Mäntel hingen an der Garderobe.

Café du Dome, 1. März 1933

Sie zündeln. Das Feuer, weithin sichtbar, um die Feinde mit Haut und Haar zu verbrennen. Der Feuerschein reicht bis über die Grenzen. Sie sind zu allem bereit. Seht her, wir zünden unseren eigenen Reichstag an, das ist uns die Sache wert, um die roten Ratten aus ihren Löchern zu holen. In vier Tagen ist Wahl. Lange kann das nicht dauern, wenn man jetzt schon zum Feuer greifen muß. Diese Luft konnte ich nicht mehr atmen, der Schwelbrand kann zu Erstickungen führen.

Kaum eine Nacht hatte Paul Block durchgeschlafen, mal war es zwei, mal drei, dann wieder fünf Uhr morgens, und er brauchte sehr lange, bis er wieder in den Schlaf fand, er saß im durchgelegenen Doppelbett und versuchte seine Gedanken zu verscheuchen, immer wieder die Bilder von Andrea, Anhalter Bahnhof, die gemeinsamen Ausflüge, ihr Lachen, das sich oft zu einer Grimasse verwandelte, der Schmerz, hilflos wanderte er am Tage durch die Stadt, um dann voller Energie im Hotelzimmer nichts zu tun, immer größere Entfernung zu all denen, die mit ihren jammervollen Geschichten in den Cafés zu renommieren suchten, das Leid, das Jammern, sicher, er hatte keine finanziellen Sorgen, solange Andrea ihn unterstützte, aber deswegen in Paris mit leichenbittrer Miene zu sitzen, er konnte dieses Leben nicht ertragen, freute sich, daß sein Französisch so gut war, daß er sich durchaus als Franzose ausgeben konnte, einmal hatte ihn sogar jemand wiedererkannt, mit dem er partout nicht reden wollte, Block erwiderte auf französisch, daß es sich wohl um eine Verwechslung handeln müßte, die Nachrichten aus dem Reich waren heißes Blei, das im kalten Wasser zu giftigen Formen ausfällt, es wäre sicher eine Aufgabe gewesen, dagegen anzuschreiben, aber es hätte sein Leben gekostet, und Block war kein Märtyrer, keiner von denen, die hocherhobenen

Hauptes ins Zuchthaus gingen und gestärkt wieder herauskamen, keiner von denen, die behaupteten, daß ein politischer Journalist mindestens einmal hinter Gittern gesessen haben müßte, die Nächte waren grausam, die Traumbilder mit offenen Augen, die irrigen Vorstellungen von Ereignissen, die ihn betrafen, gut, die Wohnung im Grunewald, die kann ich abschreiben, kein Problem, den Wagen wird Andrea mitbringen, schade um die schöne Bücherei, aber dafür wird in Paris sowieso kein Platz sein, gute Anzüge kann man auch hier kaufen, dann fiel ihm der verrückte Ernst von Kammer ein, der über die grüne Grenze vom Saarland gekommen war, sein fertiges Manuskript in die Hose eingenäht, in Paris trennte er die Nähte auf, warf die Hose weg, falsch, er hätte sie behalten sollen, denn sein Manuskript will im Exil niemand haben, ich mußte ihm Geld geben, ein Hallodri, die Nächte waren lang, auch wenn er durch spätes Einschlafen versuchte sie so kurz wie möglich zu halten, denn wachte er nach wenigen Stunden Schlaf auf, mußte er sich darauf einstellen stundenlang wachzuliegen, an einem Tag war er in der Bibliothéque Nationale gewesen, hatte geschmökert, hatte nach Leidensgenossen gesucht, fand ein Buch von Jakob Grimm, der im Dezember 1837 die Grenze Hannovers überschritt, des Landes verwiesen, eine alte hessische Bauersfrau begrüßte ihn und sagte zu ihrem Enkelkind: »Gib dem Mann die Hand, er ist ein Flüchtling!« Block hatte zwar Freunde gesehen, aber nicht Max, der schon in Genf war, die Nächte waren schlimmer als die Tage, diese Geschichte von Landru ging ihm nicht aus dem Kopf, warum erzählte Max solchen Unsinn, warum brüstete sich Grock mit diesem Lügenmärchen, hatte der bestbezahlte Clown der Welt es nötig, so etwas zu erfinden, um sich wichtig zu machen, war es Eitelkeit oder bloß Lust an einer merkwürdigen Phantasie, wer hat schon mal einen Wiederauferstandenen gesehen, und gerade Landru, sein Gesicht wie eine bärtige Billardkugel, wie er im Prozeß saß, schwieg, kapriziöse Bemerkungen machte, stets die Morde an Frauen verneinte, stets galant, ein Gentleman-Mörder, ein

Frauenheld, der seinerseits die Motten anzog, angeschwärmt, angehimmelt noch während des Todesurteilsspruchs, ein Schlächter, der kein Blut an den Fingern hatte, Paul Block war er immer wie ein nobler Nachbar vorgekommen, dem niemand solche Taten zutrauen würde, nie im Leben, warum sollte man den laufen lassen, die Nächte waren bösartig, weil sie entleerten Tagen folgten, kraftlosen Tagen, für die sie sich rächten, Block telegrafierte fast täglich nach Berlin, daß Andrea nun endlich kommen sollte, aber sie hielt sich bedeckt, immer wieder gab es Gründe, die Abreise zu verschieben, immer wieder gab es Mitteilungen, sie könne morgen reisen, Visum vorhanden, aber sie kam nicht. Die Nächte.

2

Die beiden alten Damen ergänzten sich in wunderbarer Weise, die eine konnte nur wenig sehen, die andere war fast taub. Beide ragten kaum hinter der erhöhten Verkaufstheke hervor, sie waren mit grauen Wolljacken angetan, hielten den Kopf ein wenig schief, sehr vorsichtig den Kunden nach seinen Wünschen fragend.

Paul Block hatte sich in dem Juwelierladen umgesehen, der draußen ein aufwendiges Schild trug: »Femina bijoux«, aber drinnen gab es nur zweite und dritte Wahl, und trotzdem priesen Sophie und Marie die billigen Schmuckstücke in höchsten Tönen, aus dünner Blattvergoldung wurde ein hochwertiges 999er, aus geschliffenem Bergkristall prachtvoller Edelstein und aus einem sichtbar neuen Ring ein edles Stück, das schon eine Hofdame bei Louis-Quinze getragen haben sollte.

Er hatte sich an diesem Morgen treiben lassen, war planlos durch Straßen gelaufen, vor Häusern stehengeblieben, hatte in Bars einen Express getrunken und Gespräche begonnen, ohne sie weiterführen zu wollen. Erst als er in der Rue Rochechouart stand, hatte er ein Ziel: in der Nr. 76 im Zwischengeschoß war die Wohnung von Landru, direkt über der »Femina bijoux«.

Paul Block unterhielt sich eine Zeitlang mit den beiden alten Damen, wobei diese Unterhaltung stets mit normaler Lautstärke begann, wenn Block eine Frage stellte, die dann mit voller Lautstärke Sophie mitgeteilt wurde, das besorgte Marie, und dann noch mit größerer Lautstärke von der Fast-Tauben beantwortet wurde: ein Auf und Ab von Phonstärken, ohne daß Block viel erfuhr.

Soviel wußte er, nachdem er sich mühselig eine ganze Stunde Gebrüll hatte gefallen lassen. Fernande Segret, die jugendliche Freundin, mit der Landru hier gelebt hatte, war früher Tänzerin gewesen, war eine Zeitlang in einem Cabaret beschäftigt, fast bis zur Exekution Landrus, dann hielt sie es nicht länger aus, sie sei verschwunden. Erst habe jemand behauptet, daß sie in den Orient gegangen sei, aber dafür könnten sie sich nicht verbürgen. Sie hätten ja von der ganzen Sache erst erfahren, als dieser Inspektor Belin draußen herumgeschlichen sei. Landru sei ein netter Mensch gewesen, so freundlich, er habe zwar nur einmal etwas erstanden, eine wunderschöne, uralte Granatbrosche für Fernande, aber von einem Streit der beiden oder gar Schlimmerem hätten sie nie etwas mitbekommen. »Und sowas hört man ja«, brüllte Sophie, die wußte, wovon sie sprach.

Immer wieder kamen die Leute von der Polizei, hätten nach Gegenständen gesucht, nach Knochen, hier im Haus, das sollte er sich mal vorstellen, unglaublich. Marie konnte sich gar nicht darüber beruhigen: »Hier im Haus, wirklich, aber gefunden haben sie nichts.» Für die beiden alten Damen war die ganze Sache ein Irrtum, aber vor Gericht wollte man sie ja nicht anhören.

»Dabei wären wir die wichtigsten Zeugen gewesen«, ließ Sophie verlauten.

Dieser Mann, den sie überall in den Schmutz gezogen haben, den sie mit Dreck beworfen und öffentlich verleumdet haben, den sie einen Mörder genannt und solange ins Gefängnis gesteckt haben, sei in Wirklichkeit ein Ehrenmann, jawohl ein Ehrenmann, gewesen. »Und Mademoiselle Segret war auch eine so nette Person, in der Zeitung hat immer ›Mätresse‹ gestanden, dabei sind die Leute nur neidisch gewesen, daß sie als junges Ding das Glück hatte, mit diesem Ehrenmann zu leben, einem Mann mit Erfahrung.« Die beiden Alten kicherten. Die Leute würden sich ja über alles das Maul zerreißen, so etwas sei nie über ihre Lippen gekommen, so eine Schweinerei nicht. Sie wären gerne im Gerichtssaal gewesen, als die Mademoiselle dort ausgesagt hat, sie sei dabei so schön ohnmächtig geworden, eine wunderbare Schauspielerin, für ihren Geliebten Landru sei sie zweimal ohnmächtig geworden, aber geholfen habe es nichts. Jedenfalls habe sie ihnen häufiger vorgespielt, wie sie im Prozeß in Versailles aufgetreten war. Dann wäre sie verschwunden.

»Und hat keinen Ton gesagt«, Sophie sprach wieder mit der ganzen Straße.

Paul Block überlegte, wie er sich diesem akustischen Hochtief entwinden konnte, er dachte daran, ein Schmuckstück zu erwerben, aber er fand in dem Plunder nichts Geeignetes. Andrea würde über ein solches Geschenk nur die Nase rümpfen.

Als die beiden Damen erfuhren, daß er von der Presse war, fragten sie, ob denn auch ein Bild von ihnen erscheinen würde. Block war verdutzt, er habe doch gar keinen Fotografen dabei. Dann solle er gefälligst einen besorgen, energisch bestanden Marie und Sophie darauf, daß er auf der Stelle einen Fotografen hole. Endlich würde die ganze Geschichte mal geklärt.

Café Mephisto, 12. Mai 1933

Wieder das Feuer, diesmal haben sie uns verbrannt. In Berlin hat der Hinkefuß Goebbels mit dem Hinkekopf uns den Flammen übergeben. Es waren nur kleine Scheiterhaufen für unsere Bücher, wenn sie alle Exemplare verbrannt hätten, dann hätte es sichtbarer lodern müssen. Was für eine Ehre unter den Verbrannten zu sein. So bekommt man Sauberkeit in die deutsche Stube, wenn erstmal unser jüdischer Schund ausgequalmt hat, dann kann wie Phönix die rassige Dotterblume aufblühen.

Viktor Arnell starrte aus dem Fenster: »Aber du wirst doch nicht nur privatisieren in Paris?«

Block zögerte mit der Antwort. Das muffige Redaktionsbüro im Gebäude der »Humanité« war gut geeignet für solche Fragen, die ihm sein französischer Kollege stellte. »Was soll ich denn tun, in Deutschland druckt niemand mehr eine Zeile von mir, weil ich jüdisch schreibe, und in Frankreich wollt Ihr mich doch auch nicht einstellen, oder irre ich mich da?«

Arnell, der fast zehn Jahre jünger als Block war, lächelte: »Ein Mann mit deinen Qualitäten, warum nicht?«

Sie hatten sich während Blocks Aufenthalten in Paris kennengelernt, Arnell ließ sich oft von seinem deutschen Freund Artikel redigieren, diskutierte mit ihm über Darstellung und Inhalte einer kommunistischen Zeitung. Dabei konnte Block in seinem »Berliner Tageblatt« längst nicht so offen berichten, häufiger hatte ihm Markwardt ganze Passagen herausredigiert. Arnell griff Block deswegen an, warum er sich das gefallen lasse.

»Ich werde Jean bitten, daß er sich für dich verwendet, wir könnten jemand gebrauchen, der gerade jetzt über Deutschland schreibt.«

»Ohne im Reich zu sein, wie soll das gehen?« Block war verwundert über Victors Blauäugigkeit.

»Es war ja nur ein Vorschlag.«

Paul Block sah sich den überladenen Schreibtisch seines Kollegen an, wollte wieder ein Gefühl für Arbeit bekommen, den Kontakt nicht verlieren. Wie gern würde er mit Arnell jetzt den Platz tauschen.

»Sollen wir zusammen Mittag essen?« fragte Arnell, um das Gespräch wieder in Gang zu bekommen.

»Ja, ich habe Zeit«, Block stand auf und nahm die letzte Ausgabe der Zeitung vom Tisch, spürte das Papier, roch die Druckerschwärze.

Sie gingen in ein kleines Bistro an der Ecke, das voller Journalisten war. Die tägliche Abfütterung, der Nachrichtenaustausch beim Vin rouge, ein Taubenschlag, nur schwer konnte man sein Gegenüber verstehen.

Paul Block überlegte, wie er auf seinen Wunsch zu sprechen kommen sollte, schließlich wollte er nicht in dieser Öffentlichkeit hinausposaunen, daß er sich für eine völlig abwegige Spur im Fall Landru interessiere, überhaupt, wenn er Arnell von seinem Verdacht erzählte, wer garantierte ihm, daß der französische Kollege sich nicht selbst daran machte, der Geschichte nachzugehen?

»Warst du nicht damals auch beim Landru-Prozeß?« fragte Block unvermittelt und brach ein Stück Baguette ab.

»Wie kommst du darauf?« erwiderte Arnell, der seinen Blick hob, um eintretende Journalisten zu grüßen.

»Nur so. Ich hab mich gestern daran erinnert, was wir damals für ungeheuerliche Berichte losgelassen haben. Meine Zeitung forderte jeden Tag mehr Zeilen darüber.«

Arnell grüßte jemand. »Beim Prozeß durfte ich nicht schreiben, das war Pierre, leider.«

»Wieso?« Block erinnerte sich an Pierre, einen langen, hageren Langweiler.

»Ich hatte im Laufe der Untersuchung gegen Landru zwei Kommentare verfaßt, die haben einigen bei uns nicht geschmeckt, und darauf wurde ich abberufen, wie das bei uns heißt.«

»Worüber ging es?«

»Paul, weißt du noch, was du vor zehn Jahren geschrieben hast? Sobald es die Schreibmaschine verlassen hat, muß ich an etwas anderes denken können, sonst wäre ich ein schlechter Journalist.«

Block nahm die Gelegenheit wahr: »Ich würde sie gerne mal lesen, meinst du, die lassen mich in euer Archiv?«

Viktor sog geräuschvoll Luft ein: »Da werde ich persönlich für sorgen, Paul. Für einen Freund.«

Das Bistro hatte sich geleert, die Mittagspause war vorbei, auch Arnell drängelte zur Kasse.

Als sie auf der Straße standen, sagte Arnell und hielt dabei Block am Arm fest: »Wenn du das Geheimnis lüftest, will ich aber auch dabei sein, das mußt du mir zusagen. Ich hab da eine Rechnung zu begleichen ...«

»Welches Geheimnis?« Block war erstaunt, was weiß Victor denn von dieser Geschichte.

»Der hat doch niemals zehn Frauen umgebracht. Justizirrtum, wurde ja auch verurteilt aufgrund läppischer Indizien. Warst doch dabei!«

Esperia, 18. Mai 1933

Die Kommentare von Victor sind kurios, schon einen Monat nach der Verhaftung zweifelt er die ganze Geschichte an.

6. Mai 1919

Zuerst die Namen: Landru! Gambais! Balzac glaubte an die Vorbestimmung von Namen, er wäre begeistert. Enigmatischer Zweisilbler: Lan-dru, hat etwas Beunruhigendes, André, ist ein strahlender Vorname, aber Landru hat etwas Tragisches. Und Gambais. Gleich zu Anfang hat man vom »Geheimnis von Gambais« geschrieben, ganz prophetisch. Ein Mann wird eines Kapitalverbrechens angeklagt, mit dem einzigen Motiv, daß er einen klingenden Namen hat. Man findet in Gambais keine Leichen im Garten. Um so besser. Das ist ein guter Beweis, ein starker Beweis. Um so leidenschaftlicher wird die Affäre.

In vielen anderen Gärten findet man auch keine Leichen, aber das ist nicht dasselbe, das würde gar nichts erklären. Man findet einen Zahn zwischen Laub. Wem gehört der Zahn? Wenn man einen Dinosaurier aus einem einzigen Rippenknochen rekonstruieren kann, dann dürfte es doch nicht so schwer sein, aus diesem Zahn eine Frau zu rekonstruieren.

10. Mai 1919

Ein alter Verführer soll ihnen die Heirat versprochen haben. Wie wundervoll. Die jungen und die alten, das stimuliert die Phantasie. Sie haben nur sein Automobil geliebt, denn er hatte ja eins. Wie verführerisch, sie haben es wohl im Automobil . . .

Ein Thema für einen Film, ohne Zweifel. Aber gab es nicht schon einen bei Gaumont, oder Pathé?

Vielleicht hat Landru auch nur nachgeahmt, was er bereits auf der Leinwand sah. »Die Geheimnisse von . . .«, Monsieur Pathé, haben Sie ein gutes Gewissen?

Besonders freundlich sind sie nicht im Archiv, aber sie lassen mich gewähren. Wenn ich kein Emigrant wäre ... jeden Tag kommt ein Kollege und fragt, was ich denn mit diesem verstaubten Fall will.

Rosenfelder ließ Block nicht lange im Zweifel: »Wir brauchen einen Nachrichtendienst, der sich offen gegen den Faschismus stellt, in allen seinen Spielarten, der schonungslos gegen die nationalen Erscheinungsformen kämpft, Herr Block. Deswegen ist so etwas wie meine Pariser Korrespondenz notwendig.«

Sie saßen im Hotelzimmer. Der schmalbrüstige, kleingewachsene Rosenfelder, dessen schwarzes Haar schon lichte Stellen zeigte, und der kraushaarige Vierschröter Block, der noch nie etwas von seinem Gesprächspartner gehört hatte.

»Womit wollen Sie dieses Nachrichtenorgan finanzieren?« fragte Paul Block, der sein Hemd aufknöpfte.

»Ich hoffe auf großzügige Spender, vielleicht später mal zahlen die Zeitungen für den Abdruck einzelner Meldungen. Aber das muß sich erst einspielen.«

Rosenfelders Stimme war brüchig, dünngeschliffenes Glas, ganz im Gegensatz zu seinem Optimismus.

»Und die Mitarbeiter, wovon sollen sie leben?« Block glaubte, mit diesen Fragen Distanz zu schaffen, obwohl er merkte, wie ihn dieses Nachrichtenorgan zu interessieren begann.

»600 Franc kann ich am Anfang bieten, das ist soviel, daß ihr nicht unter den Brücken schlafen müßt. Nicht viel.«

»In der Woche, damit könnte man hinkommen.«

»Nein, im Monat.« Rosenfelder nahm die feine Brille ab und massierte seine Augenlider.

»Da müßte ich ausziehen«, erwiderte Block, »soviel zahle ich hier im Monat.«

Er dachte an die Zuwendungen von Andrea, jetzt hatte er gar nichts, war völlig auf ihre Versorgung angewiesen, aber 600 Franc im Monat, das war ein schlechter Scherz.

»Wer macht denn mit?« Block krempelte die Ärmel auf, die Hitze in dem kleinen Zimmer wurde mit jeder Stunde unerträglicher.

»Für die englische Ausgabe haben wir Henryk Brod und für die deutsche Kurt Koszyk, beide sind bereit, nächste Woche zu beginnen, wenn ich bis dahin ein geeignetes Lokal gefunden habe.«

»Wo haben diese Kollegen gearbeitet?« Block kam aus dem Fragen nicht heraus, es war ihm unangenehm, aber er konnte sich nicht bremsen.

»Das sagen die Ihnen schon selbst, Herr Block. Sehen Sie, ich möchte eine schnelle Truppe haben, die diese nicht leichte Aufgabe auch bewältigen kann, beide Kollegen besitzen genügend Erfahrung, um zweimal die Woche ein solches Nachrichtenorgan herauszubringen . . .«

»Aber ich kenne sie nicht . . . Das ist mein Problem.«

Block stand auf, beugte sich aus dem Fenster und klappte die Läden zu.

»Es kann nicht jeder bekannt sein, dazu gibt es zu viele Journalisten«, das klang unwirsch, beinah spitz, und Block sah Rosenfelder an, daß er zu lange gefragt hatte.

Der kleinwüchsige Mann erhob sich: »Ich wollte nur wissen, ob wir auf Sie rechnen können. Mehr nicht.«

Paul Block bekam ein schlechtes Gewissen, ich hätte mich bedanken sollen für die Ehre: »Aber ich werde wenigstens ein paar Tage Bedenkzeit brauchen. Das muß ich mir überlegen . . .«

»Sicher«, unterbrach ihn Rosenfelder und reichte ihm eine Visitenkarte.

Hotel Lutetia stand darauf. Die Berliner Adresse war durchgestrichen. Der hat sich schon auf längere Wartezeit eingerichtet, dachte Block.

Esperia, 1. Juni 1933

Manchmal finde ich mich an der Gare du Nord wieder, wartend auf meine Ankunft oder meinen Abschied, oder auf Andrea. Paris lähmt mich, wo ist die Heiterkeit der Stadt, die ich stets geschätzt habe? Gestern habe ich stundenlang im Louvre Werke alter deutscher Meister angese-

hen, oder ich lese völkische Zeitungen aus dem Reich, so widerwärtig auch deren Schreibe ist. Man kann es diesen braunen Horden nicht überlassen, nicht den Stiefeln und nicht den Gewehren. Was haben wir für Mittel gegen diese Gewalt?

Der Weg nach Versailles hatte sich für den Sonderkorrespondenten Paul Block nicht gelohnt, er konnte von der Hinrichtung so gut wie nichts sehen und auch der anschließende Tumult gab kaum ein paar Zeilen her. Erst kurz vor Mitternacht hatte er Gerüchte vernommen, daß die Exekution vorverlegt werden sollte, Samstag früh statt Montag. Es vergingen fast zwei Stunden, bis er herausfand, daß es nicht nur Gerüchte waren. Dann hatte er sich auf den Weg gemacht. An öffentliche Verkehrsmittel war nicht zu denken, ein Automobil, das ihn vom »Crillon« nach Versailles bringen konnte, stand erst gegen vier Uhr zur Verfügung. Das war der Sonderkorrespondent seinen Lesern schuldig, man kann nicht täglich über einen Prozeß berichten und dann sein wirkliches Ende verschlafen. Der Fahrer des Wagens sagte, daß er von einem riesigen Polizeiaufgebot gehört habe. Als sie endlich vor dem Gefängnis St. Pierre ankamen, war alles abgesperrt. Hermetisch ein Riegel um das Gefängnis gezogen. Paul Block besaß keinen Sonderausweis und stand nach durchwachter Nacht zusammen mit einem illustren Trüppchen der Pariser Haute Volée am Rand, bemühte sich etwas zu erspähen, aber außer dem hochaufragenden Hinrichtungsmast war kaum etwas zu erkennen. Nicht mal das Beil blitzte.

Paul Block dachte an diese verlorene Nacht, als er elf Jahre später im grellen Sommerlicht den Platz vor dem St. Pierre-Gefängnis betrat. Er stolzierte über den Kies, sah auf das hohe Eingangsportal, durch das Landru damals gekommen sein mußte. Jetzt konnte er alles sehen.

Die Sonderausweise, warum hatte ihm damals das niemand gesagt, aber er hätte damit rechnen können. Außerdem gab es später eine Pressemitteilung, die in allen Details über die letzte

Stunde des Mörders berichtete. Danach hatte Landru, als ein Vertreter des Staatsanwaltes ihn um eine Erklärung bat, geantwortet, er wundere sich, daß die Gesetze in dieser Stunde eine solche Frage erlauben, er habe immer seine Unschuld beteuert und dem nichts weiter hinzuzufügen. In der Pressemitteilung stand auch, daß man dem Mörder Rum und Zigaretten angeboten habe, die er aber mit dem Hinweis auf ihre Gesundheitsschädlichkeit abgelehnt habe. Paul Block hatte dieses Aperçu für eine Erfindung gehalten, aber das wollten seine Leser, also übernahm er es in seinen Korrespondentenbericht.

Die Sonne schien so heftig, daß Block den Schatten der Platanen aufsuchte, die in wohlgeordneter Reihe vor dem Gefängnis standen. In der Nacht der Hinrichtung hatte er nicht mal die Bäume gegen den Himmel ausmachen können.

Ein Kollege von einer französischen Zeitung, der ebenfalls zu spät kam und auch keinen der begehrten Sonderausweise bekam, hatte zu Block gesagt: »Ich sitze ruhig im Theater und hier findet die wichtigste Hinrichtung seit Jahren statt. Das hätte mich meinen Job gekostet.«

Als sich das Tor öffnete, wurde es ganz still auf dem Platz, die große Uhr zeigte 6.04. Später erfuhr Block von Kollegen, die dichter dabeistanden, daß Landru seinen Bart frisch gestutzt hatte, nach der neuesten Mode, auch in diesem Moment wollte er noch den Frauen gefallen. Man hatte ihm die Füße gefesselt, so daß er nur mit Trippelschritten zur Guillotine hochsteigen konnte, die Helfer, die ihn auf die Planke drücken wollten, schob er beiseite. Das Fallbeil. Unter den blutenden Stumpf wurde ein Eimer gestellt. Einer der Helfer nahm den Korb wie ein Kraft-Athlet und trug ihn davon.

Paul Block dachte darüber nach, ob man ohne Aufsehen arrangieren konnte, daß nicht Landru, sondern ein anderer an seiner Stelle hingerichtet wurde. Es hätten zu viele davon gewußt. Das kann man nicht geheimhalten, unmöglich. Während er unter der Platane saß und sich gelegentlich mit einem Taschentuch über Hals und Stirn wischte, wurde ihm bewußt, wie lächerlich doch diese ganze Phantasterei von Grock war. Wer sollte ein Interesse daran gehabt haben? Block stand auf und ging langsam zum großen Tor.

Später erfuhr Block, daß die Behörden umfangreiche Sicherungsmaßnahmen getroffen hatten, bereits um 3 Uhr morgens waren Truppen der republikanischen Garde angerückt und hatten das Gefängnis abzuschirmen begonnen, Militär und berittene Polizei, nur der Wagen mit der Guillotine, der selbst in eine Polizeikontrolle geraten war und deswegen verspätet eintraf, wurde durch den Cordon geschleust. Der Unterpräfekt des Departments Seine-et-Oise hatte seinen Beamten strengstens untersagt, der Exekution beizuwohnen. All das erfuhren die Leser des »Berliner Tageblattes« nicht mehr, denn der Sonderkorrespondent Paul Block war schon zurückgekehrt. Die Kollegen hatten ihm einen Streich gespielt, als er wieder in seiner Berliner Redaktionsstube saß. Er fand einen Zettel auf seinem Platz: »Block sprach mit totem Frauenmörder.« Damals hatte er sich darüber geärgert, hatte den Zettel zerknüllt und in seiner Jackentasche verschwinden lassen. Jetzt, elf Jahre später, dachte er anders darüber. Ganz gleich, ob Landru oder ein anderer hingerichtet wurde, ich hätte mit ihm sprechen sollen. Ein interessanter Delinquent war er auf jeden Fall.

In dieser Nacht des 25. Februar 1922 konnte Block nur von einem der Beteiligten eine Stellungnahme erhaschen, es war Landrus Verteidiger Moro-Giafferi, der, bevor er in seinen Wagen stieg, den wartenden Journalisten sagte: »Victor Hugo hat formuliert: um ein nicht wiedergutzumachendes Urteil zu fällen, muß man schon ein unfehlbarer Richter sein. Soviel für heute, meine Freunde.« Dann war der beleibte Korse in den Wagen gestiegen und davongebraust. Block glaubte, eine Träne bei dem Verteidiger gesehen zu haben, aber darüber teilte er seinen Lesern nichts mit.

3

Welche Erleichterung ging von seiner neuen Arbeit aus, jeden Tag zehn Stunden in diesem Büro, das nicht viel größer war als sein Hotelzimmer im Esperia, jeden Tag acht bis zehn Seiten Nachrichten aus dem Reich, soviel wie er nie produziert hatte, jede Stunde die Gespräche mit Henryk Brod, den er mochte, nicht nur weil er so guten Käsekuchen backen konnte, sondern weil er eine Spürnase war, ein Täter als Journalist, nicht nur ein Merker, und die Gespräche mit Kurt Koszyk, der ihm nicht so sympathisch war, weil er ein Organisationskopf war, mehr Funktionär als Schreiber, aber was machte das schon? Wenn sie gemeinsam eine Pause einlegten, diskutierten sie sich in Aktionen gegen die neuen Machthaber hinein, in wilde Spekulationen, wie man den Führer ausschalten konnte, in Phantasien eines Wechsels, direkt, kaum vor Terror zurückschreckend, Widerstand, stärkten sich gegenseitig, um dann wieder zu tippen, was die Maschinen hielten. Paul Block hatte eine deutsche Schreibmaschine, Orga privat, was ihm besondere Probleme bereitete, weil er die Accents nachträglich einfügen mußte, Rosenfelder hatte ihm gesagt, daß sie sorgfältig darauf achten mußten, so wenige Fehler wie möglich in den Texten stehen zu lassen, oberstes Prinzip: »Leichen müssen beseitigt werden«, was soviel hieß wie, wenn Worte fehlen, muß der ganze Absatz neu geschrieben werden, wenn sie für die Vervielfältigung auf Wachsmatrizen tippten, hieß das, die ganze Seite neu tippen, Paul Block übersetzte für die »Pariser Korrespondenz«, wie ihr Organ sich nannte, ins Französische, auch das, was Koszyk formuliert hatte, in seinem etwas trockenen Stil, dem Block in der Übersetzung mehr Farbe zu geben versuchte.

Rosenfelder saß im Nebenraum, verschwand hinter seinem Schreibtisch, ertrank in Zeitungen, schnitt aus, verteilte die

Artikel, empfing neu angekommene Emigranten, ließ sich berichten und formulierte in Stichworten, telefonierte manchmal stundenlang, kam hereingeplatzt mit wichtigsten Meldungen, alle mal zuhören, überließ meistens Koszyk das letzte Wort, wollte aber stets gefragt werden, war oft schon gegen sechs Uhr morgens im Büro in der Rue de Mondétour, in der Nähe der Hallen, überraschte seine Mitarbeiter mit frischen Croissants, meist dann, wenn er sie zu einer Nachtschicht überreden wollte, Rosenfelder war gebündelte Energie, was die Zusammenarbeit mit ihm nicht erleichterte.

Besonders stolz waren sie alle auf die fünf Exemplare der »Pariser Korrespondenz«, die an Abonnenten im Reich geschickt wurden, darunter zwei Bibliotheken, die nur Tarnung waren für die Geheime Staatspolizei, da wurde geprüft, was sie schrieben, dann kamen die Angriffe in Nazi-Blättern, jeder Angriff ein Erfolg, denn er bedeutete, daß im Reich die »Korrespondenz« gelesen wurde, sonst hätte man sie totgeschwiegen, die französischen Zeitungen zögerten oft, Meldungen aus dem Emigrantenbüro nachzudrucken, da waren die Engländer schon anders, die Wirkungen ihrer Arbeit fanden nicht in ihrem Umkreis statt, nicht mal die Freunde kannten ihre Veröffentlichung, sie hatten kein Geld, um sich ein Abonnement zu leisten.

Wenn Paul Block am Abend in sein Hotel zurückkehrte, der Rücken schmerzend, die Finger angeschwollen, dann dachte er daran, wie das klingt, wenn man Sand an die Fensterscheiben des Reiches wirft, vielleicht ein leichtes Zischen, ein sanftes Tröpfeln, die drinnen sitzen, werden denken, ein kurzer Regenschauer, und weiter ihren Geschäften nachgehen, dabei wollen wir Sand ins Getriebe streuen, damit es knirscht und knackt und auseinanderbricht, damit wir aus den Scherben wieder etwas zurechtflicken können, aber was richtet der Sand aus, und spürte, wie der Jude in ihm den Deutschen mit Dreck bewarf, jeden Tag, jede Stunde, ich muß mein Land hassen, in jeder Nachricht, die ich tippe, ich muß diesem Volk, das ich liebe, jeden Tag neue Wunden zufügen, auch wenn die braunen Machthaber sich nur angeekelt den Staub von der Jacke schütteln und weitergehen. Manchmal wenn Paul Block ins Esperia zurückkehrte, spürte er Erleichterung und Ohnmacht.

Esperia, Anfang September 33
Die Nachrichten von Erich Mühsam haben mich erschreckt, aus dem Bett verhaftet, in der Nacht nach dem Reichstagsbrand, der Schreiber, der nicht auf seinen Freund Souchy hören wollte, der am nächsten Tag nach Prag abreisen wollte, aber noch nach Hause ging und seine Sachen packte, den sie um fünf Uhr holten, zwei Stunden später wäre er außer Gefahr gewesen, der Anarchist, dem man die Daumen gebrochen hat, als er eine Erlaubnis zum Schreiben erhielt, den man mehrfach zum Schein exekutiert haben soll, ich sehe ihn noch in der Redaktion des Berliner Tageblattes stehen, wie er seine Buchrezension ablieferte, der Revolutionär, der sich nicht einordnen wollte.

Als Paul Block nach der Mittagspause den kleinen Büroraum der »Pariser Korrespondenz« betrat, sagte Koszyk: »Du sollst gleich nach oben kommen, die haben ein paar Meldungen für uns.« Block ärgerte diese Befehlsform: »Warum machst du es nicht selbst?«

Koszyk sah nicht von seiner Schreibmaschine auf: »Ich tippe schon wie ein Wahnsinniger, kann mich hier nicht wegbewegen, sonst habt ihr für eure Ausgaben nichts zu übersetzen.« ›Oben‹, das hieß das Büro des Internationalen Befreiungskomitees für Thälmann und alle eingekerkerten Antifaschisten. Seit dem Reichstagsbrand hatte man nicht nur den Holländer van der Lubbe eingesperrt, sondern auch die bulgarischen Kommunisten Dimitroff, Torgler, Popoff und Taneff, das Feuer hatte seine Gegner in Brand gesteckt. Ständig wurden Unterschriften gesammelt, um die im Gefängnis sitzenden Genossen wieder freizukriegen, aber die Nazis steckten sich mit den Unterschriften-Listen ihre Zigarren an, nachdem die Namen sorgfältig registriert worden waren. Das Büro wurde von einer schmächtigen Frau geleitet, die von allen Elisa genannt wurde, aber

Block wußte, daß sie polnische Jüdin war und Krystyna hieß, Elisa war ihr Name aus der Illegalität. Ihr langes, weißblondes Haar hatte sie mit einem strengen Knoten festgesteckt, die hellblaue Jacke, die sie meistens trug, war Flickwerk.

»Wir wissen jetzt, wann der Prozeß ist. Es sieht nach Ende September aus. Die Chancen für Dimitroff und die anderen stehen ganz gut, obwohl . . .« sie unterbrach sich.

Block zuckte mit den Schultern.

»Ja, ja, wir wollen nicht zu optimistisch sein.« Krystyna korrigierte sich oft, nahm sich zurück.

»Hier in Paris soll eine große Veranstaltung stattfinden, während des Prozesses. Es ist gut, wenn Ihr einen Hinweis bringt. Wir müssen dazu orientieren.«

Ihre Sprache war knapp, liebenswürdig-befehlend.

»Als Redner haben wir Moro gewinnen können.«

»Den Moro?« fragte Block.

Krystyna sah auf ihr Heft: »Was heißt den Moro? Hier steht nur wichtiger Rechtsanwalt, hab ihn nie plädieren gehört, soll aber in Paris einen Namen haben. Das ist sehr wichtig für uns.«

»Moro-Giafferi«, begann Block mit den Händen ausladend zu gestikulieren, »ist ein dicker, schwerer Mann, Knopfaugen im Gesicht, voller Haarschopf, eine Stimme, daß er vom Eiffelturm die Massen heranrufen kann. Das war der Rechtsanwalt von Landru. Eine Größe in der Metropole.«

»Wer ist Landru?« kam es von Krystyna, »ein Kommunist?«

»Nein, ein Frauenmörder.«

»Laß bitte die Scherze, Paul, ich wollte nur bitten, daß Ihr auf diese Veranstaltung mit dem Moro hinweist, sobald ich den genauen Termin habe . . .«

Block unterbrach sie: »Über den Frauenmörder willst du nichts wissen, ich könnte . . .«

»Wir haben zu tun«, Krystyna senkte den Kopf, nahm einen Bleistift und strich etwas auf ihrer Liste aus.

»Eine wirklich spannende Geschichte, Krystyna. Ich würde sie dir gerne mal erzählen.«

»Ja, gut, wenn Ostern und Pfingsten auf einen Tag fallen, so sagt Ihr doch, Ihr Deutschen, nicht?«

Block verließ das Büro. Wahrscheinlich will sie nichts von spannenden Geschichten hören, dachte er, oder nichts von mir.

Esperia, 3. 9. 1933

Es gibt nur eine Erklärung: wenn Landru von Anfang an eingeweiht war, wenn er Teil des Spiels war, dann konnte natürlich ein Plan gelingen. Sein Verhalten im Prozeß ist der beste Beweis. Er leugnet, streitet alles ab, scherzt sogar, weil er weiß, daß er das Land verlassen kann. Seine Familie weiß vielleicht etwas. Wenn ich Zeit hätte, müßte ich da anfangen. Natürlich brauchte sein Verteidiger nichts zu erfahren, denn der hätte das ganze Komplott zunichte machen können. Hoffentlich bringt Andrea meine Artikel mit, die ich im Tageblatt geschrieben habe.

Als Paul Block die Seine überquerte, blieb er auf der Brücke stehen, schaute lange ins Wasser. Hinter ihm lagen zehn Schreibmaschinenseiten, getippt auf Wachsmatrizen, von denen in der Nacht die Abzüge hergestellt wurden. Er war unruhig und zufrieden. So ein Sommerabend hatte etwas Anziehendes, wenn die Braunhemden nicht die Macht übernommen hätten, dann wäre ich vielleicht auch hier, würde mich vielleicht in einem längeren Artikel über die Entwicklung im Lager einer möglichen Volksfront auslassen und abends mit Freunden in ein superbes Restaurant essen gehen. Der sonnige Abend täuschte.

Seit zwei Wochen war Andrea da, immer wieder hatte sie den Abreisetermin verschoben, selbst wenn sie schon mitgeteilt hatte, mit welchem Zug sie ankommen wollte. Dann stand sie in der Redaktion, ohne Ankündigung. »Ich bin jetzt da«, hatte sie eher leise gesagt, schüchtern. Koszyk hatte ihn nachher gefragt, woher er diese Dame kenne und ob er etwas mit ihr im Sinne habe. Block antwortete: »Das ist Andrea, wir sind seit dem schwarzen Freitag zusammen.«

Andrea hatte sich überhaupt nicht geändert, mit aller Energie brachte sie die Wohnungsfrage zu einer guten Lösung, bereits vier Tage nach ihrer Ankunft sahen sie sich die hohen Räume in der Rue de Seine an. Die Kisten mit ihren Sachen waren angekommen, aber Andrea wollte erst noch die Räume renovieren lassen, die Handwerker sollten kommen. Sie kauften sich ein neues Bett.

Als er die wenigen Stufen zu seiner Wohnung hochgestiegen war, wurde seine Zufriedenheit größer: er kam nach Hause, auch wenn dies Zuhause in einer anderen Stadt war.

Andrea saß zwischen zwei Kisten auf dem Boden und las. Sie hatte Tränen im Gesicht. Paul Block stutzte. Was hatte sie mit ihren Haaren gemacht? Kurz wie Streichhölzer.

Andrea fuhr sich zur Begrüßung mit der Hand über den Kopf: »Ich hatte plötzlich die Sprache verloren«, sagte sie, »war weg. Ich konnte ihn nicht stoppen.«

Paul Block fragte: »Wen? Wen konntest du nicht stoppen?«

»Den Coiffeur. Ich wollte, daß er sie mir etwas kürzer schneidet, coupez-moi les cheveux, mai, und dann hat er geschnitten, ich habe ein paarmal mit der Hand gefuchtelt, aber keine Worte gefunden, und dann . . .«

»Ist doch nicht so schlimm«, Paul Block nahm ihre Hand und zog sie hoch, um sich den abendlichen Begrüßungskuß abzuholen, »andere Stadt, andere Frisur.«

Er zog Andrea zu sich heran. Einen kurzen Augenblick spürte er Widerstand in ihrem Körper, ein Rucken, ein unvorhergesehener Halt, dann schlang sie ihre Arme um ihn.

»Rate mal, wer nachher kommt?« Paul Block nahm seine schmale Ledertasche und suchte einen Platz in dem Chaos, damit er sie morgens wiederfand.

»Du wirst es mir gleich sagen«, gab Andrea zurück, die sich die Tränen aus dem Gesicht wischte.

»Meine Kollegen. Wir wollen den Abend zusammen verbringen, dann lernst du sie kennen, tolle Kerle, beide, ich mag sie sehr.«

Paul Block ging in die Küche, dem einzigen Raum, in dem alles an seinem Platz stand.

»Paßt mir nicht!« sagte Andrea.

»Was?« rief Block aus der Küche.

»Paßt mir nicht!« wiederholte Andrea, die sich wieder zwischen die Kisten begeben hatte und dort die Briefe aufnahm, die sie vor Pauls Eintritt gelesen hatte.

»Hast du was anderes vor?« Block kam aus der Küche und stellte sich in die Tür.

»Nein, nichts. Aber so wie ich aussehe, will ich niemand sehen.«

»Sei nicht so zickig, wie siehst du schon aus? Hübsch wie immer, die paar Haare ...«

Andrea hielt sich ein Buch über den Kopf. »Ich muß mindestens ein Kopftuch tragen. Es war eine blöde Idee von dir, wir sind doch noch gar nicht eingerichtet. In zwei Wochen sieht das hier alles anders aus.«

»Dann werden sie wiederkommen, Andrea, sie werden es hier auch noch sehen, wenn alles proper ist.«

»Nein, ohne mich.« Sie stand auf. »Wenn es klingelt, geh ich ins Bett.«

Paul Block war verärgert.

»Dann gehen wir mit ihnen essen, sie kommen erst gar nicht in die Wohnung, obwohl ...«

Andrea ging an ihm vorbei ins Bad. »Ich zieh mich zurück.« Paul Block kam hinter ihr her.

»Was soll das, Andrea? Wenn meine Kollegen kommen, dann wollen sie auch dich sehen.«

»Und ihr redet dann über Deutschland, über all diesen Mist, über Berlin, über den Führer, über die Braunhemden und ich muß mir das den ganzen Abend anhören. Das halt ich nicht aus.« Sie faßte sich an den Hals. »Ihr lebt doch gar nicht in Paris, ihr seid wie Gespenster, ihr lebt im Reich.

Wenn du abends nach Hause kommst, dann kann ich den Mief der deutschen Amtsstuben noch riechen. Den wirst du sogar nachts nicht los.«

Paul Block lockerte seine Krawatte. »Und was hat das mit der Einladung heute abend zu tun?«

»Ich, ich kann nicht so tun . . .«, sie brach ab. Da waren die Tränen wieder. Paul Block wußte, daß er einen Fehler gemacht hatte. Er hätte sie fragen sollen, warum sie weinte.

Die Haare waren nicht der Grund. So war Andrea auch in Berlin gewesen. Paul Block mußte seine ganze Phantasie darauf verwenden herauszufinden, in welcher Stimmung sich Andrea befand.

Wenn es ihr gutging, dann durfte er nichts Trauriges von sich geben, wenn es ihr schlechtging, dann mußte er sich Jammervolles anhören. Er hatte das lernen müssen. Andrea brauchte diese Art der Einfühlung. Aber sie waren so lange getrennt gewesen, mehr als ein halbes Jahr, jetzt mußte er es wieder von neuem lernen.

»Andrea«, sagte er vorsichtig, »was ist dir passiert, was hast du?«

»Ich weiß es nicht, du mußt behutsam mit mir umgehen, ich bin hier sehr zerbrechlich.« Dann heulte sie los.

Es klingelte.

Andrea entwand sich seiner Umarmung. Verschwand im Schlafzimmer. Paul Block überlegte, ob er öffnen sollte.

Die Concierge stand mit den beiden Redakteuren vor der Tür. Sie wollte sich nur erkundigen, ob der Besuch auch erwünscht sei. In Zukunft, sagte die brünette Mitvierzigerin, möchte er ihr vorher einen Hinweis geben, wenn er Besuch erwartete.

Henryk hatte den Käsekuchen mitgebracht.

»Käsekuchen muß warm sein, dann schmeckt er richtig. Aber warm macht er Bauchschmerzen. Das ist die Dialektik des Genusses. Wo ist Andrea, dein Weib?«

Paul Block erzählte etwas von Migräne, von leichtem Übelsein, daß er hoffe, sie würde nachher noch auftauchen.

Der Käsekuchen schmeckte so gut, daß Paul Block am liebsten Andrea ein Stück ins Schlafzimmer gebracht hätte.

Dann sprachen sie über ihre Arbeit.

Deutschland hatte sie wieder.

Kurz vor Mitternacht betrat Paul Block sein Schlafzimmer, er wußte sofort, daß Andrea nicht schlief. Sie lag mit angezogenen Beinen, die dünne Decke nur bis zur Hüfte. Während er sich auszog, drehte sie sich zweimal von einer Seite auf die andere.

»War's schön?« fragte sie.

»Du hast mir gefehlt und den anderen auch. Das nächste Mal...« Er stockte. Vielleicht sollte er nicht gleich vom nächsten Mal sprechen. Ich muß ihr Zeit lassen, dachte er. Immerhin hatte sie in Berlin Freunde und sogar Verpflichtungen gehabt, einmal die Woche teilte sie in der Braunschweiger Straße in einer Kirchengemeinde Essen aus, sie machte Gefangenenbesuche. Und hier – was sollte sie hier sein? Er versuchte sich an seine ersten Wochen im Exil zu erinnern. Wie Falschgeld war er durch die Cafés gelaufen, fremd, wie ein Ungläubiger hatte er unter Gläubigen gestanden, oftmals verwechselt mit den Boches, die immer noch die Erbfeinde der Franzosen waren, wie ein Aussätziger, konnte Andrea das alles wegstecken?

Als er sich zu ihr legte, weinte sie leise.

Vorsichtig berührte er ihre Brust, streichelte sie zögernd, ihr kurzes Haar, er spürte ein starkes Verlangen, mit ihr zu schlafen, rückte dichter an sie heran.

»Bitte, nicht, ich muß erstmal richtig hier ankommen«, sagte Andrea, »vielleicht morgen, dann gehe ich auf den Quai und du holst mich da ab. Vielleicht fangen wir nochmal neu an.« Dann drehte sie sich von ihm weg.

Paul Block starrte an die Decke. Durch die Ritzen des Fensterladens kam etwas Licht von der Straßenbeleuchtung herein. Obwohl es schon spät war, konnte er laute Geräusche vernehmen. Einzelnes Gelächter. Ein Auto. Satzfetzen.

4

Rue de Seine, 16. 9. 1933

Die Lektüre der eigenen Berichte erstaunt mich, aber wie oft ist es mir so gegangen, daß ich Jahre später etwas Eigenes lesend erkenne, wie sehr sich meine Positionen verändert haben. Mir wird nur immer deutlicher, daß Grock kein Aufschneider ist. Ich wußte damals mehr als heute.

BERLINER TAGEBLATT, 10. NOVEMBER 1921

Der »Blaubart von Gambais« – Ein Aktenstück von 10000 Seiten (von unserem Korrespondenten) Paris, 8. November

Landru, dessen Prozeß sich jetzt vor dem Schwurgericht in Versailles abspielt, ist von dem Untersuchungsrichter, der die Akten vorbereitet hat, als ein ›lebendes Rätsel‹ bezeichnet worden. Welches System er zu seiner Verteidigung wählen wird, läßt sich aus einer Erklärung erraten, die er für die Ärzte niedergeschrieben hat, denen die Untersuchung seines Geisteszustandes übertragen war. Landru schreibt: »Ich bin eines phänomenalen Verbrechens angeklagt. Ich bin angeklagt, eine Anzahl von Personen — wieviel, weiß ich nicht genau — ermordet zu haben. Unter anderem habe ich, wie mir vorgeworfen wird, Madame Cuchet verschwinden lassen. Diesen Fall will ich festhalten. Madame Cuchet ist eine Dame, die sechs Monate vor meiner Bekanntschaft mit ihr Dispositionen getroffen hat, um Frankreich zu verlassen. Sie hat ihre Wohnung gekündigt und ist dann für einige Zeit zu mir nach Vernouille gekommen. Darauf ist sie von dort abgereist, wie sie aus ihrer früheren Wohnung abgereist ist. Sie ist nicht verschwunden, sondern sie hat sich einen anderen Aufenthaltsort gewählt. Nun will man von mir wissen, wo Madame Cuchet ist. Man sagt, ich hätte eine Unzahl

Mätressen gehabt. Ein schlechter Spaß! Sehen Sie sich meinen Kopf an: dafür bin ich nicht hübsch genug. Weil die Polizei die Personen nicht auffinden kann, deren Namen in meinem Notizbuch stehen, habe ich diese Personen verschwinden lassen. Weiß die Polizei auch genau, daß sie wirklich verschwunden sind? Vielleicht haben diese Damen nur keine Lust, sich hier vor Gericht zu zitieren lassen.«

Dies ist das Einzige, was der Blaubart von Gambais über die Anklage geäußert hat. Der erste Tag der Verhandlung begann mit einem Theater-Effekt, noch bevor die Verhandlung selbst begonnen hat: eine der angeblich Ermordeten, Nr. 5 der traurigen Liste, soll lebendig entdeckt worden sein. Die Angelegenheit ist zwar noch nicht ganz geklärt, aber merkwürdig genug. Es handelt sich um eine Frau Guillin. Der Untersuchungsrichter, der sich während des ganzen Sonntags bemühte, das Rätsel zu lösen, hat nichts weiter herausbringen können.

Jeden Morgen standen die feinen Pinkel vor den Hotels, um sich mit eleganten Automobilen nach Versailles bringen zu lassen. Man mußte Landru gesehen haben. Eine celebrité. Einlaßkarten waren weg, versteht sich, die hatten auf dem Schwarzmarkt zu Schwindelpreisen einen hohen Kurs: in den ersten Tagen zehn bis zwanzig Francs, gegen Ende waren es über fünfzig Francs, die gezahlt wurden. Presse brauchte nichts zu zahlen, wir machten ja den Wind. Die Huissiers haben uns die Pforten geöffnet, die Soldaten wußten nicht, ob sie auch vor uns die Honneurs machen sollten. Der Saal traurig, ohne Feierlichkeit, Dekoration eines Provinztheaters. Viel zu klein und zu ärmlich für die Zuschauerschar, die sich auf den Bänken zusammenpferchte. Ein halbes Dutzend Schauspielerinnen, einige hatten sogar ihren Hund mitgebracht. Dichter von Revuen, Komiker von Montmartre, Diplomaten, obgleich die damals wirklich Wichtigeres zu tun gehabt hätten. Illustre Gesellschaft — und Landru im Mittelpunkt des Interesses.

Berliner Tageblatt, 11. November 1921
Der Mordprozeß Landru
(Telegramm unseres Korrespondenten) Paris, 11. November

Der Prozeß Landru hat bisher noch keine der erwarteten Überraschungen gebracht. Die zwölf Zeugen, die bisher vernommen wurden, sind meistens Verwandte oder Freunde der Verschwundenen, und was sie erzählen, ist immer die gleiche Geschichte. Da war ein Herr, der heiraten wollte. Er war nicht schön, aber liebenswürdig und aufmerksam. Die Schwester oder die Freundin hatte ihn sehr gern. Sie hoffte auf ein friedliches Zusammenleben mit ihm, vertraute ihrem Freunde vollkommen. Dann hat man nichts mehr von ihnen gehört. Alle diese Aussagen können Landru nicht aus seiner Ruhe bringen. Er erklärt den Besitz der Möbel, die er von den Verschwundenen regelmäßig übernahm, durch wirtschaftliche Manipulationen. Er bleibt dabei, daß er keines von diesen Verbrechen begangen hat, die ihm vorgeworfen werden, und verschanzt sich hinter der Diskretion eines Geschäftsmannes und Kavaliers. Sein Rededuell mit dem Vorsitzenden des Gerichtshofes wird sehr höflich, aber allmählich doch immer schärfer geführt.

Landru saß auf seiner Anklagebank, bewacht von drei Gendarmen, auf den ersten Blick war der Mann eine Enttäuschung, das soll ein Frauenmörder sein? Ein kleiner Mann, reinliche Kleidung, ein Mensch ohne Kennzeichen, davon gibt es Millionen. Der berühmte Bart war nicht dunkel, wie alle Zeitungen vermeldeten, sondern rötlich-blond, mit grauen Fäden gemischt. Jeden Morgen ließ er sich für die Verhandlung frisieren, eine dankbare Aufgabe für den Gefängnisfriseur. Was werden die beiden damals gesprochen haben? Vielleicht hatte der Friseur oft die Möglichkeit, Landru beim Rasieren die Gurgel durchzuschneiden, dann wäre das Spektakel beendet gewesen. Der Schnurrbart war langgezogen und in die Höhe gerichtet, der Kinnbart sorgfältig beschnitten. Landru hatte einen kahlen, gut-geformten Schädel. Unter buschigen

Augenbrauen ein kühler, stechender Blick. Er hat so gar nichts von Jack the Ripper, dem Aufschlitzer, wie die Phantasie diesen unentdeckten Verbrecher sich ausmalen würde. Er saß auf seiner Anklagebank, eine vollgepfropfte Mappe neben sich, wie er in einem Bourgeoisie-Haushalt sitzt, um der Dame des Hauses den Ankauf einer Nähmaschine aufzuschwatzen. Ein höflicher Schwadroneur und ein gerissener Geschäftsmann zugleich.

BERLINER TAGEBLATT, 15. NOVEMBER 1921
Der Blaubart von Gambais
(Telegramm unseres Korrespondenten) Paris, 15. November

Der gestrige Tag im Prozeß Landru unterschied sich wenig von den Verhandlungen in der vorangegangenen Woche. Zum ersten Mal sagt die eine Zeugin, die Mutter der verschwundenen fünften Braut, Madame Collomb, Landru ins Gesicht, daß er der Mörder ihrer Tochter sei – eine Szene, die auf die Zuhörer starken Eindruck machte. Landru verteidigt sich auch diesmal wieder in seiner bekannten Manier. Er sagt, daß er zum Schweigen verpflichtet sei, und daß die Privatangelegenheiten der Verschwundenen das Gericht nichts angehen. Gestern gelang es Landru einen kleinen Erfolg zu verzeichnen. Er hat behauptet, daß die Abrechnung über den Möbelverkauf der vierten Verschwundenen, Madame Guillin, ihm von einem Bankbeamten in einer Wohnung der Avenue de Terne übergeben worden sei, und zwar in Anwesenheit der Frau Guillin. Wenn diese Behauptung sicher ist, so kann Frau Guillin nicht, wie die Anklage annimmt, schon vorher getötet worden sein. Der Bankbeamte ist im Zweifel.

Landru wußte, wann es besser war, zu schweigen, darauf konnte ich schon setzen, ich habe mit Kollegen gewettet, da wird er nicht drauf antworten, und ich hatte oft recht. Landru wußte auch, wann er reden mußte, das hatte er im Gespür. Wenn er sprach, dann war er so amüsant, daß er alle in seinen Bann schlug. »Wenn ich diese Frauen getötet haben soll, beweisen Sie mir es, wo sind die Kadaver«, rief er einmal. »Die Beweise werden zur rechten Zeit kommen«, erwiderte der Staatsanwalt Godefroy. Darauf Landru: »Sie wollen meinen Kopf. Ich bedauere, daß ich nicht zwei habe, um sie Ihnen zur Verfügung zu stellen.« Dann kamen die anerkennenden Lacher. Komödie und Tragödie in einem, das konnte man selbst auf Montmartre nicht sehen.

Berliner Tageblatt, 24. November 1921

Der »Blaubart von Gambais«

(Telegramm unseres Korrespondenten) Paris, 23. November

Im Prozeß Landru gab es gestern ein lyrisches Intermezzo. Die letzte Freundin Landrus, Fernande Segret, erschien als Zeugin. Sie ist die Dame, die im ›Journal‹ ihre Erlebnisse mit Landru erzählt hat, und die Anklage behauptet, daß sie die einzige sei, die Landru geliebt und deshalb geschont hat. Das Erscheinen der jungen Frau war also eine Art Sensation. Frau Segret war bei ihrer Vernehmung sehr bewegt. Sie wurde zweimal ohnmächtig, so daß die Verhandlung unterbrochen werden mußte. Ihre Aussagen waren für Landru nicht belastend. Sie schilderte die Bekanntschaft in einem leisen, gerührten Ton, der auf das Auditorium starken Eindruck machte. Sie gab zu, Landru habe sie sehr, sehr glücklich gemacht. Landru selbst war durch das Erscheinen dieser Zeugin bewegt. Er hörte ihre Worte mit geschlossenen Augen an, ohne, wie er es sonst zu tun pflegte, mit spitzen Bemerkungen einzugreifen.

Danach wurden medizinische Sachverständige über Landrus Geisteszustand vernommen. Sie sind darüber einig, daß Landru 17 Jahre lang geistig nicht ganz intakt gewesen sei; jetzt aber besitze er seine volle geistige Kraft. »Damit stellen Sie meine Unschuld fest«, sagte Landru, »denn die Verbrechen, deren man mich beschuldigt, sind so ungeheuerlich, daß sie nur durch den Wahnsinn erklärt werden könnten.«

Als es um den Rauch ging, der aus dem Schornstein von Landrus Villa in Gambais gekommen sein soll, sagte ein Zeuge, der Rauch hat schlecht gerochen, ein anderer: hat nach verbranntem Fleisch gerochen, ein dritter: das roch nach verbrannten Lumpen, ein vierter hat plötzlich gar nichts mehr gerochen, ein fünfter weiß nicht wie verbranntes Fleisch riecht. Darauf sagte Moro-Giafferi: »Ich muß bemerken, auf die Gefahr hin, daß ich die Zeugen oder sonst jemand verletze, verbranntes Menschenfleisch riecht wie verbranntes Hammelfleisch.« Gelächter war im Saal. Selbst der Angeklagte lächelte. »Wir sind hier nicht im Theater!« rief der Vorsitzende, ohne viel Wirkung zu machen. Aber das wollte er wohl auch gar nicht.

BERLINER TAGEBLATT, 28. NOVEMBER 1921
Der Mordprozeß Landru
(Telegramm unseres Korrespondenten) Paris, 28. November

Im Garten einer Villa in Gievres, wo Landru mit seiner Frau und seinen Kindern gewohnt hat, wurden beim Umgraben eines Stück Landes Knochen gefunden. Die Behörden sandten sofort einen Sachverständigen nach dem Fundort, um den Fund zu untersuchen. Die Knochen waren vorhanden, aber sie gehörten keiner verschwundenen Geliebten an. Die Männer der Wissenschaft stellten fest, daß es sich um die Ueberreste eines Kalbes handelt.

Landru wollte auf gar keinen Fall, daß seine Familie und seine Kinder mit in die Angelegenheit einbezogen werden sollten. Zwar wurden sie vom Untersuchungsrichter verhört, das muß im Jahre 1920 gewesen sein, aber vor Gericht tauchte die Familie nie auf. Vielleicht weiß ich jetzt warum. Damals hatten wir keine Erklärung dafür. Aber das war nicht das einzige, was ungeklärt blieb.

Berliner Tageblatt, 1. Dezember 1921

Todesstrafe für Landru beantragt

(Telegramm unseres Korrespondenten) Paris, 30. November

Im Prozeß Landru hat gestern der Staatsanwalt seinen Antrag begründet. Er verlangt, was bereits nach dem ersten Teil seiner Rede zu erkennen war, das Todesurteil. Danach sprach der Verteidiger Moro-Giafferi, der nach dem Bericht der Zeitungen ein wahres Meisterstück der Beredsamkeit geliefert hat. Zwei Sätze fassen die ganze Rede zusammen. Dem Generalstaatsanwalt sagte der Verteidiger: »Die Anklage verlangt die Todesstrafe für Verbrechen, die Sie nach Ihrem eigenen Eingeständnis nicht kennen.« Den Geschworenen rief er zu: »Das Gesetz sagt, vor Ablauf von dreißig Jahren beweist die Tatsache des Verschwindens nicht den Tod. Sie würden Ihren Eid verletzen, wenn Sie das Gegenteil behaupten wollen. Man verlangt einen Kopf von Ihnen; Sie müssen mit einem Nein antworten!« Der Verteidiger ist in einer Sitzung mit seiner Rede nicht fertiggeworden; er wird heute noch einmal sprechen.

Kollegen von »Le Temps« und »Le Matin« haben mir während des Prozesses gesagt, und daran kann ich mich genau erinnern, daß Landru, als man ihn erwischt hatte, im April 1919 aussah wie »ein Teufel, der geradewegs aus der Hölle kam.« Während des Prozesses sah er viel seriöser aus, dennoch konnte man sich nicht vorstellen, was die Frauen an ihm fanden. Der Kollege von »Le Temps«, ich muß ihn wiederfinden, habe aber seinen Namen vergessen, hat mir am ersten Tag gesagt: Landru spielt eine Rolle, der führt hier etwas auf. Und das Gefühl bekomme ich immer stärker, wenn ich an die Tage in Versailles denke. Einmal hatte der Vorsitzende gesehen, daß Landru müde war, und er forderte ihn sehr höflich auf (wieso eigentlich, wenn er davon ausging, daß ihnen hier ein elffacher Mörder gegenübersaß?) ob er sich nicht setzen wolle, weil Landru müde schien. Darauf Landru: »Ich werde diesen Prozeß bis zum Ende führen, und ich stehe als Zeichen des Protestes für meine Unschuld.« Und dann stand er eine längere Zeit.

Gegen Ende des Prozesses war er immer häufiger müde. Es hat Sitzungen gegeben, in denen er kaum etwas gesagt hat. Aber wenn er den Mund aufmachte, hörte ihm jeder zu.

BERLINER TAGEBLATT, 2. DEZEMBER
(Telegramm unseres Korrespondenten) Paris, 1. Dezember

Landru ist, wie bereits gemeldet, von den Geschworenen nach dreistündiger Beratung zum Tode verurteilt worden. Die Geschworenen haben aber gleichzeitig ein Gnadengesuch geschrieben. Dieser zweite Beschluß ist natürlich ein Hilfsmittel, um etwaige Gewissensbisse zu verscheuchen. Landru selbst hatte auf das letzte Wort verzichtet. Als der Präsident das Urteil verlesen hatte, erklärte Landru mit fester Stimme: »Der Gerichtshof hat sich getäuscht. Ich habe keine Menschen getötet.« Als er von dem Verteidiger, der sehr bewegt war, aufgefordert wurde, eine Bitte um Gnade zu unterschreiben, lehnte er dies mit den Worten ab: »Ich habe weder um Gnade noch um Milde zu bitten!« Der Verteidiger drang von neuem auf ihn ein. Landru sagte: »Es tut mir leid, daß ich Ihrem Wunsch nicht Folge leisten kann, aber wir wollen nicht mehr davon sprechen.« Landru wurde sofort in die Zelle der zum Tode Verurteilten gebracht.

Landru saß auf seiner Bank, als sei er bereits tot, die dünnen, weißen Hände vor dem Magen gefaltet, oder er lehnte auf seinen Ellenbogen, manchmal eine Hand am Kopf, als leide er unter starken Kopfschmerzen. Seine Stellungnahme zum Urteil war knapp, präzise, vielleicht war sie einstudiert, vielleicht war es gar nicht mehr Landru. Ich gerate ins Spekulieren, wenn ich daran denke.

Ich weiß noch, wie wir Korrespondenten nachher gestritten haben, er ist schuldig, er ist nicht schuldig: einer sagte, für einen unschuldigen war er zu ruhig, jemand der unschuldig ist, schreit auf — andere mein-

ten, gerade das sei ein Zeichen für seine Unschuld. »Ein Unschuldiger macht keine Witze.« Von Landrus ironischen Bemerkungen haben wir gelebt, sehr gut gelebt. Das wollten die Leute lesen. Meine Berichte sind nichtssagend, schwach, in wenigen Minuten hingehauen, ich spüre die schnelle Schreibe, mit der ich meine Telegramme gefüllt habe. Nichts von Bestand. Vielleicht hatte ich deswegen alles vergessen. Solche Berichte muß man schnell vergessen.

Berliner Tageblatt, 2. Dezember, Abendausgabe
Nachklänge zum Prozeß Landru
(Telegramm unseres Korrespondenten) Paris, 2. Dezember

Es ist nicht sehr wahrscheinlich, daß das gegen Landru gefällte Todesurteil vollstreckt wird. Ein Stimmungsumschwung zugunsten des Blaubarts von Gambais kündigt sich an. Daß er trotz der Bitte seines Verteidigers es ablehnte, ein Gnadengesuch einzureichen, hat den Glauben verstärkt, daß er trotz aller Indizien vielleicht doch unschuldig sein könnte. Die Bitte um Gnade wurde von den Geschworenen unterzeichnet, die den rätselhaften Menschen der elf ihm zur Last gelegten Mordtaten schuldig gesprochen haben. Auch der Vertreter der beiden Zivilparteien der Angehörigen der verschwundenen Frauen Cuchet und Guillin haben dieses Gnadengesuch unterschrieben, eine Tatsache, die eigentlich nicht sehr für die Überzeugung spricht, daß diese beiden Verschwundenen ermordet wurden.

In den drei Stunden, die die Beratung der Geschworenen dauerte, wurde der Gerichtssaal zum Restaurant.

Die eleganten Damen packten ihre Frühstücksstullen aus und tranken Sekt und Portwein aus silbernen Bechern.

Es gab eine heitere Unterhaltung, wie ein Zwischenakt eines Schauspiels. Die Helden des Tages, der Angeklagte und sein Verteidiger, wurden bewundert. Der Staatsanwalt fand eine schlechte Kritik. Sogar Witze wurden gemacht.

Ein alter Gendarm, den dieses Treiben anekelte, schrie die

Damen in kostbaren Pelzen an: »Still, Gesindel!!« Diese tapfere Verleugnung der traditionellen französischen Liebenswürdigkeit gegen schöne Frauen findet in der Presse großen Beifall, die sich über das widerwärtige Benehmen der Pariser Lebewelt entrüstet ausspricht.

Ich habe meine Notizen schnell auf der Rückfahrt im Zuge auf Papier gekritzelt, weil ich meine Zeilen durchtelegrafieren mußte. Im Zuge gings jeden Abend dann erst richtig los. Da gabs lauthalse Plädoyers für Landru und wildeste Angriffe gegen ihn: wenn er unschuldig ist, warum hat er dann die drei Hunde des einen Opfers erwürgt, er hat sie nicht erschossen, nicht vergiftet, er hat sie erwürgt, und dann behauptet die Segret, seine Geliebte, er hatte einen Schlaf wie ein Kind. Die anderen dagegen: wer Hunde umbringt, legt noch lange keine Hand an Menschen, sonst müßten alle Tierfänger auch verdächtig sein. Ich habe mich an diesen Auseinandersetzungen selten beteiligt, aber sie haben mich amüsiert. Wenn ich auf der Gare des Invalides ankam, hatte ich meine Artikel zusammen. Aber ich habe viel mehr geschrieben, muß den ollen Markwardt mal bitten, wenn der überhaupt noch beim BT ist, mir alle Sachen rauszusuchen, da muß noch mehr sein. Irgendwann zwischendrin hat mich der Fall gelangweilt, ich hatte manchmal keine Lust, rauszufahren. Aber Berlin wollte immer was haben. Die Geschichte ging auch durch die Cafés am Kurfürstendamm.

5

»Göring, l'incendiaire c'est toi!«

Auf der Place de la Concorde eine dichtgedrängte Menschenmenge.

Ein früher Abend im Pariser Herbst.

Kein Durchkommen.

Flics in Uniform und Zivil.

Der Polizeipräfekt wußte, was auf dem Spiel stand. Er hatte angeordnet, sich diese Leute genau anzusehen, diese Exilanten konnten ganz Frankreich in Brand stecken. Nach dem großen Krieg waren der Grande Nation revolutionäre Umtriebe erspart geblieben, jetzt brodelte es wieder. Der Polizeipräfekt hatte seinen Polizisten eingeschärft: »Jeder, der hier demonstriert, kann euch morgen schon im Dunkeln überfallen!«

Schlagbereit, gezogene Knüppel, die Flics wartend am Straßenrand.

Paul Block wußte, was auf dem Spiel stand. Er hatte seine deutschen Freunde gewarnt, sich auf keinen Fall einzumischen, wenn es zu Auseinandersetzungen käme. Wer den Flics in die Hände fiel, wurde ausgewiesen. Er hatte ihnen gesagt: »Wenn ihr eure Fremdenausweise loswerden wollt oder Sehnsucht nach dem Führer habt, dann prügelt euch mit denen.«

»Göring, der Brandstifter bist du!«

Die Stimme war unverkennbar, auch wenn er den Maître nicht sehen konnte.

Langanhaltender Applaus.

Die Flics schlugen sich die Knüppel in die Hände. Aufwärmen.

Die Exilanten hatten sich verrechnet. Niemand hatte eine solche Menge erwartet, wer würde sich schon für ein paar bulgarische Kommunisten interessieren. Während in Berlin der

Prozeß gegen die Reichstagsbrandstifter begann, versammelten sich in Paris Zehntausende. Moro-Giafferi hatte seine Rede beendet.

Langsam, sehr langsam verließen die Demonstranten den Platz.

Vorsichtiges Abtasten.

Würden die Flics eingreifen.

Manche Leute verdrückten sich in Bistros, um abzuwarten, andere sahen in die Luft, als seien sie gar nicht dabei gewesen.

Die französischen Arbeiter haßten diese reaktionären Flics und ihren Präfekten, begannen die Carmagnole zu singen, das revolutionäre Tanzlied von 1789.

Die Flics schlugen los.

Schreie.

Blitzschnell gab es blutende Köpfe.

Sie schlugen gezielt. Wollten das Lied verstummen lassen.

Schreie. Rufe. Rennen.

Paul Block drängte zur Métro, wenn ich erst auf der Treppe bin, kann mir nichts mehr passieren. Er bekam einen Schlag aufs Kinn. Ein Ellenbogen.

Das Lied schallte von einer anderen Ecke des Platzes zurück. Block war eingekesselt, fiel nicht um, wurde von hinten gestoßen und sauste gegen einen Flic.

Dann tauchte er ab, Kindertrick, machte sich kleiner, schob sich in der Hocke vorwärts.

Jemand packte ihn am Hemd.

Es ist aus.

Sie werden mich verprügeln. Sie werden mich abschieben. Sie werden, kann ich Andrea noch Bescheid sagen?

Von einem heftigen Stoß wurde er umgedreht.

»Geht's dir gut, Paul«, sagte Koszyk, der mehr als einen Kopf kleiner war als Block, »laß uns da rausdrücken, das wird hier doch sehr eng.«

Schreie. Gedränge.

Die Carmagnole, zum Takt der Knüppel.

Vor dem gegenüberliegenden Eingang der Métro hatten sich

die Flics zum Spießrutenlauf aufgebaut. Aber es gab keinen anderen Weg.

Dann wieder diese Stimme.

Moro-Giafferi.

Brüllte Polizisten an, mit seiner Stimmgewalt blaffte er gegen die Flics, schrie: »Platz, lassen Sie uns durch!« Block sah die Chance, mit Koszyk im Schlepptau, der versuchte, seine Brille auf der Nase zu halten, hinter dem Maître her. Kaum waren sie an der Doppelreihe vorbei, sausten wieder die Knüppel.

Das Lied war auch noch im Métro-Schacht, hallte durch die Tunnels. Block sah Maximilian Scheer, der eine Platzwunde am Kopf hatte. »La culture française m'a touché«, womit er eine sanfte Berührung mit französischen Werten meinte. Block lachte.

Auch der Maître lachte.

»Sie werden sich nicht mehr an mich erinnern«, Paul Block wandte sich an Moro, »ich habe mal über Sie geschrieben.«

»Nicht direkt. Wir werden uns an diesen Tag erinnern, da bin ich gewiß«, Moro zog seine Aktentasche hervor, der Griff war abgerissen.

»Ich habe für das Berliner Tageblatt über den Landru-Prozeß berichtet, gestatten Paul Block, ich bin jetzt hier«, seine Stimme wurde leiser, »im Exil«.

»Brauchen Sie Hilfe?«

Block wurde verlegen, sein Anliegen erschien ihm so lächerlich, daß er nach einer Frage suchte.

»Nein, vielen Dank, nein. – Ich würde Sie gerne in einer anderen Angelegenheit konsultieren.«

»Das ist schwierig, ich habe jeden Tag so viele Termine, daß ein Kalender kaum ausreicht. Dringend?«

»Ja, es ist dringend«, log Paul Block, nach Journalistenmasche. Eitelkeit und Wichtigkeit, die besten Wege zu einer abweisenden Person, deren Information er brauchte. Hätte er die Frage verneint, wäre er nie an den bekannten Rechtsanwalt herangekommen.

»Das ist meine Métro«, Moro-Giafferi reichte Block die

Hand, »lassen Sie sich Anfang der Woche einen Termin geben.« Paul Block blieb stehen, obwohl es auch seine Métro war.

Koszyk fragte: »Hast du ihm gesagt, wie großartig seine Rede war?«

Rue de Seine, Okt. 1933

Andrea würde eher heute als morgen zurückkehren, in ihren Träumen wird Berlin zu einem himmlischen Einfall. Als in der Wohnung alles am Platz stand, war sie ver-rückt, ermattet. Wenn ich sie darauf anspreche, fordert sie Zeit von mir. An ihr kann ich meine ersten Wochen noch einmal erleben, wie betäubt , kopflos bin ich durch Paris gelaufen, alles hinter dickem Glas, die Sinne blind. Ein unheimliches Heim, dieses Paris.

Henryk hielt ihm ein gelbliches Papier hin: »Lies es doch erst mal, Paul, dann kommen deine Einwände.«

»Aber wir müssen auch dafür sorgen, daß es heute noch verbreitet wird«. Paul ließ sich nicht beirren, Henryks Drängeln war oft unberechtigt gewesen.

»Lies, bitte, lies!«

Das gelbliche Papier war so dünn, daß Block es vorsichtig anfaßte.

Es war eine jener Presseparolen, die das Propaganda-Ministerium herausgab, immer als Tagesordnungspunkt eins der Reichspressekonferenz, dies soll berichtet werden, darüber sollte man ausführlich schreiben, dem Gegenstand wird keine Beachtung geschenkt. Diesmal ging es um eine Panne in der Gerichtsverhandlung gegen die Reichstagsbrandstifter: Einer der bulgarischen Kommunisten konnte seine Unschuld beteuern und nachweisen, daß der Holländer van der Lubbe nichts mit der KPD zu tun hatte, sondern ein »Anarchist und Einzelgänger« war. Diese Nachricht sollte in der Reichspresse nicht erscheinen. Block zögerte keine Minute, spannte einen Bogen ein und übersetzte. Während er tippte, fragte er Henryk, wie er an dieses Papier gekommen war.

»Das ist das Geheimnis des guten Journalisten, daß er niemals seine Quelle preisgibt, aber weil du ein Freund bist, hier . . .«

Henryk hielt ihm einen Drehbleistift hin, eine bloße Attrappe. »Da war das Blatt drin, fein gefaltet.« Die große Kundgebung auf der Place de la Concorde hatte genügend Aufmerksamkeit erregt, das würden auch die französischen Zeitungen nicht auslassen, wenn sie jetzt eine Extra-Ausgabe der »Pariser Korrespondenz« anboten. Vielleicht konnte so das Eis gebrochen werden. Diese Presseparolen, die Goebbels für die mittägliche Reichspressekonferenz herausgeben ließ, wurden in den Redaktionen befolgt, als habe es solche Maulkörbe schon immer gegeben.

Auf dem gelblichen Papier stand, was Block und seine Freunde längst wußten: Dimitroff und die anderen bulgarischen Kommunisten hatten nichts mit der Brandstiftung zu tun, und auch bei van der Lubbe war das fraglich. Aber Goebbels brauchte einen Täter.

Block suchte nach einer guten Übersetzung für »Einzelgänger«, »malfaiteur« traf den Sinn nicht, weil es zu sehr nach Täter klang.

Henryk umkreiste den Schreibtisch, als müsse er Block zur Arbeit antreiben.

Andrea wird warten, das heißt einen stummen Abend, wie Block in der letzten Zeit ihr Zusammensein nannte.

»Kannst du nicht ein EXTRA auf die Matrize zeichnen, damit die wissen, daß da nicht unser Einerlei auf ihrem Redaktionstisch liegt?«

Henryk sah ihn fragend an.

»Das schreibt man: E – X – T – R – A.«

Henryk zeigte ihm den deutschen Gruß, tippte mit dem Finger an die Stirn: »Jawoll, heil Block.«

»Isolé« konnte man auch nicht sagen, vielleicht war van der Lubbe gekauft, vielleicht . . .

Paul Block lehnte sich zurück, sah zu, wie Henryk Buchstaben aufs Papier malte.

Wenn van der Lubbe eingeweiht war, wenn er dieses Spiel für die Öffentlichkeit spielte, weil man einen Täter brauchte, schließlich konnten die Braunhemden nicht zugeben, daß sie selbst den Reichstag angezündet hatten, schließlich wußten Männer wie Hanussen schon tags zuvor, daß ein deutliches Zeichen gesetzt werden sollte. Jetzt hat man dieses anarchistische Würstchen auf die Anklagebank gesetzt, damit dort jemand sitzt, auf den die Öffentlichkeit mit dem Finger zeigen kann. »Das wird den Herren hier zu schlucken geben, wenn die das in der Botschaft lesen, dann stehen die Kopf.«

»Im Reich müßte man es lesen«, erwiderte Block.

»Solitaire« wählte er, das klang nach Einzelgänger, denn davon ging Block aus, ob gekauft oder nicht, konnte er in der Eile nicht entscheiden. Er rupfte das Farbband aus der Maschine und tippte seinen Text auf die Wachsmatrize.

Café Mephisto, 9. 11. 1933

Noch mal zu meiner Prozeßberichterstattung im Fall Landru: meine Artikel klingen so stimmig, so widerspruchslos, so offensichtlich, daß man glauben muß, was man schwarz auf weiß gedruckt liest. Was ich im Prozeß selbst erlebt habe, was ich von Kollegen hörte, aus dritter, vierter Hand oft, Mutmaßungen mehr als eigene Recherchen. Es kann gut sein, daß ich ein bloßes Bild der Oberfläche wiedergegeben habe, so wie es sich mir als Betrachter bot, oder: bieten sollte.

Seit drei Stunden wartete Paul Block auf den Maître. Immer wieder war die Sekretärin gekommen, um ihn zu vertrösten oder ihm Kaffee zu bringen. Dann entschuldigte sie sich, daß sie in die Mittagspause gehe. Er könne warten, wenn es wirklich dringend sei.

Zwischendurch klopfte jemand an die Tür, mal läutete der Fernsprecher.

Mehrfach hatte Block daran gedacht, einfach aufzustehen und zu gehen, aber sein Interesse ... Schließlich mußte Moro etwas wissen, wenn sein Mandant nicht hingerichtet worden war. Block rechnete nicht damit, daß ihm der Anwalt dies mitteilen würde, aber er setzte auf sein Gespür, seine Einfühlung.

Warum sollte Grock diese Geschichte erfunden haben? Wie bei einer Mathematik-Aufgabe hatte Block alle Varianten durchprobiert, es gab allerdings zwei Lösungen, zwei Erklärungen, wenn der Clown nicht einfach geflunkert hatte: die eine war, daß sich jemand in Buenos Aires als Landru ausgab, vielleicht um seine wahre Herkunft zu vertuschen und sich Achtung in der Gesellschaft zu verschaffen – die andere war, daß man den Clown bewußt irregeführt hatte, aber diese Lösung war sehr unwahrscheinlich.

»Monsieur Block«, Moro-Giafferi war zurück, »bitte entschuldigen Sie vielmals, aber die Termine ... kommen Sie doch durch.« Er schob seine Körpermassen durch zwei Türrahmen, ein Wunder, daß er nicht steckenblieb, warf seine Aktentasche, deren Griff noch nicht repariert war, auf einen Stuhl und ließ sich hinter seinem Schreibtisch in einen hohen Lederfauteuil fallen.

Der Raum war so dunkel, daß Block mit den Händen nach einem Stuhl tasten mußte, nur eine schwache Deckenlampe brannte in diesem Büro, das von Akten zugestellt war.

»Es ist mir etwas sehr Peinliches geschehen, Monsieur Block, ich muß Sie enttäuschen. Sie werden sich doch sicher an unseren Zusammenstoß bei der Dimitroff-Kundgebung erinnern ...«

Block nickte, bei einer bestimmten Haltung seines Kopfes spürte er die Schmerzen.

»Man hat mir mein Redemanuskript gestohlen, in dem Gedränge.«

»Ja?«

»Aus dieser Tasche dort. Als ich wieder meine Etude betrat, war der Text verschwunden, so kann ich Ihnen gar nicht behilflich sein. Deswegen sind Sie doch gekommen, oder irre ich mich?« Block winkte ab.

»Gut. Dann haben Sie ja nicht umsonst gewartet. Was gibt es Dringendes? Sagten Sie nicht so?«

Paul Block begann von dieser »verrückten Geschichte« zu erzählen, daß ein Freund in Buenos Aires 1926 Landru bei einem Festbankett gesehen habe, ganz lebendig, vergnügt in der High Society, und dies, obwohl alle Welt wisse, daß er vier Jahre zuvor hingerichtet worden sei.

Block konnte das Gesicht von Moro kaum ausmachen, er meinte eine leichte Aufgeregtheit bei ihm feststellen zu können, ein wenig Excitation.

»Wann soll das gewesen sein?« die Frage war kurz.

»1926, Buenos Aires.«

»Wer hat ihn da gesehen?«

»Ein Bekannter, Sie werden ihn nicht kennen. Aber seien Sie versichert, der würde keine solche Geschichten erfinden, der erlebt genügend Aufregungen.«

»Den Namen?« der Maître ließ nicht locker.

»Ich gebe meine Quellen niemals preis!« Block schüttelte den Kopf.

»Den Namen. Machen Sie schon.«

Paul Block zögerte einen Moment, dann sagte er: »Wettach, Adrian Wettach«, und er hatte nicht gelogen, das war der richtige Name des Clowns.

»Wohnort?«

»Einen Augenblick, Maître, ich weiß nicht, wieso Sie dieser Mann interessiert, und ich glaube, daß dies sehr wenig zur Sache tut. Meine Frage ist: können Sie sich als Rechtsanwalt einen Reim auf diese, sagen wir es salopp, Wiedergeburt machen?«

»Meine Frage ist: wo wohnt der, wie hieß er, Wettach?«

Es war nicht zu fassen, wie stur Moro Blocks ironische Art überging.

»In Italien.«

»Genauer wollen Sie es nicht sagen?« Moro erhob sich, den Ledersessel knarrend hinter sich lassend.

»Was wollen Sie mit seiner Adresse?«

Block bereute es, wegen einer so lächerlichen Anekdote hierhergekommen zu sein, aber diese Halsstarrigkeit des Anwaltes reizte ihn. Wieso kann er nicht auf meine Frage antworten?

»Ich halte das für eine Ungeheuerlichkeit, für eine infame Unterstellung. Mit solchen Methoden wird mein Ruf untergraben, ich sehe darin den Vorwurf, daß ich, mit wem auch immer, dunkle und ungesetzliche Angelegenheiten betreibe. Mein Verhältnis zu Henri-Désiré Landru war ein sehr sachliches, sehr ruhiges. Ich habe ihn nach besten Kräften verteidigt, aber das Gericht ist meinen Anträgen nicht gefolgt. Wie kommt dieser, sagen wir es mal unverblümt, Flegel dazu, nun ein Gerücht in die Welt zu setzen, Landru sei nicht hingerichtet worden? Ich war doch selbst dabei.«

Block, der sich nicht leicht erschrecken ließ, war verwundert, mit welcher Verbissenheit Moro in seiner Sache plädierte, er sagte: »Ich war auch dabei. Ich frage ja ...«

»Wir haben in der Sache verloren, das war schlimm für Landru. Aber nicht zu ändern. Wenn hier Behauptungen aufgestellt werden, deren Ausläufer auch mich beschmutzen, dann werde ich juristische Schritte einleiten, um mich von diesen Verdächtigungen zu reinigen.

Wo wohnt Ihr ... Bekannter?«

Jetzt erhob sich auch Paul Block, der Vierschröter war größer als der fettleibige Anwalt.

Sie standen sich gegenüber.

Ich hab ihn falsch eingeschätzt, dachte Block, im Gerichtssaal war er ein Fels der Ruhe, hier ist er das Meer.

»Ich glaube Ihnen, Maître, ich wollte mich nur vergewissern, wenn etwas an dieser Geschichte hätte sein können, Sie verstehen, mein Beruf, da will man doch nichts unversucht lassen ...«

»Journalisten sind Schweine. Wenn Sie meine Meinung hören wollen. Sagen Sie Ihrem Bekannten, er soll mit seinen Wichtigtuereien aufhören, sonst werde ich Mittel einzusetzen wissen, wie ich ihm beikomme. Und jetzt verlassen Sie meine Etude. Ich habe Arbeit.«

Paul Block reichte ihm die Hand.

Hat keinen Zweck mit ihm zu streiten.

Moro-Giafferi erwiderte die Geste nicht.

6

Das Restaurant »L'Ermitage« war ein berühmtes Ausflugsziel, jedoch nicht wegen einer erlesenen Küche. Der Raum, in dem die fünf kleinen Tische untergebracht waren, war so spärlich beleuchtet, daß man das Essen auf dem Teller kaum sah. Romantisch sollte es sein, aber es war schlicht dunkel. Außerdem war der notdürftig vertäfelte Raum feucht.

Andrea und Paul Block waren an einem nicht zu kühlen Sonntag die 40 Kilometer aus der Stadt gefahren, hatten den Wagen in Gambais geparkt, um einen längeren Spaziergang zu machen. Ein kleiner, weit auseinandergezogener Marktflecken, eine alte Festung, die ebenso wie das Schloß besichtigt wurde, kurz vor dem Abendessen wollten sie noch in den Wald von Rambouillet. Aber Block war zu müde, fühlte sich nicht gut, überarbeitet, die tägliche Anstrengung an seiner Orga privat, oft kamen Sitzungen hinzu, Veranstaltungen mußten vorbereitet werden. Block war eingebunden in die Emigranten-Arbeit. Die Crudités, die sie beide als Vorspeise bestellt hatten, erinnerten an Gemüseabfälle. Lustlos stocherte Block auf seinem Teller herum, bis er aufgab und auf den nächsten Gang hoffte. Obwohl sie nun schon drei Monate zusammen waren, war eine Fremdheit zwischen ihnen, die nicht nur darin Ausdruck fand, daß sie selten miteinander schliefen. Mehrfach hatte Block versucht, die Fremdheit zu benennen, hatte hundert Gründe gefunden.

Das Restaurant »L'Ermitage« war von Eisengittern umgeben, vor denen Spindel- und Fliederbäume standen, hinter dem Haus war ein Garten mit Obstbäumen. Als sie gegen drei nach dem Besitzer fragten, um für den Abend vorzubestellen, hieß es, daß vor sechs Uhr dreißig nichts zu regeln sei. Während Block im Bistro wartete, machte Andrea die Vorbestellung, sie war pfeifend zurückgekommen, es sei alles klar, das Haus gefalle ihr gut.

Als zweiter Gang wurde Suppe gereicht, Fischbrühe sollte es sein, Spuren von Fisch waren auch zu entdecken, wenn man nur lange genug suchte, ihre rosa-blasse Farbe war nicht sehr vertrauenerweckend, aber der Geschmack von Rosmarin ließ sie dann doch eßbar werden.

»Die kochen hier, als sei Paris mehr als tausend Kilometer entfernt«, sagte Block nach dem vierten Löffel.

»Dann wäre man ja fast in Berlin«, erwiderte Andrea, die sich mit der Serviette den Mund abtupfte.

»Dir ist jeder Hinweis auf Berlin recht, auch wenn er mittels einer schlechten Suppe zustande kommt.«

Er faßte ihre Hand, die ruhig auf dem Tisch lag, sie fühlte sich ganz warm an. Vertraut. Andrea ließ sich sein Streicheln gefallen. Er sah sie lange an, offen, versuchte ihren Empfindungen nachzuspüren.

»Wie kommst du mit Krystyna aus, sie ist manchmal etwas barsch, findest du nicht?« Andrea sprach leise, verletzt. Block hatte die beiden Frauen zusammengebracht, aber es hatte sich kein Kontakt ergeben. Während des Prozesses gegen die Brandstifter hatte er häufiger mit Krystyna zu tun, weil sie tägliche Berichte über die Gerichtsverhandlung verfaßte. Andrea lächelte ein wenig: »Ich mag sie, sie hat viel von dem, was ich gerne hätte, besonders hier in Paris.«

Die Beleuchtung wurde eingeschaltet. Aus der Küche trat ein untersetzter Schnauzbart, mit einem Zylinder auf dem Kopf. »Messieurs-dames, wir unterbrechen Ihr Abendessen für eine kleine Führung durch das Haus.«

Paul Block hatte so etwas geahnt, Andrea sah ihn überrascht an.

»Hier, wo Sie speisen, ich hoffe es schmeckt Ihnen, Messieurs-dames, ist eins von vier kleinen Zimmern, wo Landru sich mit seinen Frauen aufgehalten hat. Nicht immer war er hier, sondern mußte sich seine Opfer aus Paris mitbringen.

Wenn Sie mir folgen würden, dann zeige ich die Küche, wo Landru seine Frauen gebraten hat.« Andrea blieb sitzen, Block nahm ihre Hand und zog sie hoch: »Komm, das gehört dazu, ist im Preis enthalten.«

»Ist es nicht dégoutant, Paulino?«

Er grinste.

»In der Küche haben wir leider nicht den Original-Ofen, ein großes Schade, aber der Ofen wurde gestohlen. Nach dem Prozeß hat ihn eine Zigeunerin gekauft für 4000 Francs, überlegen Sie sich, 4000, um ihn im Luna-Park aufzustellen, aber dort wurde er entwendet, in einer großen Schießerei mit den Nachtwächtern. Dies ist die Küche, Messieurs-dames, hier hat Landru sechs Frauen gebraten.«

»Paul, bitte, das muß ich mir nicht anhören, dann schmeckt mir das Essen nicht mehr.« Andrea entzog sich ihm.

»Hat es dir denn bisher geschmeckt?« er griff nach ihrer Hand, »Laß den Mann doch, hat Charme dieser Zylinder.«

Der Schnauzbart führte sie in den ersten Stock.

»Da ist das Schlafzimmer, wo Landru mit den Frauen verkehrt hat.

Unter dem Namen Dupont hat er die Villa ›L'Ermitage‹ im Jahre 1915 gemietet, vorgestellt hat er sich als Ingenieur. Die erste Gästin war Madame Héon, Dezember 1915. War furchtbar kalt. Er hat sie gewärmt. Zuviel gewärmt. Nach ihr kamen die Damen Collomb, Babelay, Buisson, Jaume, Marchadier, nein, davor noch die Pascal.«

Andrea würgte. »Hättest mich wenigstens schonend vorbereiten können, ich dachte, wir machen eine Landpartie mit Essenfassen, wie im Grunewald.«

»Das hier ist Frankreich, Andrea, aufwachen.«

»Die Umkleidekammer, in der später bei der Recherche Kleidungsstücke gefunden wurden. Landru war ein Fetischist, hat die Negligés und Höschen von den Damen aufbewahrt, weil sie noch geduftet haben. Damit ist meine kleine Führung am Ende.«

Paul Block war enttäuscht, hatte sich mehr Einzelheiten versprochen, er ließ Andrea in der Umkleidekammer stehen und folgte dem Zylinder.

»Ich hoffe, Sie werden sich noch an meinen Tisch setzen, ich habe einige Fragen.«

»Das kann ich Ihnen nicht gewähren, Monsieur, leider nicht. Ein großes Schade. Ich muß mich um das Essen kümmern«, er nahm seinen Zylinder vom Kopf, zog aus der Tasche eine weiße Kochmütze und setzte sie auf, »sonst werden Sie mich nachher schimpfen, weil es nicht geschmeckt hat. Jeden Tag kommen Gäste, die wollen wissen, aber ich kann das nicht. Ich habe das Haus für ein Restaurant gekauft, es hat einen kleinen Pfiff. Mehr nicht.«

»Nach dem Essen, Herr Koch, da wird es sicher besser gehen?« fragte Block.

»Sie haben alles gesehen, Monsieur, mehr kann ich Ihnen nicht sagen. Und wenn Sie der König von Deutschland wären. Sie sind doch Deutscher, nicht?«

»Aber Sie sind ein Kenner der Materie, Herr Besitzer.«

»Die Deutschen fragen immer, wie hat er es gemacht, wo hat er die Frauen zerlegt, wann hat er sie gebraten? Wollen alles wissen .«

Der Besitzer drehte sich um, ließ Block auf dem Treppenabsatz stehen.

Andrea stand am anderen Ende: »Hat er dich abgeblitzt, der kleine Moustache, was?«

Sie kam herunter, als hätte sie etwas Wunderbares gesehen. »Ganz schön durchtrieben, dein Landru.«

Als Hauptgericht wurde Lammkotelett mit grünen Bohnen serviert. Ungewürzt. Die Böhnchen schmeckten derart fade, daß Block die Rechnung bestellte.

»Ist dir der Appetit vergangen, Paulino?«

Auf seinem Teller legte Block mit den laschen Bohnen ein Wort zusammen, um der Küche einen Qualitätshinweis zu geben: MERDE.

Nach der vormittäglichen Redaktionsarbeit suchte er immer häufiger seinen beiden Kollegen zu entfliehen und damit auch den schlechten Nachrichten, die er aus dem Reich zu verbreiten hatte. Hinzu kam, daß die Mittagspause meist dazu genutzt wurde, um sich über andere Emigranten das Maul zu zerreißen, sie zu demaskieren, wie Block diese Haß-Gespräche nannte. Dieser war nicht politisch genug, jener war zu angepaßt an französische Verhältnisse, wieder ein anderer suchte in Paris eine neue Karriere. Manchmal hatte Block das Gefühl beim Generalanzeiger angestellt zu sein, nur daß dort die Journalisten den Klatsch verbreiteten, während in der »Korrespondenz« nie auch nur eine Zeile über diese Geringschätzungen erschien. Öfters entschuldigte Block sich mit Migräne, wenn es ihm zuviel wurde.

Dann ging er ins »Procope«, ein Festpreis-Restaurant, das sich im ersten Stock gegenüber der Alten Komödie befand. Dort gab es Vorspeise, Tagesplatte, Käse und Nachspeise und ein Viertel Wein für sechs Francs. Die Tische mit heller Marmorplatte waren sehr klein, so daß man eng aneinander sitzen mußte. Nur am Ende des Lokals befand sich ein rechteckiger, großer Tisch, dort durften sich die ›Messieurs celèbres‹ niederlassen, um zu speisen.

Paul Block gehörte zu ihnen. Wenn er das Lokal betrat, huschte ein Kellner heran, um nachzusehen, ob ein Platz an diesem Tisch frei war, wenn nicht, wurde in kurzer Zeit dafür gesorgt. Block wußte diese Geste zu schätzen, obwohl sie aus seiner früheren Pariser Korrespondentenzeit rührte, eigentlich müßte er auch an diesen kleinen Marmortischen sitzen.

Ernst von Kammer stand vor ihm, etwas fülliger, seine Anzugjacke war sauber geflickt. Block wollte zwar in Ruhe essen, aber er hatte Ernst so lange nicht gesehen.

»Was macht dein Manuskript?« fragte er.

»Gut. Es geht voran.« Wortkarg.

»Kann ich es lesen, wo du es doch schon aus der Hose geschnitten hast?«

»Später.«

Block hielt ihm sein Rotweinglas hin. Kammer trank.

»Hab im Lotti gearbeitet, Montmartre.«

»Kenn ich, da hab ich mal gegessen. Guter Laden.«

Dann stand er wieder da, ohne etwas zu sagen.

»Und jetzt?« fragte Block, ohne seinen Salat zu vernachlässigen, »war kein guter Posten?«

»Als plongeur. Rattenloch. Dreizehn, fünfzehn Stunden am Tag. Der letzte Abschaum wäscht die Teller.«

»Und jetzt?« Block wiederholte seine Frage, »nu laß dich doch nicht so lange bitten.«

Block winkte dem Kellner und bestellte ein Essen für Kammer.

»Interessiert doch nicht. Machen ein Café auf.«

»Brauchst du Hilfe, Ernst, ich kenn die alle von Berlin?«

»Laß gut sein, hat Zeit.«

»Aber du hast keine Arbeit. Keine Arbeit heißt kein Fressen, kein Fressen heißt keine Zeit zum Schreiben. Logik.«

Kammer legte die Schlägermütze auf den Tisch: »Ich hab da gestanden, in dieser dreckigen Küche. Neben dem Abwasch mußte ich die Kellner, diese Ärsche, auch noch mit Essen versorgen, ihnen servieren, die waren so was von anmaßend, überheblich, ich war oft kurz davor zuzuschlagen. Aber das war nicht das Schlimmste. Das war etwas ganz anderes. Wenn ich da stand, beide Hände tief in dieser Seifenlauge, in rasendem Tempo hab ich die Teller und Bestecke da rausgegeben, ich hab über zehn Geschirrtücher bis zum Abend verbraucht, wenn ich da stand, dann konnte ich die feine Herrschaft reden hören, parlieren, hochnäseln, denn ich war nur durch eine Doppeltür vom Speiseraum getrennt, das waren vielleicht vier, fünf Meter, ich hab da öfter mal reingeschaut, weiße Seidentischtücher, kosteten so viel, wie ich in zwei Monaten nicht zusammengeschuftet habe, frische Orchideen, Goldgeglitzer überall, die leise Atmosphäre des splendiden Diners. Waren zwei Deutsche, sprachen über gute Geschäftsabschlüsse, die sie getätigt haben, prahlten mit den neuen Beziehungen, daß alles wie geölt geht, daß sie nun auf der Welle des Erfolges seien, der Führer zahlt sich aus. Da hab ich die Geduld verloren, bin raus aus der Küche, dreckig, wie ich war, das zerrissene Unterhemd klebte am Leibe, hab die beiden hochgescheucht, sie durch die Doppeltür in die Rattenküche gezerrt und sie angebrüllt, daß das ihr Freßplatz sei. – Dann haben sie mich gefeuert.«

Paul Block legte Messer und Gabel weg, sah Ernst von Kammer an, schlug ihm freundlich auf den Hinterkopf: »Mensch, Ernst, großartig. Hier. Trink.« Ernst lachte unsicher.

Er nahm sein Glas. Block stieß heftig mit seinem daran.

»Eine Geste und keine Arbeit«, sagte Ernst von Kammer, bevor er das Glas ansetzte.

Paul Block merkte, daß Ernst keine Geschichte erzählte, nicht eine bloße Anekdote, sondern er hatte etwas getan, wozu er vor Jahren in Berlin kaum fähig gewesen war. Wie die Feder eines Uhrwerks zusammengedrückt war er gehockt und plötzlich explodiert.

»Dabei stehen wir noch ganz oben. Im Lotti heißt es: Trau einer Schlange eher als einem Juden, und einem Juden eher als einem Griechen, aber trau niemals einem Armenier.«

Krystyna hatte zwei Flaschen Rotwein in der Hand, als sie kurz nach sechs die Redaktion der »Korrespondenz« betrat.

»Ach, wir sind allein?«

»Die anderen sind schon gegangen. Obwohl ich kaum glaube, daß sie Geschenke kaufen werden.«

Block legte die Zeitungsausschnitte weg. Die schlechten Nachrichten aus dem Reich, schwarz auf weiß gelogen. Daneben die geheimen Anweisungen der Reichspressekammer, die der Redaktion zugespielt wurden, mit diesen Presseparolen steuerte das Propagandaministerium die Zeitungen. »Braune Presse«, im Herbst sind alle Blätter braun, hatte Goebbels prophezeit, und er erreichte diese Gleichschaltung mit Terror und

Einschüchterung. Die meisten Blätter wechselten die Farbe jedoch freiwillig.

»Es gibt was zu feiern«, Krystyna entkorkte eine Flasche mit einem Taschenmesser so geschickt, als habe sie jahrelang nichts anderes getan.

»Ja, die paar Weihnachtstage werden mir gut tun, ich brauche Pause, dringend ...«

Krystyna setzte ihm die Flasche an den Mund.

Er verschluckte sich erst einmal, dann schmeckte er den billigen Roten.

»Dimitroff ist frei, Torgler, Taneff, Popoff sind frei.«

»Was?« Block sprühte eine Weinfontäne über seinen Schreibtisch.

»Ja, Paul, wir haben es geschafft. Sie sind frei.«

Dann erzählte sie vom letzten Prozeßtag, daß die bulgarischen Kommunisten freigesprochen wurden, und van der Lubbe wegen Brandstiftung und Hochverrat verurteilt worden sei, im Januar werde das Urteil bereits vollstreckt werden. »Ich bin mir sicher, daß er es nicht war. Aber ein Anarchist kann sich am wenigsten dagegen wehren.«

»Wie mein Frauenmörder«, Block versuchte mit einem Taschentuch die Flecken auf den Zeitungsausschnitten zu beseitigen.

»Ah, der Lieblingsmörder von unserem Paul, hörst du überhaupt zu?«

»Was soll das, Elisa?« er nannte sie bei ihrem politischen Namen.

»Davon spricht doch jeder, Paul Block und sein Landru, dem Mörder auf der Spur. Schon was entdeckt, Kommissar?« Krystyna stand am Fenster.

Reden sie also schon drüber, dachte Block, klar, warum sollten sie auch nicht über mich reden.

»Das ist wirklich was zu feiern«, Block stand auf, »komm laß uns irgendwo hingehen, wir haben ja unseren kleinen Anteil an diesem Erfolg.«

Die Arbeiter schoben die großen Gitter der Hallen zu, fegten Gemüse- und Fischabfälle zusammen, die vor den Ausgängen in großen Mengen lagen.

»Ich hab geträumt«, Krystyna blickte unverwandt nach draußen, »daß wir beide in einer Bibliothek sitzen, wir arbeiten, und mitten in der Arbeit habe ich dich gefragt, ob du mit mir schläfst?«

»Und was hab ich geantwortet, in deinem Traum?«

»Nein«. Sie drehte sich um.

»Schade.«

»Was ist schade?«

»Schade, daß ich das gesagt habe. Aber es war ja nur ein Traum.«

Paul Block öffnete das Fenster und ließ die kalte Luft hereinströmen.

»Aber es ist wahr?«

»Was?«

»Daß du nicht mit mir schlafen willst.«

»Ich glaube, daß du das gar nicht geträumt hast.«

Krystyna umarmte ihn, küßte ihn, er ließ es eine Weile geschehen, dann löste er die Umarmung.

»Sicher, ich will mit dir schlafen.«

»Wann?«

Krystynas Augen verengten sich.

Paul Block lehnte sich aus dem Fenster, als könnte er die Antwort auf diese Frage auf dem Bürgersteig lesen.

»Jetzt.«

Mit schnellen Schritten ging er zur Tür, drehte den Schlüssel um, löschte das Licht.

Krystyna stand regungslos am Fenster, noch immer kam die Kälte herein.

»Nein, nicht jetzt, später. Heute ...«, sie stammelte.

»Hast du das wirklich geträumt, ich meine, daß ich dann ›Nein‹ gesagt habe?«

Krystyna kam auf ihn zu, wiederholte ihre Umarmungen.

»Ich hab es geträumt, du kannst mir glauben, wirklich, das war ein Traum in einer der letzten Nächte. Aber du hast nichts gesagt, hast nur dagestanden und nichts geantwortet. Was würdest du antworten, wenn ich dich frage?«

»Ich würde, ich sage: Jetzt, auf der Stelle!«

Kystyna sagte: »Langsam. Nicht so schnell.«

Paul Block umfaßte sie.

»Paul, du spinnst, im Büro. Das wird nicht schön.«

Block ließ die Arme fallen.

Er ging zum Fenster und schloß es. Blieb eine Zeitlang dort stehen und sah hinaus.

Krystyna schaltete das Licht wieder an.

»Dimitroff ist frei«, sagte sie, »wir haben es geschafft.« Und sie sagte das, als könnten die Pariser Emigranten ihr nächstes Weihnachten wieder zu Hause feiern.

»Sie wissen, warum Sie herbestellt wurden?«

Paul Block wußte es genau, aber er schüttelte den Kopf. »Wir sind sehr unzufrieden mit den Turbulenzen, die von der Emigrantengruppe deutscher Herkunft ausgeht.«

»Ich verstehe«, sagte Block, der sich leicht auf dem eckigen Holzstuhl zurücklehnte.

Es entstand eine Pause.

Der Raum war überheizt. Obwohl es draußen noch einige Temperaturgrade hatte, war die Préfecture wie ein Backofen. Vielleicht sollen die hier Vorgeladenen weichgekocht werden, dachte Block. Mal sehen, wie er die Unterhaltung wieder in Gang bringt.

»Gerade aus der deutschen Emigrantengruppe, Monsieur Block, kommen immer . . .«

Die Tür ging auf.

Ein junger Flic steckte den Kopf herein, besah sich Block ausführlich, bis der Commissaire ihn anbrüllte: »Raus, ich arbeite, merde-alors!«

Paul Block schob das rechte Bein über das linke, die

Arme immer noch vor dem Brustkorb verschränkt, ganz entspannt.

»Wir haben hier einige Berichte vertraulicher Natur, daß unter der deutschen Emigrantengruppe sich Männer und Frauen befinden, die bei Ihnen zu Hause vorbestraft waren oder bereits längere Zeit im Gefängnis verbracht haben, ich meine, Sie als alter Paris-Kenner müßten uns doch da behilflich sein können.«

Ich lasse ihn auflaufen, dachte Paul Block, und sagte gar nichts. Für ihn waren solche Gespräche Routine, oft hatte er deutschen Kommissaren gegenübergesessen, die von ihm Namen von Informanten haben wollten oder sachdienliche Hinweise, die er auf keinen Fall geben wollte. Block vermutete, daß man ihn bei der Kundgebung gesehen hatte, vielleicht hatte ihn auch jemand verwechselt, denn in den Abendstunden war es zu schweren Auseinandersetzungen mit der Polizei gekommen.

»Wollen Sie uns nicht helfen?« fragte der Commissaire.

»Ich weiß nicht, was Sie wollen.«

Paul Block sah aus dem Fenster, auf die hohen Platanen, die langsam ihre Blätter verloren. Wie lange bin ich jetzt schon in Paris, dachte er, als ich kam, hatten die Bäume noch kein einziges Blatt.

»Ich habe das doch genau gesagt, Monsieur Block. Sie waren Frankreich immer gut gesonnen, Sie sind ein anerkannter Mann. Sie haben immer gut über uns geschrieben, das weiß man hier in Paris. Wollen Sie, daß diese Stadt von den Terroristen zerstört wird?«

Paul Block wartete auf den Moment des Ausbruchs. Immer wenn einer wie dieser, der ihm da gegenübersaß, die Arme auf den dunklen Schreibtisch gestützt, in vorgebeugter Haltung, bereit zum Sprung, nicht weiterkam, dann wurde es laut.

»Monsieur le commissaire, ich habe nicht die geringste Ahnung, was Sie wollen. Sie zitieren mich in die Préfecture, schmeicheln mir, was ich für ein anerkannter Mann bin, das höre ich gerne — jetzt bin ich in Paris im Exil, so ist die Lage.«

»Aber Sie kennen die Leute, die hier mit Bomben spielen.«

So nun wird übertrieben, morgen ist ganz Paris ein einziger Schutthaufen, weil ein paar Bombenbastler am Werk sind, Paul Block dachte an den sozialdemokratischen Polizeipräsidenten Zörgiebel in Berlin, der konnte auch immer so wundervoll übertreiben.

»Ich kenne sie nicht.«

Der Commissaire sprang von seinem Sitz.

»Wir können auch ganz anders, wir können Ihnen die Carte entziehen, wir können Sie dahin schicken, wo Sie herkommen, wir ...«, seine Stimme überschlug sich, er krächzte weiter, »wir lassen uns das nicht mehr gefallen, diese ganze Emigrantenbrut, ein einziges Rattenloch, alles Ratten.«

Die Unterhaltung hatte die Stimmung geändert. Und jetzt wurde es auch für Paul Block gefährlich. Da war er nicht mehr der anerkannte Journalist vom Berliner Tageblatt, sondern ein beliebiger Exilant, den man des Landes verweisen konnte.

»Moment, ich sehe keinen Grund, warum Sie sich erregen, ich kann Ihnen mit keinen Namen dienen, weil ich in ganz anderen Kreisen verkehre. Die ›Pariser Korrespondenz‹, das sind, sagen wir, Journalisten, Intellektuelle, wir kämpfen mit dem Wort, aber auf gar keinen Fall gegen Frankreich, niemals gegen Paris oder die Franzosen, wir kämpfen gegen Deutschland und seine Lügen. Das ist etwas anderes.«

Paul Block hatte so lange geredet, damit der Commissaire Zeit hatte, von seiner Emotionswelle wieder herabzuschwimmen und sich an den Schreibtisch zurückspülen zu lassen.

»Monsieur Block, ich mache Sie persönlich dafür verantwortlich, wenn ...«, er unterbrach sich, hustete, »wenn in der nächsten Zeit etwas passiert, und es sei auch am Rande von Paris, und eine deutsche Hand wird dabei erwischt, dann sehen wir uns hier wieder, und zwar zum letzten Mal.«

Paul Block wußte, daß der Commissaire damit keine leere Drohung ausgesprochen hatte, so hohl seine Worte auch klangen. Natürlich war den Franzosen so ein Presseorgan wie die

»Pariser Korrespondenz« ein Dorn im Auge, denn dadurch verschlechterten sich die Beziehungen zwischen Paris und Berlin. Vielleicht gab es auch bereits eine erste Anfrage, aus diplomatischen Kreisen, ob man diese elenden Kläffer nicht ruhigstellen konnte. Die Kundgebung für Dimitroff hatte gezeigt, daß sich viele Menschen in Paris mit den Vorgängen im Reich beschäftigten. Das waren nicht nur die Kommunisten.

»Sie können davon ausgehen, daß wir die deutsche Emigrantengruppe sehr genau im Auge haben, da wissen wir über jeden einzelnen Bescheid.«

Paul Block war sich da nicht so sicher, sonst hätten sie wirklich schon jemand verhaftet, aber er nickte und sagte: »Liegt denn gegen mich irgend etwas vor? Ich meine, gibt es einen direkten Grund, warum Sie mich vorgeladen haben?«

»Es gibt immer Gründe bei dieser Sorte Deutschen.«

Der Commissaire wies ihm die Tür.

Block erhob sich langsam.

Er spürte das Gespräch im Magen. Auf jeden Fall mußte er mit Rosenfelder und den Kollegen eingehend darüber beraten. Diese Stimmung konnte gefährlich werden, wenn sie in Haß gegen die Emigranten umschlug. Während der Kundgebung für Dimitroff hatte er geglaubt, daß die meisten Franzosen für die Emigranten eintraten.

»Au revoir«, zischte der Commissaire.

Block machte einen Diener.

Als er die hölzernen Stufen hinunterging, war ihm mulmig. Dieses Gespräch würde eine Aktennotiz hinterlassen. Auch wenn er nichts gesagt hatte. Einen Augenblick glaubte er, die Vorladung könnte etwas mit seiner Recherche über Landru zu tun haben. Dann verwarf er den Gedanken wieder.

7

»Ich glaube, Sie sind sogar auf einem Foto selbst drauf«, Roger Viollet wühlte in den Abzügen wie ein Kartenspieler, der mit großem Geschick das richtige As herausfischt. Der weißhaarige, gebückte Mann, der Block kaum bis an die Brust reichte, hatte ihn sofort erkannt: »Bonjour, Monsieur Block, Berliner Tageblatt«, und dies obwohl seine Zeitung keine Fotos vom Landru-Prozeß haben wollte. Das kleine Holzhäuschen, direkt an der Seine, glich mehr einer Rumpelkammer als einem Fotogeschäft.

Block wußte nicht, ob er sich setzen sollte, denn alle Sitzgelegenheiten waren mit Bildern belegt, auch die Wände waren mit Probeabzügen, größten und kleinsten Formaten, bedeckt. Roger Viollet liebte das Chaos.

»Hier, das sind ein paar Aufnahmen aus dem Prozeß, wenn die Sie interessieren, aber ich hab noch mehr«, dann tauchte er zu neuerlichem Suchspiel in seine Bilderberge.

Die helle Stimme, die gar nicht zu seinem Kleinwuchs paßte, kickste gelegentlich, was seinen Sätzen einen eigentümlichen Takt verlieh.

Das war der Maître Moro, wie er mit Landru sprach, auf allen Bildern waren stets die beiden Flics zu sehen, die Landru bewachten, vielleicht haben die etwas bemerkt. Gelegentlich ging Block von der These aus, daß Landru schon während des Prozesses ausgetauscht wurde. Die plötzliche Müdigkeit, die veränderte Art der Verteidigung. Die Flics müßten das wissen, aber es wäre sehr riskant gewesen, und genial. So eine Gewitztheit wäre genial gewesen.

»Wissen Sie noch, wie der Partner von Moro hieß, dieser jüngere Anwalt?« fragte Block.

»Auguste Navières du Treuil, ein Leutnant«, die helle Stimme kickste, Viollet war nicht zu sehen, »war im Krieg in

Ingolstadt im Gefängnis, kam frei und wurde bei Moro eingestellt. Er hat ihn immer sehr kurzgehalten.«

Paul Block liebte diese alten Männer, mit ihrem Vermögen an Erinnerungen, konnte ihnen stundenlang zuhören.

»Wie, kurzgehalten?«

»Der Korse ist der Herr in der Kanzlei, seine Partner arbeiten, er posaunt im Gericht, sie kriechen durch die Akten.«

Viollet kam mit zwei Stapeln Fotos zum Vorschein.

»Große Reden sind sein Metier, aber die Vorarbeit machte Navières, stand sich gut mit Landru, überhaupt hat er ja den Fall für die Kanzlei von Moro-Giafferi herangeholt.«

Block sah schöne Straßenaufnahmen, Rue Madeleine im Frühling, die Rivoli im Schnee, der Tour Eiffel, der immer gleich langweilig dastand. Viollet nahm sie ihm aus der Hand, gab ihm den anderen Stapel.

»Moro ist nach Mantes gereist, hat mit Landru gesprochen, ihn nach Paris transferieren lassen und zu Navières gesagt, das ist dann dein Fall. Mach was Schönes draus, zehn Frauen verschwunden, das greift ans Herz!«

Viollet spielte die Stummfilm-Sentimentale, den Unterarm an die Stirn gepreßt.

Ein schönes Bild, reife Leistung, Fernande Segret wird ohnmächtig in den Armen des Staatsanwaltes.

»Ich habe gehört, daß Navières sich mit Moro überworfen haben soll, aber das müßten Sie selbst überprüfen. Ich will da nichts in die Welt setzen.«

Paul Block sah auf dem Foto eine Frau, die Polizisten etwas zeigt, eine Gruppe von Kriminalbeamten stehen um einen Teich, ein anderes Bild: die Flics haben sich einen Mittagstisch am Teich aufgebaut, Baguette und Rotwein, Käse und Früchte.

»Was war denn an diesem Teich los?« Block sah ein weiteres Bild von einem Taucher, der im Schlamm watet.

»Es gab mehrere Zeugen, die behaupteten, sie haben nachts gehört, wie etwas in den Teich geworfen wurde. Da ist die ganze

Untersuchungskommission hin, 14 Tage haben sie da rumgestochert, aber gefunden haben sie nichts.«

»War im Prozeß davon überhaupt die Rede?«

Viollet kickste zweimal: »Monsieur Block, wovon im Prozeß die Rede ist, entscheiden die Beteiligten.«

»Und dies hier?« er reichte Viollet den Abzug.

»Ach, das ist kurz nach der Verhaftung, da waren sie nochmal mit ihm in der Rue ... warten Sie, Rue Rochechouart, wo er mit der Segret gewohnt hat. Hausdurchsuchung in seinem Beisein.«

»Und Sie waren dann auch dabei?«

»Natürlich, ich hab die ganze Recherche mitgemacht, brachte gutes Geld, jeden Tag wurden wir informiert, jeden Tag wollten die Zeitungen große Fotos.«

»Glauben Sie«, Block unterbrach sich, weil er zum ersten Mal ein Porträt von Landru sah, die Augen, so klar, nicht stechend, wie die Zeitungen berichteten, »glauben Sie, daß er ...«

»Monsieur Block, ich mache Fotos, ich glaube nur, was ich auch weiß. Und bei Landru weiß ich nichts. Dieser Mann hat sicher einiges verbrochen, aber ob er diese Frauen umgebracht hat, mon dieu ...«

»Haben Sie Fotos von der Hinrichtung?«

Viollet zögerte: »Nein, bedauere. Da war ich zu spät. Waren Sie denn da, in Versailles?«

»Ja, aber ich habe nichts gesehen.«

»Gaumont soll gefilmt haben, da müssen Sie fragen. Wollen Sie alle Fotos?« Viollet nahm Block die Abzüge aus der Hand, »sagen wir hundert. Einverstanden?«

Block sah, wie der Fotograf das Porträt aus dem Stapel zog und wieder zurück auf den Schreibtisch legte.

»Nein, nein, nur wenn ich auch das Gesicht kriege, Viollet. Das Gesicht will ich dabei haben.«

»Das gebe ich nicht her. Das einzige Porträt, das von ihm gemacht wurde, ich hab es. Da sind schon Engländer gewesen, die wollten es, aber ich gebe es nicht her.«

Block wußte, daß diese kleine Aufführung ökonomischen Zielen diente.

»Hundertzehn«, bot er, »aber einen guten Abzug.«

»Ich mache nur gute Abzüge. Schreiben Sie für das Berliner Tageblatt eine Reprise?«

Nun war es Block, der zögerte: »Mal sehen, vielleicht eine Serie in drei Folgen.«

»Gut, dann kriegen Sie ja die Bilder bezahlt, Monsieur Block. Sagen wir hundertzwanzig. Natürlich mit dem Porträt. Für Ihre Zeitung mache ich eine Ausnahme.«

Rue de Seine, 13. 1. 34

Landru hat sich rausgekauft, davon muß ich ausgehen. Das würde alles erklären. Im Gefängnis St. Pierre wird das bei der schlechten Bezahlung der Wachmannschaften bestimmt keine Probleme gemacht haben. Fernande Segret kann ihm dabei geholfen haben, die Verbindung nach draußen. Vielleicht ist sie gar nicht im Orient, sondern lebt mit ihm glücklich und vermögend in Argentinien. Sie hat die Familie ausgetrickst. Ich fange an zu spekulieren, was nie meine Art war, aber ich brauche ein Modell, wie es abgelaufen sein könnte.

Es war sehr kalt an diesem Morgen, als Block den Friedhof Gonard betrat. Die Gräber waren verschneit, nur die frisch gegrabenen erinnerten an den Tod, die anderen ließen eher einen Obstgarten im Winter vermuten. Er hatte sich aus der Redaktion davongestohlen wie einer, der den Unterricht schwänzt. Von seinem Kollegen Arnell hatte Block erfahren, daß die Familie Landrus versuchte, die Leiche, wie das in Frankreich zulässig war, an eine andere Stelle zu bringen, wo man ihr mehr Beachtung schenkte, aber die Kosten für Exhumierung und erneute Beisetzung waren wohl zu hoch für ihre Verhältnisse.

Block wischte die in Marmor geschlagenen Namen frei, ging durch die Reihen. Wie kann ich eine Exhumierung erreichen, daran hat niemand ein Interesse. Und wie groß wird die Blamage, wenn es sich tatsächlich um Landru handelt? Bei diesen

Gedanken war er bereits auf der Suche nach einem neuen Exilland.

Er zog den dicken Mantel fester um die Schultern. Es waren noch drei Reihen, er wollte jeden Namen lesen. Immerhin, und dies war eine ungeprüfte Information, könnte es sein, daß gar kein Grab vorhanden war. Eine Beerdigung hatte jedenfalls nicht stattgefunden, das wußte Block. Gleich nach der Hinrichtung soll er auf den Gonard geschafft worden sein. Sein Name verschwand sofort aus den Schlagzeilen. Auf dem Flohmarkt wollte jemand ein Schild gesehen haben mit der Aufschrift: »Ici gît Landru, le victime de ses amours.« Der Händler, der das Schild zum Kauf anbot, sagte, daß der Schildermacher nicht gewußt habe, wo er Landrus Grab finden sollte. Aber es konnte auch sein, daß dieses Schild zu den vielen Souvenirs gehörte, die später angefertigt wurden.

Block wischte den Schnee von einem Holzkreuz, der Name war herausgetrieben, die Spuren des Meißels deutlich sichtbar.

Block stapfte zurück, unterkühlt, ein wenig verbittert.

Als er den Friedhof verließ, stand ein Polizist am Tor.

Ohne Block anzusehen, schnarrte er: »Das Grab von Landru gesucht?«

»Ja.« Erwiderte Block.

»Wozu?« fragte der Flic, immer noch den Blick geradeaus und die stramme Haltung.

»Interesse«, Block wollte weitergehen.

»Bleiben Sie stehen, Monsieur Boche!« Der Flic trat ihm gegenüber.

»Ja, ich bin Boche«, sagte Block, als sei das eine Empfehlung.

»Nicht verboten auf Friedhöfe zu gehen, aber als Ausländer sollten Sie vorsichtiger sein.«

»Gut.« Block nickte. Hatte seine Ermahnung verstanden.

Der Flic wandte sich an ihn, in seinem dicken Schnurrbart saßen kleine Eiskügelchen.

»Landru liegt hier, irgendwo zwischen all diesen Gräbern, aber das Kreuz wird immer wieder gestohlen. Monsieur Cardon hat bestimmt schon zehn Kreuze nacheinander hinstellen lassen, aber immer wurden sie gestohlen.«

Er zwinkerte mit dem linken Auge.

»Als man mir sagte, daß einer auf den Friedhof geht, in der Kälte, da dachte ich mir: Sieh dir doch mal so einen Grabschänder an. War ja . . .«

Paul Block klopfte die dicken Handschuhe aneinander, dumpfes Pochen: »Ich wollte nur wissen, wo er liegt, Monsieur, sonst nichts. Kreuze interessieren mich nicht.«

»Au revoir«, sagte der Polizist, blieb aber stehen und sah wieder geradeaus, ein Denkmal für die öffentliche Sicherheit. Block zog es vor, das Feld zu räumen.

Als er sich nach einiger Zeit umsah, stand der Flic immer noch am Tor.

Wahrscheinlich ist er angefroren, dachte Block, das wäre die Lösung für die Ordnungskräfte.

Rue de Seine, 1. Feb. 34

Das Telefongespräch mit dem Clown Grock lief ungünstig: »Kein Kommentar, am Telefon schon gar nicht.« Auch als er sich dann an mich erinnerte, an unsere Zeit in Berlin in dem Winter 20/21, sagte er nur: »Wenn Max diese Geschichte erzählt, dann müssen Sie sich schon an ihn halten.« Ich habe nach seinem Partner Allary gefragt, der ja auch mit in Buenos Aires war, aber der tritt nicht mehr auf, soll in Kanada leben. Mit Max in Genf gesprochen, er macht keinen guten Eindruck, ich müßte ihn aufmuntern, er hält mich für einen Spinner, du bist crazy, complètement crazy, sagt er. Das klingt gut in meinen Ohren. Aber er kann für mich bei Grock nichts erreichen.

»Paul, ich will gar nicht den Chef spielen, das mußt du verstehen«, Block verstand gar nichts. Er stand in Rosenfelders Büro, einem kleinen, hellen Raum, der zwei Eckfenster hatte, durch die man auf verschiedene Straßen sehen konnte. »Ich muß den beiden recht geben, sie beschweren sich, daß die Zusammenarbeit nicht mehr so recht klappt, und das ist eine schlimme

Sache, das mußt du dir auch mal überlegen«, Rosenfelders Sätze wurden immer länger, immer entschuldigender, immer sanfter.

Block war an der Tür stehengeblieben, ein Schüler, der sich nicht traut, ans Pult des gestrengen Lehrers zu treten.

»Henryk faselt da etwas von einer Frauenmördergeschichte, der du auf der Spur sein sollst, was hat das mit unserer Arbeit hier zu tun, das ist Kleinkram. Wenn du in Berlin wärst, gut, das wäre natürlich eine andere Angelegenheit, aber hier wirst du gebraucht, und deine Meldungen sind ja auch gut, ich habe wirklich nichts auszusetzen.«

Paul Block atmete tief durch. Er war sich nicht sicher, ob er dem Herausgeber sagen sollte, daß es vielleicht besser sei, Abschied zu nehmen von der Redaktion der »Pariser Korrespondenz«, oder ob er noch eine Weile dableiben sollte. Wenn erstmal die Geschichte mit Landru erschienen ...

»Ich habe nichts dagegen, daß du immer zu spät zur Arbeit kommst, auch daß du mal ganze Tage nicht erscheinst, das ist für mich alles nebensächlich, aber die Arbeit darf nicht liegenbleiben. Wir haben uns verpflichtet, Nachrichten herauszubringen, die man sonst über Herrn Hitlers Machenschaften nicht lesen kann, wir geben uns alle Mühe, unsere Hefte erscheinen regelmäßig, aber es sind doch nur 800, die wir im Moment herausgeben, das ist viel und nicht viel, darüber kann man streiten, aber, eines darfst du nie vergessen, wir müssen uns bemühen, daß es mehr werden. Und das heißt ...«

Paul Block unterbrach ihn: »Bisher sind alle Ausgaben erschienen, Kurt, an mir liegt es nicht, wenn mal eine kleine Verzögerung eintritt. Ich habe auch schon öfters Sachen mit nach Hause genommen. Wir sind ja nicht verpflichtet, hier die Redaktionsstühle anzuwärmen, oder?«

»Bitte, bitte, verstehe das nicht falsch, Paul, ich habe nur gehört, daß es Differenzen gibt, Unstimmigkeiten, das ist für die gemeinsame Arbeit nicht förderlich, das wirst du doch selbst einsehen müssen.«

Paul Block: »Wenn man unter solchen Bedingungen arbeitet ... Das ist kein Journalismus, wie ihn auch Henryk und Koszyk kennen, wo man selbst mit der Nase auf dem Boden etwas herausspürt, einer Sache nachgeht, sie nicht ruhen läßt, bis man etwas herausgefunden hat, sondern wir leben aus zweiter, oft aus dritter Hand, verstehst du, Kurt, wir sind Nachbeter, nicht Vorbeter, wir sind Melder, nicht Täter, das macht mürbe. Ich will dir eins sagen, ich bin auch nicht mit dem Klima unter uns dreien zufrieden, bestimmt nicht, aber deswegen muß es nicht zum Eklat kommen, braucht es wirklich nicht. Ich werde mein Bestes dazu tun.«

Paul Block hatte während des Redens begriffen, was die Landru-Sache für ihn bedeutete, zugleich wußte er auch, daß er die »Pariser Korrespondenz« nicht aufgeben wollte, das war wichtige Arbeit, die sie hier leisteten, auch wenn sie ihn ermattete, und er sie manchmal verfluchte.

»Du weißt, mir rennen die Leute die Bude ein, ich soll noch weitere ausländische Ausgaben machen. Da kommt ein schneller Journalist aus Würzburg, ist in Nacht und Nebel geflohen, will sein Spanisch vervollständigen, damit wir auch eine spanische Ausgabe machen können, und andere, die sind hinter einer solchen Arbeit her ...«

Paul Block unterbrach ihn: »Willst du damit sagen, daß ich meinen Stuhl nur verlassen muß, und dann hast du schon für Ersatz gesorgt? Steht etwa schon jemand in Wartehaltung?« Er war lauter geworden, als es normalerweise seine Art war.

»Das ist nicht dein Ernst, ich habe lediglich mit dir über die Spannungen unter euch dreien sprechen wollen, wenn du das nicht so gravierend ansiehst, ich glaube dir. Du bist mir ein lieber und wirklicher Mitarbeiter.«

Rosenfelder hielt ihm die Hand über seinen Schreibtisch. Paul Block mußte ein paar Schritte machen, um ihm die Hand zu drücken.

Eine seltsame Pause entstand.

Die ausgestreckte Hand, Block beeilte sich nicht, sondern ging die drei Schritte langsam.

»Laß uns diese Angelegenheit vergessen«, sagte Rosenfelder.

»Das muß man nicht vergessen, das muß man bereden«, erwiderte Paul Block.

Er verließ das Büro des Herausgebers und stand in der Redaktion.

Erwartungsvoll sahen ihn seine beiden Kollegen an.

»Meine Herren, ich bleibe, keine Sorge«, rief Block, als sei es darum gegangen.

»Mein Gott, ich dachte, du bist unter die Skandalisten gegangen«, Henry grinste, »man bites dog, oder so ähnlich.«

»Hast du schon gesehen, was Herr Amann in der deutschen Presse von sich gegeben hat?« Koszyk hielt einen Zeitungsartikel hoch.

»Nein, keine Ahnung«, sagte Block, der sich an seinen Schreibtisch setzte.

»Die Aufgabe der Presse ist es, ein Instrument der Selbsterziehung zu sein, hat der Führer seinem Reichspressepräsidenten gesagt, und der sagt es jetzt uns, wir dürfen nichts veröffentlichen, was dem nationalsozialistischen Gedankengut zuwiderläuft. Ja, ja, so ist das. Wir sind Deutsche, also gilt das auch für uns.« Koszyk warf den rechten Arm in die Höhe und schrie »Heil, heil!«

»Wenn das auch für uns gilt«, Block zog seine Schreibmaschine heran, »dann aber los. Heute abend muß die Ausgabe stehen.«

Rosenfelder schaute zur Tür herein und zeigte Koszyk den deutschen Gruß, allerdings den mit dem Zeigefinger.

8

Die Wohnung in der Rue de Seine, die Andrea mit Geschmack in eine Kopie eines Berliner Salons verwandelt hatte, auch wenn es in Paris sehr schwierig war, entsprechendes Mobiliar zu besorgen, verwandelte sich immer mehr in das Hauptquartier der Recherche nach Henri-Désiré Landru. Block hatte die Fotos an den Wänden aufgehängt, dafür mußten zwei Ölgemälde weichen, hatte Zeitungsartikel aufgeklebt, mit roten und grünen Ausrufe- und Fragezeichen versehen, im Bücherbord waren zwei Regale zu einer Ablage für Materialien geworden, die über den Fall Auskunft gaben, jedes Gespräch, das Block führte, hatte er sorgfältig protokolliert.

Wenn er gegen acht Uhr abends aus der Redaktion kam, verschwand er oft in seinem Landru-Zimmer, wie er es getauft hatte, wollte nicht gestört werden, vertiefte sich in die Aufzeichnungen, las seine Artikel wieder und wieder, als könnte er zwischen den Zeilen etwas entdecken, machte sich Notizen, formulierte Hunderte von Fragen, die ihm im Zusammenhang mit dem möglichen Austausch in den Sinn kamen, verwarf Modelle, mit denen er spekulierte, stellte neue auf: er mußte gegen seinen eigenen Augenschein ankämpfen, immerhin hatte er Landru im Prozeß beobachtet, immerhin war er bei seiner Hinrichtung in Versailles gewesen, wenn er dort auch nichts hatte erkennen können, und dieser Mann sollte nun in Argentinien leben, wahrscheinlich mit seiner Freundin Fernande Segret, und Block hatte auch schon einen möglichen Hinweis, wie er sich in Buenos Aires nannte, denn im Prozeß wurde als eine der verschwundenen Frauen, die Landru umgebracht haben sollte, eine Frau aus Argentinien genannt, Therese Thuran, das klang wie Landru, Block wußte, daß eine Reise nach Südamerika der einzige Beweis sein würde, der wirklich zählte, wenn er Landru dort aufspürte, dann ... aber eine solche Reise kam nicht in Frage.

Henryk und Koszyk fragten Block gelegentlich, wenn sie eine Pause machten, und sie mußten sie gemeinsam machen, weil einer den anderen sonst gestört hätte, was er denn nun wirklich herausgefunden habe, und Block war schweigsam geworden, manchmal behauptete er, dieser Fall würde ihn schon lange nicht mehr interessieren, dann wieder sprach er von Kinkerlitzchen, aber es geschah auch, daß er sich nicht zurückhalten konnte, von seinen Entdeckungen zu reden, wenn er erst anfing, konnte er sich kaum noch bremsen, was war mit den Frauen, wieso wurde die Familie im Prozeß nicht gehört, was hatte man tatsächlich gegen Landru in der Hand gehabt, ein paar lächerliche Indizien, aber, griff Koszyk ein, ob er wirklich da unten lebt, das ist doch die Frage, bevor du das nicht weißt, und Block sagte nur, davon gehe ich aus, wenn Rosenfelder seinen Kopf in die Redaktionsstube steckte, verstummten die Gespräche.

Andrea versuchte mit Block über diese langwierige Recherche zu sprechen, manchmal erreichte sie sogar, daß er den Mund aufmachte, aber oft kam er, bereits stummgeworden, aus der Redaktion, total erschöpft, angespannt, daß sie froh war, wenn er sie nicht überschüttete mit seinem Ärger, seiner angestauten Wut, sie wußte von Paul, daß ihm die Verfertigung der »Korrespondenz« große Mühe machte, nicht das Handwerk des Schreibens, sondern die Inhalte, die schlechten Nachrichten aus dem Reich, die ließen ihn nicht zur Ruhe kommen, da war es ihr schon lieber, sie verlebten einen stummen Abend, so sehr sie auch der Fortgang der Landru-Sache interessierte.

Café Mephisto, 8. Februar, 34

Ich habe eine Rechnung angestellt, wieviel Landru mit seinen Möbelverkäufen und seinen Betrügereien verdient hat. Die Zahl liegt weit über dem, was im Prozeß verhandelt wurde. Allein von der Cuchet muß er über 10 000 Francs genommen haben, 5000 auf dem gemeinsamen

Sparbuch, das er Ende Dezember 1914 einrichtete, die Lebensversicherungspolice mit 3000 Francs, und die Möbel, die er in seinem Laden in Clichy versilberte. Ich gehe davon aus, daß die Polizei keineswegs alle seine Ressourcen entdeckt hat: es war also genügend Geld für eine Bestechung im großen Stil vorhanden, wenn er sich freigekauft hat, dann haben alle kassiert. Aber warum hat man ihn gewähren lassen? War es ein Zug-um-Zug-Geschäft?

»Ich hab einen Traum gehabt, Monsieur, einen Traum, da ist sie mir erschienen, sie war bleich, Monsieur, sehr bleich, sie konnte nicht sprechen erst, sie war ganz still, Monsieur, dann hat sie mit der Hand ganz langsam auf eine Schnittwunde gezeigt, an der Gurgel, hier etwa, an der Gurgel, und dann hat sie gesprochen, ganz langsam, ganz bleich, Monsieur, das war er, hat sie gesagt, das war er, Landru, hat sie gesagt, der hat das getan. Ich habe sie gefragt, Monsieur: Hat der Elende dich umgebracht? Ja, hat sie mir geantwortet, Monsieur. Ja, hat sie gesagt. Hast du viele Schmerzen gehabt? habe ich gefragt, darauf sie: Nein, hat sie geantwortet, ich bin eingeschlafen. – Und dann habe ich tagelang nicht mehr schlafen können, war immer wach, immer aufgeregt, mein Puls ging schnell, Monsieur, die Hand zeigte auf eine Schnittwunde am Hals.«

Es hatte drei Tage gedauert, bis Paul Block Madame Friedmann in der Rue de Colisé ausfindig gemacht hatte. In den letzten dreizehn Jahren hatte sie ihre Stellung als Concierge viermal gewechselt. Jedesmal kostete es ungeheure Ausdauer, um aus ihren Nachfolgerinnen herauszubekommen, wo die nächste Stelle war. Ihr graues Haar, das sie ordentlich gekämmt hatte, wurde mit einem roten Seitenkamm zusammengehalten. Das feine Tuch, das sie umgeschlungen hatte, zeugte eher von Wohlstand, aber die Anderthalbzimmer-Wohnung, die sie bewohnte, ließ Block diesen Gedanken wieder vergessen.

Madame Friedmann hatte sich sofort bereit erklärt, mit Block über Landru zu sprechen. Ihre Stimme war fest und sicher, gelegentlich faßte sie sich mit der Hand an die Gurgel beim Sprechen, als müßte sie einzelne Wörter dadurch unterstreichen.

»Der Elende war ja arbeitslos, er hatte Zeit, Monsieur, deswegen hat er auch so schöne Liebesbriefe geschrieben, die mir meine Schwester immer wieder vorgelesen hat, sie hatte Tränen in den Augen, Monsieur. Blumen hat er ihr mitgebracht. Monsieur, der Krieg fing an, und der Elende bringt Blumen mit.«

Sie hatte ihm Tee angeboten, als er das ablehnte, wollte sie eine Flasche Roten aus dem guten Jahrgang 1924 entkorken, als er sich auch dazu nicht entschließen konnte, stellte sie den Kessel für einen starken Kaffee auf. Paul Block hatte ihr Angebot akzeptiert, damit die Serie der Höflichkeiten ein Ende hatte.

Kaum hatte Block seinen Kaffee probiert, er schmeckte wirklich hervorragend, sagte sie zu ihm, daß er momentan wohl ohne Arbeit sei, oder ob sie sich da irre. Paul Block, überrascht von dieser Feststellung, fragte, wie sie zu dieser Annahme komme. Sie hatte ein kleines Loch in dem rechten Ärmel seiner Anzugjacke entdeckt.: »Wenn man Arbeit hat, dann darf man nicht so herumlaufen.« Madame Friedmann gab keine Ruhe, bis er die Jacke ausgezogen hatte und sie mit vorsichtigen Stichen das Loch stopfen konnte. »Ich habe ihn oft gesehen, Monsieur, zu oft, wir haben Georgette immer abgeraten, das ist kein Mann für dich, haben wir gesagt, auch mein Mann, der hat ihr immer abgeraten, aber meine Schwester war blind. Ich weiß, hat Georgette mir einmal anvertraut, ich weiß, daß er nicht schön ist, aber er ist so gentil. Er trägt das Band der Legion d'honneur, das violette Band, ganz diskret, Monsieur. Einmal sind wir im Auto gefahren, eine Spazierfahrt, wunderschön, Monsieur, ich bin nur noch einmal danach mit dem Auto promeniert, wunderschön. Wir haben eine Rast gemacht, in einem kleinen Restaurant, und der Elende war immer galant, immer zuvorkommend, so wie es sich gehört. Auf der Rückfahrt dann, Monsieur, ist er zu schnell gefahren, ich habe solches Herzrasen gehabt, und Angst, Monsieur, aber meine Schwester hat mich beruhigt: Mit Monsieur Diard, so nannte er sich, passiert nie etwas!«

Paul Block überlegte sich eine Frage, aber während Madame Friedmann kunstvoll seine Anzugjacke bearbeitete, ließ sie sich nicht aus dem Erzählen bringen.

»Da wollte er sie heiraten und er wollte ihr Geld, Monsieur, habgierig war er, seine Augen, ich habe das alles in seinen Augen gesehen, der wußte, daß meine Schwester ein wenig Geld zurückgelegt hatte, Monsieur, auch wenn sie nur in einer Wäscherei arbeitete. Aber Monsieur Diard hatte sich als Postinspektor bezeichnet, ein Mann vom Staat, ernsthafte Absichten hatte er gezeigt, das war für Georgette zuviel, Monsieur, da hat sie nicht nein sagen können. Der Elende gab an, daß er eine Lebensstellung hatte, mit Aussicht auf eine Pension. Kann man da nein sagen? Es war im Krieg.«

Landru hatte vor Gericht behauptet, daran erinnerte sich Paul Block, während er der stopfenden Madame Friedmann gegenübersaß, daß der Sohn von Frau Cuchet, der 17 Jahre alt war, mit seiner Mutter das Land verlassen wollte, um nicht eingezogen zu werden. Landru hatte das so provozierend gesagt, daß Staatsanwalt und Richter in helle Aufregung gerieten. Landru meinte: »Das war doch alles ein vorläufiger Patriotismus hier in Frankreich, man hat doch die Freiwilligen nicht mit den harten Notwendigkeiten eines Weltkrieges vertraut gemacht.« Sein Anwalt versuchte diese, nach Vaterlandsverrat und Landbeschmutzung riechende Äußerung abzumildern, indem er sie als für den Fortgang des Prozesses nicht nützlich erklärte, aber das machte es noch viel schlimmer. Die rechte Presse nagelte Landru wegen dieser Äußerung fest.

»Der Staatsanwalt, Monsieur, der hat mich immer und immer wieder gefragt, ob ich glaube, daß Landru meine Georgette und ihren André umgebracht habe. Für mich war das eine klare Angelegenheit, der Elende hat mir immer Furcht eingeflößt, ich habe nachts, wenn ich wach lag, immer seine Augen gesehen, Monsieur. Außerdem, wenn meine Schwester wirklich das Land verlassen hätte, Monsieur, dann hätte sie ihre Ohrringe mitgenommen. Der Elende hat vor Gericht behauptet,

Monsieur, daß die beiden außer Landes sind, aber die Ohrringe, die sind hier.

»Darf ich sie mal sehen?« sagte Paul Block, um endlich seine Fragen loszuwerden. Weil Madame Friedmann gerade den Faden abbiß, hatte er Gelegenheit dazu. Sie sah ihn mißtrauisch an. »Sie sind doch von der Presse, Monsieur?«.

»Sicher, Madame, ich war während des Prozesses in Versailles, haben Sie mich denn nicht wiedererkannt? Ich habe immer für Berlin berichtet.«

Sie gab ihm seine Jacke zurück, erhob sich langsam aus dem samtumspannten Sessel und schlurfte zu ihrem Bett hinüber. Dort hielt sie inne.

»Drehen Sie sich bitte um, Monsieur.«

Paul Block konnte sich ein Lachen nicht verkneifen, aber es war wohl so leise, daß seine Gesprächspartnerin es nicht gehört haben konnte. Er drehte den Kopf nach hinten.

Ein metallischer Knack, dann ein Rascheln von teurem Stoff.

Sie kam zurück, aber Block wollte sich erst umdrehen, wenn sie es sagte.

»Hier, das sind sie.«

Paul Block nahm die beiden Ohrringe, die mit kleinen roten Steinen besetzt waren, in die Hand.

»Ohne diese Ohrringe hätte Georgette nie das Land verlassen, Monsieur, das war das wertvollste, was sie besaß, das hätte André später mal bekommen. Aber so hat der Elende sie beide ins Unglück gestürzt.«

Paul Block wollte sich nicht streiten über den Wert der Schmuckstücke, die er in seinen Händen hielt, sie konnten sehr gut aus dem Laden von Sophie und Marie stammen, wertloser Plunder. Er gab sie mit ernster Miene zurück.

»Die Uhr von Georgette und die Uhrkette aus reinem Gold, die hat der Elende seiner Frau geschenkt, Monsieur, eine Uhr, an der Blut klebte, und von dem Geld meiner Schwester hat er sich einen Wagen gekauft, das war ihr Geld, der hatte nichts, Monsieur.«

»Sie sagten doch vorher, sie hätten zu dritt eine Ausfahrt gemacht in Diards, ich meine, Landrus Wagen?«

Paul Block hielt Madame Friedmann am Arm, spürte das welke Fleisch auf den Knochen unter der seidenen Bluse. Sie entzog sich ihm und verstaute die Ohrringe wieder in der Kassette, die sie unter dem Bett verschwinden ließ. »Das hat meine Schwester nicht verdient, Monsieur. Nicht so ein Ende.«

»Aber vielleicht lebt sie noch?« warf Paul Block ein. Madame Friedmann sah ihn lange an, als wolle sie seinen Geisteszustand prüfen.

Vor Gericht hatte Landru gesagt, als ihn der Generalstaatsanwalt in die Zange nahm: »Es ist kein Wunder, wie sie hier behaupten, daß Madame Cuchet verschwunden ist. Jeder hat das Recht, die individuelle Freiheit, seine Dinge so zu ordnen, wie er es möchte: wir sind frei, das zu tun, was wir wollen, solange wir Recht und Gesetz respektieren, ohne jemand darüber Rechenschaft abzulegen.« Block hatte sich über diesen Satz im Versailler Gerichtssaal amüsiert, er stand auch in einem seiner Artikel fürs »Berliner Tageblatt«, aber er mußte einer Kürzung zum Opfer gefallen sein. »Ich bin ein galanter Mann, ich werde nichts von dem Geheimnis preisgeben, das Madame Cuchet mir anvertraut hat«, hatte Landru damals hinzugefügt. »Selbst, wenn Ihr Kopf auf dem Spiele steht?«, fragte Staatsanwalt Godefroy weiter. »Ja«, hatte Landru geantwortet.

»Madame, ich wollte sie noch eines fragen: warum haben Sie das Gnadengesuch unterschrieben für einen Mann, den Sie den Elenden nennen, für Landru?«

Madame Friedmann nestelte an ihrem Haar, ihre Hand zitterte, der rote Seitenkamm fiel zu Boden.

Rue de Seine, 12. Feb. 34

Madame Friedmann lügt, da besteht für mich kein Zweifel. Ihrer Aussage zufolge, hat Landru ihre Schwester, Madame Cuchet, umgebracht, weil sie herausgefunden hat, daß er nicht Diard, sondern Landru hieß, damit wären seine Betrügereien aufgeflogen und sie hätte ihn hinter

Gitter bringen können. Während er in Paris weilte, soll sie seinen Koffer geöffnet und seine wahre Identität entdeckt haben, aus seinen Personalpapieren. Sie hat ihm auch eine Szene gemacht, als er zurückkehrte, aber er soll ruhig geblieben sein, er hätte seinen wahren Namen verschwiegen, weil er in Scheidung lebe. Madame Friedmann meinte, es wäre besser für ihre Schwester und deren Sohn André gewesen, wenn sie ihre Entdeckung der Polizei 1914 schon mitgeteilt hätte. Dem ist wohl zuzustimmen.

Paul Block wollte schon wieder den Vorführraum verlassen und sein Geld zurückfordern, immerhin hatte es ihn fünfzig Franc gekostet, bis der Vorführer die Filmrolle einlegte. »Mich interessiert das alles nicht«, schrie er, denn auf der Leinwand liefen Bilder unterschiedlichster Provenienz: Eisenbahn, Automobile, Mode, Wassersport, Pferde, Jardin de Luxembourg, ein Sonnenuntergang.

Schon am Eingang des Gaumont-Gebäudes hatte der Pförtner gesagt: »Wenn Sie mir zehn Francs geben, dann bringe ich Sie an die richtige Stelle.« Als er dann an dieser Stelle war, hielt ein anderer Angestellter die Hand auf. Endlich war die Filmrolle gefunden, auf der sich das gesuchte Material befinden konnte. Der Vorführer war bescheiden, er wollte nur 15 Francs.

»Können Sie das nicht schneller laufen lassen?« rief Paul Block ins Dunkle des kleinen Filmsaales. Kein Wunder, daß die Kinomathographie so teuer ist, wenn sie alle daran verdienen wollen.

»Gleich muß es kommen«, hörte er den Vorführer, der neben dem gigantischen Vorführapparat saß.

Paul Block spürte, wie seine Hände feucht waren. Von Roger Viollet hatte er das Porträt von Landru erhalten, es war wirklich ein guter Abzug, und so konnte er nun auf dem Filmmaterial sehen, ob es Landru war, der am 25. Februar 1922 hingerichtet wurde. Hier mußte der Beweis sein.

Inzwischen hatte er sich ein klares Bild von den Abläufen im

Gefängnis St. Pierre gemacht: Landru hatte einen Mitgefangenen gefunden, der, ebenso wie er, zum Tode verurteilt war, ihm für den Unterhalt seiner Familie eine gute Rente versprochen, das hatte die Segret vermittelt, dem Manne konnte es gleich sein, wann er hingerichtet wurde. Alle hatten mitgespielt und sich so einen kleinen Nebenverdienst erworben. Landru war mit einem weißen Schiff nach Argentinien gefahren, während in Versailles die Guillotine heruntersauste. Vielleicht muß ich mal die Zeitungen vom Februar durchsehen, die in Paris erschienen sind, dachte er, während auf der Leinwand sich immer wieder Leute hin und her drehten, diese Kamera mit den laufenden Bildern verführte noch mehr zur Eitelkeit und Selbstgefälligkeit, da müßte es ja auch Fotos geben, die kurz vor der Hinrichtung aufgenommen wurden.

»Da ist es!«

»Was?« schrie Paul Block, der eine riesige Menschenmenge sah, Hunderte von Köpfen.

»Können Sie es denn nicht erkennen?« der Vorführer hüpfte plötzlich neben Block, der an die Wand gelehnt stand.

»Ich sehe Schatten, alles dunkel, Menschen von hinten, was soll ich erkennen?«

»Das ist die Hinrichtung gewesen.«

Der Vorführer hatte den Satz in die richtige Zeit gesetzt, denn schon wieder waren Frauen mit ihren Lieblingshunden zu sehen, ein junges Hochzeitspaar, das aus der Kirche trat. »Halten Sie an«, sagte Paul Block.

Der Vorführer schaltete das Licht an.

»Geben Sie mir mein Geld zurück«, forderte Block barsch.

»Wieso?«

»Da war doch nichts zu sehen, absolut nichts.«

»Es war noch nicht hell genug. — Haben Sie denn im Hintergrund nicht die Guillotine erkannt, ich kann den Film gerne nochmal zurückspulen.«

»Ich will meine 15 Francs zurück.«

Der Vorführer rümpfte die Nase. »Ich garantiere Ihnen, das

waren Aufnahmen von der Hinrichtung Landrus. Der Kameramann stand etwas ungünstig, aber so hat das ausgesehen. Wollen Sie sich das nochmal ansehen? Ich kann es sogar etwas langsamer laufen lassen. Wenn Sie wünschen, Monsieur, auch rückwärts.«

Am liebsten hätte Paul Block den Vorführer verprügelt, aber was hätte es geholfen? Er ging mit schnellen Schritten an ihm vorbei.

»Mehr haben wir nicht«, sagte der Vorführer, als Block die mit schwarzem Tuch bespannte Tür hinter sich schloß.

Rue de Seine, den 18. 2. 34

Es bleiben einfach zu viele Fragen ungelöst: warum hält die Familie still, die Angehörigen, deren männliches Oberhaupt anstelle von Landru guillotiniert wurde? Da könnte man nach Jahren ein Geschäft draus machen. Vielleicht gab es keine Angehörigen, vielleicht war der Mann allein, warum ließ er sich für Landru hinrichten? Ich kann mir nicht vorstellen, daß nicht einmal ein Gefängniswärter geplaudert hat, auch wenn sie alle bestochen waren. Trotzdem, es gibt keine andere Erklärung. So kam auf jeden Fall die Justiz aus dem Schlamassel heraus, sobald Landru tot war, gab es keine Zweifel in diesem Punkt. Das konnte sowohl den Generalstaatsanwalt als auch das Gericht beruhigen.

Ich gehe davon aus, daß die Gespräche im St. Pierre-Gefängnis stattgefunden haben, vermittelt durch Fernande Segret, genügend Erfahrungen aus dem Milieu hatte sie, Gespräche über das Kopf-Hinhalten, das letzte Kopf-Hinhalten. Geflüsterte Gespräche. Wie hoch ist der Preis? Und wenn es nicht um Geld ging, war es ein Lebensmüder, der lieber heute als morgen die Rübe runter haben wollte, ein lethargischer oder ein betäubter Verbrecher?

Andrea zog die Bettdecke zu sich heran, als könne sie sich damit schützen.

Paul lag da, nackt, starrte an die Decke, die Augen weit offen.

Eine Zeitlang betrachtete sie ihn.

An diesem Abend war er erst gegen elf nach Hause gekommen, hatte das kalte Essen in sich reingeschaufelt und währenddessen in seinem Tagebuch Notizen gemacht, sich dann noch zum Arbeiten zurückgezogen, gegen eins war er zu ihr ins Bett gekrochen, sie hatten sich gestreichelt, erregt, hatten sich geliebt, waren nacheinander zum Höhepunkt gekommen – und jetzt lag er da, hatte wieder diese Mauer um sich hochgezogen.

Andrea sah, wie seine Augen wanderten, als suchten sie an der Decke nach Inschriften.

»Kannst du nicht schlafen?« sagte Paul Block leise.

»Ich will jetzt nicht schlafen, Paul.«

Keine Reaktion, keine Geste, sein dickfälliges Verhalten konnte solche leichten Provokationen wegstecken.

Wie waren diese letzten Wochen zu einer Oberfläche geworden, zu einer dünnen Eisdecke, die sie beide nicht mehr trug. Andrea immer weiter zurückgezogen, vergraben, zu Hause lesend, nur selten für das allernötigste das Haus verlassend, sie war Paris überdrüssig, nur den einzigen Wunsch, endlich nach Berlin zurückzukehren. Paul Block hatte ihr vorgeschlagen, doch für einige Monate nach Berlin zu fahren, wenn sie so dringend diese Stadt brauchte. Aber, hatte er dazu gesagt, weißt du, ob du dort sicher sein kannst. Immer wieder hatte sie sich aufgerafft, hatte einen neuen Anfang versucht. Ganz selten, meist an Wochenenden war es ihr gelungen, ein wenig von ihrer alten Verbindung zu ihm wieder herzustellen. Paul dagegen immer weitere Kreise ziehend, hin- und hereilend zwischen seinem Arbeitsplatz, der so wenig einträglich war, und seiner Leidenschaft, nach der Wahrheit in einem so langwierigen Casus zu suchen, Paris verehrend wie ein neugefundenes Land und Berlin zu einem Höllenort stilisierend. Eins stand fest, und das wußte Andrea: Er konnte sie nicht begleiten.

»Paul, wovon wirst du leben, wenn ich nicht mehr da bin?« Andrea probierte eine nächste Stufe, langsam wurden ihre Versuche, die Mauer zu durchdringen, heftiger.

»Ich werde mehr arbeiten müssen«, erwiderte Paul, drehte

sich langsam zur Seite und wandte ihr den Rücken zu. Andrea war klar, daß Paul Block mit seinem Gehalt von 600 Francs, das er von Rosenfelder bezog, sich nicht mal ein Hotelzimmer würde leisten können, er würde, wie Ernst von Kammer in einer dieser Baracken am Stadtrand leben müssen, die man inzwischen für Exilanten aufgerichtet hatte. Sie mußte ihm Geld zurücklassen, wenigstens für den Übergang. Aber Geld würde Paul Block nicht annehmen, dazu war er zu stolz, auch wenn er jetzt die ganze Zeit auf ihre Kosten lebte. Wie sollte sie ihm beibringen, daß . . .

»Warum fährst du nicht für ein paar Wochen, ich komm' schon ohne dich aus, heilst deine Sehnsucht nach Berlin und den Freunden, und wir können wie früher zusammenleben«. Paul Block hatte den Kontakt nicht abreißen lassen, sie spürte, so wie er seine Worte wählte, wollte er wieder Verbindung aufnehmen.

»So wie früher, Paul, das sagst du immer, wenn wir keine Zukunft mehr haben.« Andrea fuhr mit ihrer rechten Hand über seinen Rücken.

»Das tut gut, mach weiter.«

Andrea zog ihre Hand zurück.

»Ich kann das nicht, das Hausmütterchen spielen hier, dir deine Hemden waschen, Socken stopfen, Essen kochen, ich bin das nicht gewöhnt, und ich will das auch nicht, siehst du das denn nicht ein?« Sie hatte angefangen zu schreien.

Mit einem Mal drehte Block sich rum, nahm seinerseits die Bettdecke, um seine Nacktheit zu verstecken: »Es ist doch ganz und gar deine Angelegenheit, wie du dich hier einfindest. Ich habe dir Kontakte gegeben, du kannst reden mit wem du willst, und sage nicht, es seien keine interessanten Gesprächspartner hier, sie sind alle hier, alle, oder die meisten, die wir auch zu Hause gekannt haben, nur du, du willst sie unbedingt in deinem geliebten Berlin wiedersehen. Ich kann nicht zurück, das weißt du genau, es sei denn, ich will den Suizid. Was willst du also?«

Er war herausgebrochen, aus seiner Mauer, die Steine polterten herunter, Andrea hatte ihr Ziel erreicht.

»Ich will, daß wir hier gemeinsam leben, nicht, daß du dein Leben draußen verbringst, mit Arbeit vollstopfst, dich mit nebensächlichen Recherchen aufhältst und ich hier drinnen langsam absterbe. Das will ich.«

»Dann tu etwas dagegen, wenn du dich hier im Bau vergräbst, wirst du absterben wie ein Fuchs ohne Nahrung. Du brauchst Nahrung, sie ist draußen, überall, du mußt sie dir nur besorgen. Ich kann das nicht für dich tun.«

Andrea zog sich weiter in ihre Ecke des großen, französischen Bettes zurück, den Kopf aufgerichtet, die Lippen schmal.

»Du warst noch nicht mal am Grab von Heine, obwohl du immer seine Liebeslieder so geschätzt hast.« Paul Block probierte ein Lachen, ein direktes, offenes Lachen, manchmal konnte er damit Andrea zurückgewinnen.

»Paul, ich will keine Friedhöfe besichtigen. Ich will überhaupt nichts besichtigen. Ich lebe in dieser Stadt wie ein eingesperrtes Tier . . .«

»Ein Fuchs«, warf Block ein, »wie ein Fuchs.«

»Blödsinn, wie ein Tier in einem Käfig, das immer im Kreis laufen muß, immer herum, ohne Ausgang. Ich habe es mir nicht ausgesucht, in dieser Stadt im Kreis herumzulaufen.«

»Und ich?« Paul Block schrie jetzt auch, »glaubst du denn, ich wäre freiwillig hier? Das ist das Exil, Andrea, das ist die Fremde, ich würde genau wie du lieber jetzt sofort die Koffer packen und zurück nach Berlin, wenn es nur ginge.«

Andrea schlug der Puls, ein Uhrwerk im Kopf. So hatte sie Paul nur selten erlebt. Er verteidigte sich, wehrte sich gegen ihre Angriffe, wo er sonst sich alles gefallen ließ. Für sie war er ein zielstrebiger Journalist, der sein Handwerk besessen ausführte, aber niemals ein zielstrebiger Partner, der seine Interessen durchsetzen konnte. Aber diesmal konnte und wollte sie ihm nicht weiter zusetzen. Sie ließ die Bettdecke fallen, schob sie weg und rückte an Block heran. Wenigstens hatte er eine Regung gezeigt. Eine Emotion, die sie so lange vermißt hatte.

Während sie ihn streichelte, pfiff Paul die Melodie eines Gassenhauers aus Berlin. Dann sagte er: »Schluß für heute, morgen gehts weiter.«

Andrea wußte, was das bedeutete. Paul wollte schlafen.

9

»Meine Theorie ist so bestechend wie einfach, so leicht verständlich wie exklusiv, Sie werden sehen, daß es gar keinen Zweifel gibt, ich habe über zweihundert Fälle in dieser Weise studiert, über neunzig Prozent der Fälle geben mir recht, das ist eine so hohe Trefferzahl wie sie kaum einer der geschätzten, aber auch so blinden Kollegen vorweisen kann, ich werde in die Medizingeschichte eingehen, Herr, wie war Ihr Name?«

»Block.«

»Herr Block, Sie werden verstehen, daß von Stund an mich nicht mehr die gewöhnliche Gerichtsmedizin interessiert, das sind Kleinigkeiten, um die ich mich nicht mehr kümmern kann, auch wenn es sich um einen die Öffentlichkeit interessierenden Fall handelt. Das müssen Sie verstehen. Wie war Ihr Name?«

Block hatte einen ziemlichen Schreck bekommen, als er die Praxis von Professor Roubinovitz betrat, sie lag am Montmartre. Der Bart, rötlich mit grauen Fäden, die Gesichtsform schmal, der Glatzkopf wie eine Billardkugel, die gedrungene Statur – das konnte Landru sein. Eine frappierende Ähnlichkeit.

Er hatte sich von Professor Roubinovitz in das Labor führen lassen, eine sterile Kammer mit ein paar leeren Käfigen, einem überdimensionierten Sezierbesteck auf blaßgrünen Tüchern, zwei hochbeinigen Holzhockern und Unmengen in Spiritus liegenden Föten. Er konnte nicht glauben, daß er einer Verwechslung aufsaß. Professor Roubinovitz war einer der drei Gutachter gewesen, die Landru beobachtet hatten und im Prozeß aussagten. Alle Zeitungen hatten geschrieben, daß Landru verrückt sein müsse, übergeschnappt, einem Werwolf gleich, der tagsüber ein bürgerlich-normales Leben führte und nachts mordete. »Ich gehe davon aus, daß die Verwirrung des menschlichen Gehirns eine Folge zu früh erfahrener Fehlbehandlung ist. Eine Geisteskrankheit, gleich in welchem Alter sie auftritt, ist immer die Folge einer früheren Infektion, oder aber, und darin sehe ich meine Erkenntnis: Folge von zu heftigem Schlagen des Kindes, sobald es die Gebärmutter verlassen hat. In über dreihundert Fällen habe ich eine deutliche Relation ziehen können, zwischen dem oft als so harmlos bezeichneten ersten Klaps, damit der Organismus des Kindes in Gang kommt, und einer späteren geistigen Verwirrung. Es steht einfach fest, daß die Gehirnmasse beim Austritt des Kindes aus der Gebärmutter ein derart empfindlicher Teil ist, daß je nach Stärke des Schlages und je nach Größe der vorhandenen Gehirnmasse im späteren Leben derartige Störungen auftreten können.«

Die beiden anderen Gutachter, Vallon und Fursac, hatten Landru aus seinen früheren Verfahren beurteilt, ihm eine mit Sicherheit zu garantierende Geistesstörung zugebilligt, die über lange Jahre vorgeherrscht habe, zum Zeitpunkt des Prozesses jedoch sei er völlig normal gewesen. Nur Roubinovitz war damals anderer Ansicht gewesen, Block erinnerte sich zwar an seine Worte, aber ihm war nie eine Ähnlichkeit zwischen dem Angeklagten und dem Gerichtsgutachter aufgefallen: »Einige Depressionen, einige Erregungszustände und einige Konfusionen, wir sind frappiert von seinem wachen Geist. Die Psychologie Landrus ist bestimmt von dem Alptraum, jederzeit nach Guyana deportiert zu werden.« Landru hatte dem Gutachter gedankt, weil er ihn für gesund erklärte, denn nur ein Wahnsinniger hätte alle diese Frauen umbringen können. Paul Block fixierte den Professor, der mit Händen und Körper sprach, ständig zuckten seine Glieder.

»Legt man die normale Ausdehnung der Gehirnmasse zugrunde, dann ist darin auf jeden Fall der Kern des frisch geborenen Kindes enthalten, der Kern, der durch Erschütterung beschädigt wurde, wir haben es also stets mit einer frühkindlichen commotio cerebri zu tun, auch wenn die Gehirnmasse sich dann ausdehnt, bleibt dieser Kern mit seiner Beschädigung erhalten. Eine Beschädigung eines Körperteils kann stets nur schwer wieder rückgängig gemacht werden, denken Sie an im Krieg verlorene Arme und Beine, aber wir haben es ja nicht mit grobschlächtigen Organen zu tun, sondern mit dem empfindlichsten, dem im menschlichen Körper mit der härtesten Schale umgebenen, mit dem Gehirn. Wenn Sie mal cerveau gegessen haben, dann wissen Sie, wovon ich spreche. Ich habe meine Untersuchungen an mehr als einem halben Tausend Fällen durchgeführt, nur die Wissenschaft, die Akademisten, sind nicht bereit, meine Erkenntnisse aufzugreifen.«

Paul Block wollte dem Professor nicht mehr zuhören, der offensichtlich, wie viele seiner Kollegen, nach langjähriger Tätigkeit unter dem Prozeß der Annäherung an seine Patienten zu leiden hatte. Nur diese Ähnlichkeit interessierte ihn, verstörte ihn im höchsten Maße.

»Was ist aus Landru geworden, Professor?« fragte Paul Block.

»Kommen Sie mir doch nicht mit solchen Nebensächlichkeiten, es geht um den Fortbestand der Menschheit. Die Geisteskrankheiten nehmen in diesem schnellebigen Zeitalter immer mehr zu, und die Wissenschaft steht vor einem Rätsel. Ich, ich, Dr. Escroc, ich meine, Professor Roubinovitz, ich bin der einzige, der einen entscheidenden Schritt in die richtige Richtung getan hat. Wir müssen die Ursachen finden, oder wir sind verloren.«

Langsam merkte Paul Block, daß er einem Türschild aufgesessen war, hier verbarg sich jemand unter einem bekannten Namen.

»Ich stelle die Frage mal anders, Professor, was ist aus Dr. Escroc geworden?«

»Wir kommen gut miteinander aus, gute Freunde, es gibt keinen Streit. Dr. Escroc ist mir ein sehr wichtiger Mitarbeiter, gerade in der Tierhirnforschung hat er Wesentliches geleistet, wissenschaftliche Zeitschriften haben sich um seine Beiträge gerissen. Aber er hatte nicht den Einfluß bei den Akademisten, deswegen habe ich ihn zu mir genommen. Wir sind ein ideales Gespann.«

Block sah sich die unappetitlichen Föten an, die in großen und kleinen Glaszylindern aufbewahrt wurden. Dieser Professor hatte bestimmt ausführliche Forschungen durchgeführt, daran war kein Zweifel, nur wer würde sich seiner annehmen? Dann fiel ihm auf, daß Roubinovitz seinen Vortrag eingestellt hatte, tonlos, er bewegte die Lippen, artikulierte, sprachlos, inmitten seines Labors.

Rue de Seine, 27. Febr. 34

Ich werde eine Gelegenheit haben, mit Grock selbst zu sprechen. Max telegrafiert, daß er in drei Tagen in Zürich gastiert, das ist meine Chance. Vielleicht kann ich dann diese ganze Geschichte vergessen, weil sie nichts weiter ist als eine Künstleranekdote. Max besteht darauf, daß ich ihn besuche in Genf, ich soll seine neue Nummer beurteilen. Hoffentlich hat er Erfolg damit.

Paul Block hatte sich für diesen Besuch einen Ausweis besorgt, Presse Etrangère, der ihn fünfzig Francs kostete. Die ersten Türen hatte dieses Stück Papier bereits geöffnet, vier Eisentüren, bis er in einen wohnlich-altmodischen Trakt gelangte, in dem der Direktor des Gefängnisses St. Pierre sein Büro hatte. Auf der Fahrt nach Versailles überlegte er sich eine Strategie. Das alte Spiel, ich sag dir was, damit du mir was sagst. Block hatte sich eine Geschichte ausgedacht: Er ist auf der Suche nach Fernande Segret, der letzten Geliebten des Frauenmörders Landru, er muß allen Hinweisen nachgehen, die ihm gegeben wurden. Ein Informant behauptete, daß die Segret verbotenerweise, ohne daß es die Presse erfuhr, bei der Hinrichtung anwesend war. Sie habe dem Scharfrichter ihren Kopf angeboten, anstelle von Landru; als das Fallbeil heruntergesaust sei, habe sie einen Weinkrampf erlitten. Block wollte das so berichten, als traue er selbst diesem Informanten nicht, aber Sie wissen ja, wir müssen alle Details berücksichtigen.

Der uniformierte Gefängniswärter schob die Tür auf, dann drehte er sich um: »Wen darf ich melden, Monsieur?«

»Block, Paul Block, Korrespondent des Berliner Tageblatts.«

Der Wärter schloß die Tür hinter sich. Block stand in dem halbdunklen Gang, spürte eine leichte Erregung, immerhin war dies die erste Nachfrage bei einer offiziellen Stelle. Wenn er seinen Verdacht äußerte, ein anderer sei an Stelle Landrus hingerichtet worden, dann konnte das erhebliche Schwierigkeiten nach sich ziehen. Insbesondere weil er ein Boche war. Er konzentrierte sich darauf, die Rolle eines Skandaljournalisten zu mimen, der bereit war, mit dem Direktor die schmutzige Wäsche der halbseidenen Segret zu waschen. »Warten Sie noch einen Moment«, der Gefängniswärter sah aus der Tür, »wie war nochmal der Name, Monsieur?« »Paul Block.« Er sagte das langsam und mit Betonung. Die Tür wurde wieder geschlossen.

Hinter einem metallenen Schrank begann eine Reihe großformatiger Fotos, säuberlich eingerahmt, Block interessierte sich für diese Ahnenreihe des Gefängnisdirektors. Alles ehrenwerte Männer, im Stehrock, mit dunklem Überzieher, die Moustaches zu abenteuerlichen Höchstleistungen gezwirbelt, eine Reihe, auf die man stolz sein konnte. Dann fiel ihm das Porträt auf, das Roger Viollet gemacht hatte: Landrus Gesicht mit der Gefängnisnummer vor der Brust. Also waren es keine Direktoren, sondern Häftlinge. Er ging von Foto zu Foto, konnte ja sein, daß jemand Landru sehr ähnlich war, sah den Herren ins Gesicht, eigentlich hatten sie alle Ähnlichkeiten, auf jeden Fall, die kräftig ausgewachsenen Bärte ließen die Gesichter gleich erscheinen.

»Monsieur Block, bitte sehr.« Der Gefängniswärter hielt ihm die Tür auf.

Paul Block kam rasch, rückte den Schlips zurecht und trat in das helle Büro des Direktors. Ein Mann von erheblicher Körpergröße, dessen Hand Blocks Rechte mit einem heftigen Griff umschloß.

»Sie wollen auch wieder etwas von Landru wissen, Monsieur Block«, seine Stimme war die eines Pfarrers, der stets darauf achten mußte, daß auch der Kirchenbesucher in der letzten

Reihe seine Worte verstand. »Welchem Geheimnis sind Sie denn auf der Spur?« Er ließ sich auf seinen Eisenstuhl fallen, es gab einen satten Laut.

Paul Block überlegte, ob er seine Strategie ändern sollte, dann aber fiel ihm so schnell nichts ein, und er berichtete von seinen Recherchen in Sachen Fernande Segret und ihrer eventuellen Teilnahme an der Hinrichtung ihres Geliebten. Der Direktor schüttelte ein Lachen aus seinem Körper. »Das hab ich ja noch nie gehört, wunderbar. Wissen Sie, Monsieur Block, ich habe ja seit Jahren, und ich sitze hier seit zehn Jahren, immer wieder tolle Geschichten über diesen Menschen gehört. Aber diese ist unter den komischen, muß ich mir merken für meine Freunde, wenn wir Petanque spielen, im Sommer. Wunderbar, köstlich!«

»Gibt es denn irgendwelche Hinweise, daß etwas dran sein könnte an diesen Informationen?«

»Monsieur, ich denke Sie vertreten das Berliner Tageblatt, ich vermute, ich kenne ja Ihre Zeitung nicht, aber das ist doch wohl eine ernste Zeitung. Geben Sie nichts auf diese Gerüchte. Kann ich Ihnen denn sonst behilflich sein? Ihre Kollegen wollen oft das Beil der Guillotine sehen und auch mal anfassen, mit dem sein Kopf heruntergeholt wurde?«

Paul Block rang nach einer Frage, wenn er nicht schnell etwas fand, würde er in fünf Minuten wieder vor der Tür stehen. »Sie sagten, Sie sind über zehn Jahre hier? Das heißt, sie waren auch Direktor, als Landru hingerichtet wurde?«

»Nein, Monsieur, damit kann ich Ihnen nicht dienen, wirklich nicht, das war mein Vorgänger, Monsieur Guillot, ein sehr tüchtiger Mann übrigens. Und um damit auch Ihre nächste Frage zu beantworten, hier in meinem Gefängnis gibt es keinen Beamten, der noch aus der Zeit Landrus stammt. Ich meine, falls Sie jetzt einen zu sprechen wünschten.« Der Direktor erhob sich zu voller Größe, Block hatte keine Lust das Gespräch als beendet anzusehen.

»Es war doch jeden Morgen ein Friseur da, der Landru für

den Prozeß zurechtmachte, und später, so habe ich gelesen, soll dieser Friseur ihn auch hier oft barbiert haben, sogar noch am Morgen der Hinrichtung. Können Sie mir dessen Namen sagen?«

Der Direktor schüttelte den Kopf. »Namen, keine Ahnung, tut mir wirklich sehr leid. Aber ich weiß, daß er zwei Tage nach Landrus Hinrichtung entlassen wurde. Es gab da einen kleinen Streit, ich glaube, um die Frage seines Salärs.«

»Ach so«, sagte Block, dem eigentlich der Name des Friseurs lieber gewesen wäre, aber dieses Detail war ihm neu.

»Wird denn im St. Pierre ein Buch über die Hinrichtungen geführt, ich würde zwar nicht unbedingt das Beil sehen wollen, aber die Eintragung interessiert mich doch.«

»Da haben wir nun unsere Geheimnisse, Monsieur Block, das entzieht sich der Einsicht der Öffentlichkeit, leider, das müssen Sie verstehen, aber es wäre ja auch von keinem Nutzen für Sie.«

»Gab es denn zu der Zeit, also ich meine, zu dem Hinrichtungstermin Landrus noch andere Männer, die zum Tode verurteilt worden sind?«

»Worauf wollen Sie hinaus?« Der Direktor kam um den Schreibtisch herum, stand neben Block, der zu ihm hochsehen mußte.

»Nur so, ich dachte, das könnte für unsere Leser ...«

»Monsieur, in meinen langen Jahren, die ich hier bin, an diesem Posten, an den mich Gott gestellt hat und den ich gerne mit besten Absichten erfülle, habe ich noch nie einem Ihrer Sorte geglaubt, wenn er sagt: ›nur so‹. Eine richtige Frage – eine richtige Antwort.«

Paul Block versuchte, eine richtige Frage zu formulieren. »Ich würde gerne Familien aufsuchen, die ebenfalls Gefangene zu der Zeit im St. Pierre hatten, vielleicht haben die noch interessante Geschichten zu erzählen, auch für meine Untersuchung über Fernande Segret. Daß die mal hier war, vielleicht nicht bei der Hinrichtung, sondern zu einem anderen Zeitpunkt ...«, so schnell kam Block nicht ins Stottern, dennoch spürte er eine leichte Achselnässe, insbesondere, weil der Direktor nicht von seiner Seite wich.

»Da können wir ihnen eine Liste zusammenstellen, sicherlich, das wird wohl ein bißchen dauern, aber sprechen Sie in ein paar Wochen wieder vor, dann bekommen Sie diese Liste. Wunderbar, Monsieur, daß Sie immer noch an diesem Märchen mit der Segret festhalten. Was reizt Sie denn so daran?«

Block überlegte einen Moment, dann sagte er: »Ich würde gerne wissen, wo sie sich jetzt aufhält, ich glaube, daß sie vor Gericht gelogen hat, die wußte bestimmt mehr über Landrus Machenschaften.«

Die Miene des Direktors hellte sich auf: »Warum haben Sie das nicht gleich gesagt? Das ist auch meine Ansicht, diese Frau hat eine Komödie gespielt vor Gericht, um ihren Liebhaber zu schützen. Godefroy hat sie nicht richtig in die Mangel genommen, hat sich auf ihre Ohnmachten eingelassen, die hätte manches sagen können, ganz bestimmt.«

»Waren Sie denn im Prozeß?« fragte Block, den diese dezidierte Meinung wunderte.

»Nein, nein, ich habe das nur gehört, von Freunden. Und Sie wollen die jetzt finden, Monsieur? Warum erzählen Sie so eine komische Geschichte, die Segret hat ihren Kopf kurz vor der Hinrichtung ...«, er lachte wieder los.

»Haben Sie denn eine Vorstellung, wo sie sein könnte?« Paul Block freute sich, daß er das Interesse des Direktors gewonnen hatte.

»Nicht die leiseste Ahnung, Monsieur, aber mal sehen, da kann ich Sie möglicherweise unterstützen, lassen Sie mir ein paar Tage Zeit, ich werde meine Freunde bei der Sûreté mal fragen, die müßten etwas wissen. Melden Sie sich bei mir wieder, sagen wir, Ende der Woche, dann weiß ich Genaueres. – So, wir haben hier schon sehr lange geplaudert, ich habe auch noch andere Pflichten. Obwohl ich Ihren Besuch sehr amüsant empfinde.«

Die große rechte Pranke kam herab. Schon zu Anfang ihres

Gesprächs hatte Paul Block sich vor einem solchen Schlag gefürchtet, aber erstaunlicherweise klopfte ihm der Direktor nur mit halber Kraft auf die Schulter.

»Und das Buch mit den Eintragungen derer, die unter der Guillotine ...«, Paul Block wollte nachfassen.

»Mal sehen, Monsieur. Vielleicht werde ich bei Ihnen eine Ausnahme machen.«

1. März 1934, im Zuge

Wie merkwürdig ist es, wenn man Paris verläßt, die Bedrückungen des Exils lösen sich in die Bilder von Landschaften auf, verflüchtigen sich in kleine Orte, verfangen sich in Gesprächen im Abteil. Bis Fontainebleau saß mir ein alter Grieche gegenüber, der seit über 30 Jahren in Paris im Exil lebt, er hat sein Französisch mit den Klassikern Molière und Racine gelernt, man kann es ein wenig hören. Wir sprechen über ein geteiltes Leben, über unsere Sehnsüchte nach Rückkehr, die auch bei ihm nie erloschen sind, er sagt: ich denke an Korfu wie am ersten Tag. Aber es sind Sehnsüchte, die sich im Laufe der Zeit verlagern, verändern, in immer neuem Gewand auftreten, so wie sich unsere Rollen im Exil ändern. Ich komme mir ganz bescheiden vor, als ich auf die Frage, wie lange ich denn in Paris sei, sage, es sei ein ganzes Jahr. Aber da ist kein abwertendes Lächeln im Gesicht des Griechen zu erkennen, im Gegenteil, er sagt: das Exil wird mit jedem Tag leichter — und nach einer Pause fügt er hinzu: und auch jeden Tag schwerer.

Als er in Fontainebleau ausgestiegen ist, will ich seine Adresse aufschreiben, aber er hat dafür nichts übrig: wir sehen uns wieder, sagt er, Exilanten treffen sich immer wieder.

Die beiden alten Kellner am letzten Tisch waren eingeschlafen. Sie schnarchten ein hierarchisch gestimmtes Duett: der Oberkellner flötete die helle Stimme, während ihn sein Untergebener mit Brummtönen begleitete.

»Ich bin nicht funny, no, ich bin eine Mensch, der hier mit dir Witze reißen kann, aber auf die Bühne, madonna, da kommt kein Lachen.«

Max hatte die beiden Arme auf dem bekleckerten Tischtuch liegen, sein weißes Hemd offen, die Fliege hing am Hals mit schlaffen Flügeln, seine wachen Augen sprangen hin und her.

»Du hast es doch nie probiert, Max. Warum machst du keine Vorstellung nur für die Freunde? Die werden dir schon sagen, ob du Lacher machst. Wenn sie ehrlich sind.«

Sie saßen im »Hotel de la Comédie« in Genf, jede Stunde hatten sie zwei Flaschen Fendant geleert. Mehrfach erzählte Max von Grocks neuem Partner, der für längere Zeit eine neuerliche Zusammenarbeit zwischen ihnen erschweren würde. »Der is so wie isch, ein junge Mann, der alles spielen, hat die Text von die Nummer in nur drei Tage gelernt, crazy, und nun spiele sie zusamme, wie isch, damals in London, der ist noch an die Hochschule gewese, kein Ahnung vom Circus, wollte sich nur ein bißche Geld mache, aber jetzt sein Partner, und er wieder ganz groß. Die Erfolge ...«

»Warum trittst du denn nicht in Zürich mit ihm auf?« Paul Block versuchte, Max aus seiner Resignation zu locken, aber so oft er diese Frage stellte, so oft wechselte Max das Thema. Block gab es auf, wollte seinen Freund nicht verletzen.

Sie ließen eine leere Flasche auf dem Boden zerspringen, um die Kellner aus ihrem Schnarch-Konzert zu wecken.

Durch die beschlagenen Scheiben des Restaurants konnte Block einen Pferdewagen sehen, der Droschkenkutscher hatte die Wolldecke um seine Knie gewickelt. Vielleicht wartet er auf einen letzten Gast, dachte Block, und er wußte auch schon dessen Namen.

»Du mußt wisse, ich habe so viele Jahre von große Engagements in meine Rücken, ich kann nicht anfange, hier in ein klein Theater und dumme Witze reiße, und immer sage die Leute, guck mal, er da, ist die Partner von die große Clown. Und was erwarte die Leute, ich muß allein noch besser sein als er und ich, damit ich anfangen kann mein Karrier.«

Max hatte ihm erzählt von seinen langen Spaziergängen, von seinen langen Gesprächen mit Kollegen, die ihn ermunterten, gute Clownsnummern seien rar, von seinen langen Nächten, die er in Restaurants mit seinen Erinnerungen verbrachte, alles war Gegenwart und dabei schon seine Vergangenheit.

»Frag ihn nicht, warum er mir gekündigt hat, Paule, please.« Block hatte das nicht verstanden, hoffte insgeheim auf eine vermittelnde Rolle zwischen den beiden Clowns. »Er muß komme und mich sagen: Max, I need you, dann bin isch da. Aber nicht wie der Hund, der dog, der gerennt kommt, wenn der master pfeift. Das ist kein Leben so.«

Bei der nächsten Flasche war die Sprache auf Landru gekommen. Max konnte sich nicht vorstellen, daß Block seit ihrem letzten Treffen in Paris, das immerhin ein Jahr zurücklag, sich um diese verworrene Geschichte kümmerte. »Was machst du, wenn es bloß Angeberei war? Wenn mich Allary, sein Partner das erzählt hat, dann würde ich nix geglaubt haben, aber er, natürlich kann es sein, Paule, Angeberei, boasting.«

»Aber du hast es mir doch selbst . . .«.

Max hat mir einen Bären aufgebunden, dachte er.

Der Oberkellner war erwacht, nur die Brummtöne waren noch zu vernehmen. Er wankte an ihren Tisch und forderte sie auf, die Rechnung zu begleichen.

»Wann sehe wir uns, Paule?« Max suchte seine Fliege, »morge?«

»Morgen bin ich in Zürich.«

»Aber dann mußt du komme, und mir sage, was passiert bitte.«

Block versprach es ihm, als er mit Hilfe des Oberkellners und des Droschkenkutschers Max in den Wagen hob. Rosenfelder wird toben und Andrea wird sauer sein, aber er wollte Max nicht im Stich lassen.

Als Paul Block die Treppe hochstieg, wurde ihm bewußt, daß er vielleicht einer Fata Morgana hinterhergelaufen war, wenn das nur eine Angeberei war, hatte Max gesagt, boasting, aber er hatte schon so viele Ungereimtheiten im Fall Landru entdeckt, so viele Widersprüche, daß er nicht glauben wollte, was er von Max gehört hatte.

Der schmale Raum im zweiten Stock erinnerte ihn sehr an sein Zimmer im Hotel Esperia, der Koffer stand neben dem Bett, in Genf würde ich nicht leben können, dachte er, hier wäre das Exil nur Verzweiflung.

10

»Il tigre detesta il fuoco«: die metallene Stimme des Zirkusdirektors am schnarrenden Mikrofon.

Der Käfig schwankte.

Zwei Helfer in grauen Kitteln stemmten sich gegen die Metallstäbe.

»Il tigre odia il fuoco.«

Der silberne Reifen wurde in Brand gesteckt. Benzingeruch. Die Flamme rußte ins Chapiteau.

Der Dompteur knallte mit der langen Peitsche.

Der Tiger verließ langsam seinen Platz, kauerte im Manegensand, sprang aufs Piedestal.

»Il tigre detesta il fuoco.« Der hagere Zirkusdirektor verließ das Mikrofon.

Der Dompteur nahm die Bogenpeitsche in beide Hände.

Der Tiger gähnte.

Der Dompteur ließ die Peitsche tanzen.

»Attenzione«, der Zirkusdirektor hob eine Pistole.

Der Tiger setzte zum Sprung an.

Mit einem gewaltigen Feuerstoß wurden zwei Fackeln entzündet.

Der Tiger war gesprungen, soviel hatte Block gesehen, aber jetzt war er verschwunden.

Beifall. Bravo-Rufe. Einige Zuschauer erhoben sich von ihren Holzsitzen, applaudierten mit hocherhobenen Händen.

Block sah keinen Grund zu klatschen, er spürte eher ein Bedürfnis, nach Hilfe zu rufen, als eine circensische Leistung zu bejubeln.

Der Dompteur verbeugte sich.

Die beiden Helfer löschten die Fackeln in einem Sandeimer.

Das Orchester spielte einen langsamen Walzer.

Der Zirkusdirektor kündigte »Grock und Partner« an.

Block wußte, wie die Nummer begann, kannte fast alle Nuancen der Clowns-Szene, aber dennoch war ihm unwohl zumute. Er konnte sich Grock ohne Max gar nicht denken, wollte, daß sein Freund hinter dem Vorhang hervortrat und den eleganten Geiger spielte. Das Publikum tobte, als Grock mit seinem großen Koffer, seinen überlangen Schuhen die Manege betrat, sein großkarierter Mantel mit den gestopften Löchern, sein schlurfender vornüber gebeugter Gang – die winzige Geige.

Grock: Und einen Trompeter brauchen Sie nicht.

Partner: Aber das habe ich doch schon gesagt, ich brauche keinen Trompeter.

Grock: Aber wenn Sie mal einen Trompeter brauchen sollten, dann schreiben Sie mir.

Partner: Ich werde nie einen Trompeter brauchen.

Grock: Dann schreiben Sie nicht.

Jetzt erst bemerkte Block, daß der Zirkusdirektor den Partner ohne Namen angekündigt hatte, ein Zuträger für die Pointen des großen Clowns, ein Namenloser, der gutes Geld verdient. Er wußte, daß Max immer nur von »ihm« sprach, niemals auch nur den Namen »Grock« aussprach. Seine bescheidene Antwort.

Partner: Ich hab eine Idee.

Grock: Was haben Sie?

Partner: Eine Idee.

Grock: Wo?

Partner: Im Kopf natürlich.

Grock: Da drin.

Partner: Ich denke wohl.

Grock: Und das tut Ihnen nicht weh?

Macht seine Sache gar nicht so schlecht, der Partner, dachte Block, Alfred hieß er, zehn Jahre jünger als Max. Dennoch konnte er sich nicht daran gewöhnen, er spielte auch den gestrengen Konzertgeiger nicht mit dieser Inbrunst eines Solisten. Das Publikum war außer sich. Oft mußten die beiden Clowns minutenlang innehalten.

Grock: Ich hab aber kein Klavier bei mir.

Partner: Haben wir alles da, sehen Sie nur.

Grock: Was ist das, ein Eisschrank?

Partner: Das ist ein Flügel.

Grock: Was ist das?

Partner: Ein Flügel.

Grock: Und wo ist der andere?

Der Schwächere hat die Lacher auf seiner Seite. Die archaische Konstellation, David und Goliath, Herr und Knecht, König und Untertan. Der gestrenge Geiger liefert nur Pointen. Illusion im grellen Licht.

Der große Speisesaal des Restaurants »Kronenhalle« war nur halbvoll, vereinzelt saßen Gäste an langen Tischen, eine große Traube von Besuchern stand um den runden Tisch, an dem Grock residierte.

Dabei sprach er nur selten.

Kein Lachen.

Sein Manager Bolgé hatte das Gespräch auf die wunderschöne weiße Villa gelenkt, die in Imperia stand, Zirkusmotive in Stein gehauen bedeckten die Außenwände, der Blick über die Riviera, mal war das Haus für den Garten zu klein, dann wieder der Garten für die Villa, aber so sei es eben, wenn man ein Millionen-Objekt besitze, leider könne man nicht alle Freunde dahin einladen.

Das kalte Büfett war so weit leergefressen, daß die geschwinden Kellner bereits die Platten in die Küche zurücktrugen. Paul Block hatte kaum Mühe gehabt, sich selbst zu diesem mitternächtlichen Empfang einzuladen, er gab seine alte Arbeitsstelle als Referenz an.

Er wird sich nicht an mich erinnern, dachte er, unmöglich all die Gesichter zu behalten, die ihn täglich neu umgeben. Block überlegte, wie er sich dem Clown nähern sollte. Auf jeden Fall durfte er nicht verpassen, wenn der Clown zum Aufbruch blies. Dieser Manager ist ein Ekel.

»Ich habe ihn nicht erkannt, wirklich, das müssen Sie mir glauben, meine Damen und Herren«, das war Grock, seine sonore Stimme, er sprach akzentfrei sieben Sprachen, »er steht in meiner Garderobe und ich sage: was wollen Sie? Der kleine Mann, 1928 im Apollo-Theater in Nürnberg, da hat er mal eine Kritik über mich geschrieben, war ganz brauchbar. Aber ich habe nicht gewußt, wer er ist. Der kleine Mann sagt: Hitler schätzt Sie sehr. Ich darauf: Kennen Sie ihn? Er lacht, etwas verbissen, dann sagt er: Und ob, ich bin sein Propagandaminister!«

Der ganze Tisch brüllte vor Lachen.

Das konnte sich nur Grock leisten, Goebbels nicht zu erkennen. Paul Block erhob sich langsam von seinem Platz, wollte sich auch zu den Bewunderern gesellen. Der Clown war in seinem Element, die Müdigkeit nach der Vorstellung war verflogen.

»Hitler hat mich schon dreizehnmal gesehen. Er versucht immer, mir die Hand zu geben, aber ich weiche ihm aus, ganz geschickt. Das bringt Unglück. Er hält es für ein komisches Spiel, aber ich weiß schon, warum ich das tu. Schließlich kannte mich die Welt schon, als von ihm noch niemand sprach.«

Beifälliges Nicken, einige lachten.

Wenn er so nahe am Hinkefuß Goebbels und seinem Führer war, hätte er sie beide umlegen können, dachte Block. Aber er ist nur ein Clown, ein Hofnarr.

»Sie sind ein Freund von Max, nicht wahr?« der Clown zeigte auf Block.

»Ja. Richtig. Sie erinnern sich an mich?«

»Nicht genau. Ist lange her.«

Der Kontakt war schon wieder unterbrochen, weil eine Rothaarige, von großer Parfümwolke umgeben, sich durch die Bewunderer drängelte, um auf ein Spitzentaschentuch ein Autogramm zu erhaschen. Kaum hatte Grock den Federhalter gezückt, wollten sie alle eins. Wie Kinder stellten sie sich an. Geduldig malte Grock sein Konterfei und seinen Namen.

Der Manager schob die hinten stehenden Autogrammfreunde weg, das war das Zeichen zum Aufbruch.

»Zeit zu Bett zu gehen«, sagte er unmißverständlich.

Block stellte sich dem Clown in den Weg.

»Es war nett, daß auch Sie heute abend mein Gast waren, ich hoffe, daß Sie genügend zu essen und zu trinken hatten«, sagte Grock, »bis zum nächsten Mal.«

Dann ging er weiter, geschoben von seinem Manager.

»Herr Wettach, ich habe noch eine Frage?«

Grock blieb stehen, drehte sich langsam um. »Das kann ich mir denken, aber bitte, nicht vor all diesen Leuten hier. Kommen Sie morgen in mein Hotel.«

Block wußte zwar, wo die Artisten logierten, aber er sagte: »Morgen muß ich wieder in Paris sein.«

Grock löste sich von seinem Manager. »Gut, dann machen wir es kurz. Sie wollen wissen, warum ich nicht mehr mit Max auftrete. Richtig? Ich will es Ihnen sagen: ich hatte Angst um Max, ich muß ihn schützen, wir werden wieder zusammen spielen, aber in Deutschland geht das nicht. Das klärt Ihre Frage, nicht wahr? Außerdem ist mein neuer Partner auch nicht schlecht. Was meinen Sie?«

Paul Block hielt den Clown am Arm.

»Das war es nicht, was ich wissen wollte. Ich habe Sie bereits zweimal angerufen, es geht um Landru. Das ist meine Frage.«

Grock machte einen Schritt zurück.

»Ja, richtig, Sie sind dieser Mann vom Berliner Tageblatt, der mich dauernd anruft.«

»Paul Block.« Er machte eine leichte Verbeugung, vielleicht hilft diese Geste.

Grock flüsterte seinem Manager auf ungarisch ein paar Worte zu, dann zog er Block in eine Ecke des Restaurants.

»Was wissen Sie denn über Landru?« begann er, sehr leise.

»Alles, was sich in Paris abgespielt hat, ich war beim Prozeß damals dabei, in Versailles bei der Hinrichtung. Nichts von dem, was mir Max berichtet hat, daß Sie ihn bei einem Empfang des Polizeipräsidenten in Buenos Aires gesehen haben.«

Grock zog seine Anzugjacke über die Manschetten.

»Ich glaube, das ist auch besser so. Wirklich. Wenn man zuviel weiß, das kann nur schaden. Und Sie, denke ich, wollen es ja auch nicht für sich behalten, oder?«

Block lächelte.

»Ich kann Sie nur warnen. Lassen Sie die Finger von diesem Fall. Sie leben in Paris?«

»Emigriert«, die Antwort schnitt ins Gespräch.

»Um so schlimmer für Sie. Landru, das ist Sprengstoff, da müssen Sie in Deckung gehen, wenn's knallt.«

Paul Block spürte, wie der Clown ihn einzuschüchtern versuchte, wer sind Sie denn schon?

»Für wen wollen Sie die Geschichte schreiben?« fragte Grock, der sich ein Glas Mineralwasser einschenkte. Block nahm es als Signal, daß der Clown nicht gleich wieder gehen wollte.

»Erst möchte ich alles recherchieren, dann denke ich darüber nach.«

Grock trank in großen Schlucken: »Sie werden gar nichts erfahren, auch nicht von mir, das habe ich dem Polizeipräsidenten versprechen müssen, sonst hätte ich selbst nichts erfahren.«

Block versuchte einen Hebegriff. »Aber Sie haben doch keine Angst vor einem so weit entfernten Polizeipräsidenten, Buenos Aires, das ist ...«

»Lassen Sie das meine Sorge sein, mein Herr.«

»Aber Sie haben Landru gesehen?« Block wollte endlich Gewißheit haben.

»Das wissen Sie bereits.«

»Und das tut Ihnen nicht weh?« Block zitierte aus der Clownsnummer.

»Nein, das tut mir nicht weh.«

»Wissen Sie denn, wo Landru in Buenos Aires wohnt?«

»Gleich neben dem Bahnhof«, wieherte Grock, den dieses Spiel sichtlich erheiterte.

»Und er lebt da schon lange?«

»Seit seiner Hinrichtung.«

»Und die hat ihm nicht weh getan?«

»Nein, da war er gar nicht dabei.« Grock wartete wie ein kleines Kind auf die nächste Frage, seine dunkle Stimme war heller geworden.

»Aber irgend jemand hat die Hinrichtung weh getan?«

»Nit möööglich.«

»Da waren doch Presseleute dabei, die haben das gesehen, hätten doch merken müssen . . .«

Grock räusperte sich: »Seien Sie nicht zu überheblich, auch Pressevertreter sehen nicht alles.«

Block wollte wieder zu diesem Spiel zurück, aber ihm fiel so schnell keine Frage ein. Hat er ihn also tatsächlich gesehen. Hatte Max nicht gesponnen.

»Man hat einen anderen so geschminkt, daß er Landru aufs Haar glich. Muß ich manchmal dran denken, wenn ich vor dem Spiegel sitze und mein Gesicht weiße.«

»Das sagt der Polizeipräsident von Buenos Aires?« Block war hellwach.

»Das tut er. Aber einen Klavierspieler brauchen Sie nicht?« Grock stellte seinen neuen Partner auf die Probe.

»Nein, ich brauche keinen Trompeter«, Block betonte die erste Silbe von Trompeter, wie Max es immer tat.

»Wenn Sie mal einen brauchen, dann schreiben Sie mir.« Grock erhob sich.

»Ich werde nie einen Trompeter brauchen. Hat der Polizeipräsident denn auch gesagt, warum die Landru ausgetauscht haben und einen anderen hingerichtet?«

»Dem hat das weh getan, aber nur ganz kurz.«

»Warum?« fragte Block.

»Das sind Fragen eines Journalisten, mein Herr, die haben nichts mit mir zu tun.«

Das Spiel war zu Ende.

Block spürte es sofort.

»Herr Wettach«, begann er förmlich, »ich muß Ihnen sagen, daß ich seit mehr als einem Jahr dieser Sache nachgehe. Sie müssen mir helfen.«

»Sie glauben doch nicht im Ernst, daß ich mich für diese Geschichte als Zeuge zur Verfügung stelle. Bedenken Sie, mit wem Sie reden.«

Die Distanz war hergestellt, am Ende der Nummer ist der richtige Abstand zwischen oben und unten wieder eingerichtet.

Block sprudelte hervor, was er in Erfahrung gebracht hatte: er sprach von der Concierge, der Schwester der verschwundenen Madame Cuchet, von den Spuren der Segret, vom Gefängnisdirektor, von dem unauffindbaren Grab, dem merkwürdigen Restaurant in Gambais, langsam, sehr langsam gewann er die Aufmerksamkeit des Clowns zurück, er glühte von allem: ein Wirrwarr an Meldungen, Unschuldsbeteuerungen Landrus vor Gericht und die Geschworenen und Geschädigten, die am Prozeßende ein Gnadengesuch für Landru einreichten. Grock hatte von alledem nichts gehört.

»Sie haben sich Mühe gemacht, mein Herr.« Der Clown nutzte eine Pause, die Block brauchte, um Luft zu schöpfen. »Was soll ich Ihnen sagen? Ich habe nicht ihn selbst gesprochen. Er saß da an meinem Tisch, mir gegenüber. Mein Blick wurde von seinem Messer angezogen. Der Appetit war mir vergangen. Hab selbst den Rinderbraten mit den grünen Erbsen stehenlassen. Können Sie das verstehen? Ich stocherte hilflos mit der Gabel in den Erbsen. Aber war so aufgeregt, daß sie immer wieder von der Gabel kullerten. Jemand hat gekichert. Der Gedanke, ich wollte gerade jetzt komisch sein, war mir unerträglich. Wie das Kaninchen auf die Schlange, so starrte ich auf Landru. Seine Augen trafen mich, unvermittelt. Später hab ich dann den Polizeipräsidenten gefragt, er hat mir bestätigt, ja, das ist er. Mehr weiß ich nicht.«

»Aber Sie haben nach dem Grund gefragt, Herr Wettach, den wollten Sie doch bestimmt auch wissen.«

Grock kam nahe an ihn heran: »Ich kann Sie nur warnen, die Franzosen fackeln nicht lange, mein Herr, die nicht!«

Paul Block sah, wie sich das lachende, faltige Gesicht des Vierundfünfzigjährigen straffte, seine Stimme wurde noch leiser: »Man hat die Morde erfunden, um das Interesse der Öffentlichkeit von politischen Vorkommnissen abzulenken, die der Regierung damals sehr unbequem waren. Der Effekt wurde erreicht.«

»Wann?«

»Am Ende des Krieges.«

»Und jetzt?«

»Vielleicht lebt er noch da unten, er müßte so um die sechzig sein ...«

»Fünf-und-sechzig«, verbesserte Block.

»Hat eine schöne Pension von der französischen Regierung, darf aber nicht nach Frankreich zurückkehren.«

Mit einem Ruck löste sich Grock von ihm.

Seine Falten waren zurückgekehrt. »Wenn ich meinen Namen in Verbindung mit dieser Geschichte lese, mein Herr, dann werden Sie mit meinen Rechtsanwälten Bekanntschaft machen.«

Der Manager schob sich vor den Clown, sagte: »Grock ist jetzt müde, er hatte heute zwei Vorstellungen.« Er nahm ihn ins Schlepptau, auf der anderen Seite hakte sich eine Frau ein. »Drei, es waren drei Vorstellungen«, Grock drehte den Kopf noch einmal um: »Am besten, Sie vergessen die ganze Geschichte. Da ist nichts drin für Sie, außer ein paar ...«

Dann war das Trio durch die Drehtür verschwunden.

Block stand im leeren Restaurant.

Habe ich an der falschen Stelle gebohrt, nicht die Zeit des Prozesses, als ich in Paris saß, war entscheidend, sondern seine Verhaftung. 1919. Sofort fielen ihm Namen ein? Clemenceau, Tardieu, Foch.

Der Oberkellner klatschte in die Hände: »Mein Herr, hier ist jetzt Schluß.«

11

Kaum hatte Paul Block die Gare d'Austerlitz verlassen, fühlte er sich zufrieden, seine neue Pseudoheimat erschien ihm wie ein geeigneter Zufluchtsort, von dem man wiederum schnell fliehen konnte, ein Wartesaal, hier kannte er die langen Reihen der Emigranten, den Geruch der abgetragenen Kleider, den Zigarettenqualm der endlosen Diskussionen, die immer neue Hoffnungen nährten und dabei stets von Enttäuschungen handelten.

Die Rückfahrt hatte ihn über Genf geführt, wo er sich im Bahnhof für wenige Stunden mit Max traf, der alles genau erzählt haben wollte, wie Grock erklärte, warum er nicht mehr mit Max auftrat, die Vorsicht, die Anteilnahme, im Moment im Reich zu gefährlich, immer wieder hatte Block seinem Freund die Sätze des großen Clowns wiederholen müssen, sie saßen standesgemäß in der Wartehalle der 2. Klasse und redeten verstohlen.

Die Grenze war ein Einschnitt gewesen, alle mußten aussteigen, jeder seinen Koffer öffnen, die französischen Zöllner suchten Emigrantengepäck, wer mehr als ein Gepäckstück mit sich führte, wurde festgehalten, manche sofort abgewiesen, Block zeigte seinen noch drei Monate gültigen deutschen Paß, die Carte d'identité ließ er in der Brusttasche, obwohl die Emigranten sie stets vorzuzeigen hatten, wollte kein Risiko eingehen.

Während der Fahrt durch Frankreich sammelte Block seine historischen Kenntnisse über die Zeit, Frühling 1919, als Landru verhaftet wurde, Verhandlungen um den Friedensvertrag in Versailles, immerhin fanden die Abschlüsse auf französischem Boden statt, das war ein Triumph, dabei hatte Frankreich solche Verluste hinnehmen müssen, wie kein anderes Land, der besiegte Sieger, Clemenceau, der Père-la-victoire, der über siebzigjährig noch in den Schützengräben seinen Soldaten Mut gemacht hatte, ein geschickter Taktierer, der am Ende erfolglos blieb. Block erinnerte sich, daß damals Hennberg in Paris Korrespondent war. Aber den konnte er nicht fragen, der saß nach wie vor in Berlin.

Das Gehen durch die Straßen von Paris beschwingte Block, er fühlte sich als Urlauber, wollte ans Seine-Ufer, vielleicht an den Hallen vorbei, einen Blick in die Redaktion der »Pariser Korrespondenz« werfen, die Nachtluft war frisch, warum sollte ich hier nicht bleiben, immer gibt es etwas zu recherchieren, eine Fahrt nach Argentinien kam für Block keinesfalls in Frage, er hatte weder das Geld noch die Zeit. Aber auch dann, wenn er Landru in Buenos Aires wiederfand, was würde es bedeuten, nur den Anfang einer Untersuchung in französischen Behörden, wer hat zur Vertuschung beigetragen, was sollte vertuscht werden, wer ist an Stelle des Frauenhelden hingerichtet worden.

Victor Arnell zog den seidenen Bademantel um die Taille.

»Du willst doch nicht behaupten, daß du mich wegen einer so lächerlichen Geschichte weckst, geh rüber ins Archiv, kannst die ganze Nacht da sitzen, mir ist das egal.«

Block merkte, daß er seinen Freund Victor bei einer wichtigen Beschäftigung gestört hatte, der blauseidene Bademantel jedenfalls faszinierte ihn.

»Victor, du wirst dich gleich bei mir bedanken.«

Nur widerwillig ließ ihn der Kollege von der »Humanité« passieren, schaltete das Licht in der kleinen Kochecke an. Alles aufgeräumt, sauber der Tisch, ein Wandschrank mit kostbaren Gläsern.

»Also, ich warte.«

Victor Arnell lehnte am Herd.

Paul Block hatte sich überlegt, wieviel er seinem Kollegen erzählen konnte, ohne daß er ihm die Geschichte wegschnappen konnte. Er verdunkelte den Aufenthaltsort Landrus, indem er sagte: irgendwo in Lateinamerika, und nannte nicht den Namen seines Informanten, sondern ließ nur durchblicken, daß dieser Quelle unbedingt zu trauen sei.

»Das hast du also schon vor einem Jahr gewußt, was?«

Arnell stellte zwei Weingläser auf den Tisch und öffnete eine Flasche Bordeaux aus dem guten 24er Jahrgang.

»Ja. Aber erst jetzt bin ich sicher, Victor. Komm gerade von meiner Quelle ...«

»Und wer ist der geschätzte Herr?« Victor zog den Korken, vorsichtig, aber dennoch gab es einen satten Plopp.

Paul Block machte ein breites Clownsgesicht, sagte aber nichts. »Klar, willst du nicht nennen. Aber damit wir uns richtig verstehen, wenn du schon mitten in der Nacht vorbeikommst, mich aus dem Schlaf reißt, meinen besten Wein trinkst, dann kannst du nicht nur mit einer Geschichte aus Tausendundeiner Nacht hier erscheinen, dann müssen Fakten auf den Tisch.«

Er schob Block das Weinglas zu.

Die weiße Marmorplatte war sehr glatt, so daß Block nach dem Kristallglas griff.

»Victor, laß gut sein. Wir können diese Geschichte gemeinsam machen, wenn du willst, aber, es ist meine Geschichte.«

»Was glaubst du denn, Paul? Ich habe es nicht nötig, anderen Journalisten das Fleisch vom Teller zu schnappen. Insbesondere nicht, wenn einer im Exil ...«, er unterbrach sich, prostete Block zu.

Der Deutsche ließ sein Glas stehen, das hätte er nicht sagen dürfen, er wollte kein Mitleid, wenn er etwas nicht ausstehen konnte, dann war es dieses Bedauern. Andere hätten es nötiger gebraucht, er selbst bekam nicht mal die Armut der Emigration zu spüren, auch wenn er sich nie darüber erhob.

»Landru lebt in Buenos Aires und meine Quelle ist der Clown Grock, so nun weißt du alles, was ich weiß, Victor. Wir können die Sache gemeinsam verfolgen.«

»Paul, bitte, so habe ich das nicht gemeint.«

Block trank seinen Wein in einem Zug. »Wann fangen wir an?«

Arnell schenkte nach. »Ich denke sofort. Laß uns rübergehen, ins Archiv. Wann ist er verhaftet worden?«

»Frühjahr 1919, genau weiß ich es nicht. Aber das dürfte kein Problem sein.«

Block zögerte.

»Ich zieh mich nur gerade an.«

Arnell verschwand. Block nippte an dem Wein, ein wirklich guter Jahrgang.

Fünfzig Jahre war Landru alt, genau auf den Tag, als er verhaftet wurde, 12. April 1919, ein Inspektor Belin hatte ihm tagelang aufgelauert, hatte die Adresse von einem Prozellangeschäft erhalten, dort war Landru gesehen worden, von einer Verwandten, die ihre Schwester vermißte, er trug den Namen Guillet, hatte Fayencen bestellt und angezahlt, über das Bestellbuch war der Inspektor an seine Adresse gekommen, Rue Rochechouart 76, Zwischengeschoß, aber der Vogel saß nicht in seinem Käfig, Inspektor Belin hatte drei Vermißtenanzeigen zu verfolgen, drei Familien waren Angehörige abhanden gekommen, eine Tante, eine Schwester oder eine Nichte, Inspektor Belin erhielt einen Anruf: ich habe ihn gesehen, den Mann, der um die Hand meiner Schwester anhielt, im Porzellangeschäft, der Inspektor ließ mit einem weiteren Beamten morgens um sechs, denn während der Nachtstunden waren Verhaftungen verboten, die Wohnung öffnen, und dann nahm er ihn fest.

Der Bericht von seiner Festnahme klang wie der Hinweis auf ein großes Geheimnis, das es noch zu entdecken galt. Arnell sagte: »Deswegen habe ich damals meine Kommentare verfaßt, weil alles so unglaublich zusammengefügt war, so . . . erfunden, verstehst du. Balzac hätte das im Lehnstuhl phantasiert.«

Paul Block erwiderte, als sie gegen fünf Uhr morgens vor dem Gebäude der »Humanité« standen: »Wir müssen in ein anderes Archiv, Victor, hier gibt es Weltpolitik und Innenpolitik und Sozialpolitik, aber ein Frauenmörder macht bei Euch keine Schlagzeilen. Die gelbe Presse, da müssen wir lang.«

Arnell lächelte müde: »Hättest du dich je für einen Frauenmörder interessiert?«

Die Concierge schaltete das Licht ein, als Block den Schlüssel im Schloß drehte. Es war kurz vor sechs, ist die unangenehme Voyeuse schon auf.

»Ein Henryk hat häufiger nach Ihnen gefragt.«

Paul Block stieg die wenigen Stufen zu seiner Wohnung hinauf. »Andrea, ich bin zurück«, rief er, als er in seinem imitierten Berliner Salon stand.

Sie wird schlafen, dachte Block und schlich sich in die Küche. Er nahm einen langen Schluck aus der Wasserleitung.

Wenn sich doch nur jemand finden würde, der bezeugt, daß er Landru nach der Hinrichtung noch gesehen hat, aber im Zweifelsfall werde ich auf meine Quelle zurückgreifen, soll er doch einen Prozeß anstrengen.

Er ging zurück in den Salon und stellte fest, daß die Bilder von der Wand genommen waren, das Tagebuch war verschwunden, die Artikel waren weg. »Andrea«, mit schnellen Schritten war er im Schlafzimmer, drehte den Lichtschalter.

Das Bett war gerichtet, die Kissen sauber aufgesetzt.

Er rannte die Treppe wieder hinunter, hämmerte an die Portierswohnung. Nach einiger Zeit wurde ihm geöffnet.

Nein, seine Frau habe man in den letzten Tagen nicht gesehen, nein, sie sei auch nicht mal kurz in der Wohnung gewesen, nein, die gnädige Frau habe sich nicht blicken lassen, wo sie doch sonst immer mal reinschaue. Nur ein Mann namens Henryk habe sich mehrfach nach ihm erkundigt.

»Sie ist doch Ihre Frau, Monsieur Block?« fragte die Concierge, unverschämt, als tauchten nun ernsthafte Zweifel daran auf.

Block ließ sie stehen, Andrea wird bei einer Freundin übernachten, aber es ließ ihm keine Ruhe, er setzte sich an den Fernsprecher und wählte, nein, Andrea habe man nicht gesehen.

Block wurde unruhig.

Warum hat sie meine Landru-Unterlagen eingesteckt? Sie will auf sich aufmerksam machen. Warum hat sie keine Nachricht hinterlassen? Es entstanden neue Fragen, ohne daß die anderen beantwortet waren. Als er im Bett lag, konnte er nicht einschlafen, vielleicht wollte sie mitfahren in die Schweiz, Grock in Zürich, er hat mir einen Hinweis gegeben, die Frauenmorde sind erfunden, Max in Genf, trostlos die Stadt und er selbst, die traurige Andrea — Block war in Paris, das er vor Stunden noch begrüßt hatte, jetzt verfluchte er die Stadt schon wieder.

Kurz nach acht saß er wieder am Telefon, aber Andrea hatte sich nirgendwo blicken lassen. Es kam eine seltsame Stimmung auf, je länger er telefonierte, die einen ahnten Schlimmes, ohne daß sie es konkret benannten, die anderen machten Block Vorwürfe, daß er seine Frau wie ein Haustier gehalten habe, hast sie nicht mal mitgebracht, wenn wir zusammen einen getrunken haben. Block hatte keine Lust, auf diese Vorwürfe einzugehen, er wollte sie beizeiten erwidern.

Dann stieg ein schlimmer Gedanke in ihm hoch, sie ist in ihr geliebtes Berlin zurückgekehrt, hat mich und Paris verlassen. Schließlich wußte man in Berlin und bei der Gestapo, daß er eins von diesen »Lügenmäulern« im Ausland war, wenn man Andrea in die Hand bekam, sie mußte geschützt werden, er meldete eine Linie nach Berlin an, war sich dessen sicher, daß sie zurückgekehrt war. Tatsächlich fehlten einige Kleider, etwas Schmuck hatte sie auch mitgenommen, ein paar Bücher vermißte Block. Aber warum meine Landru-Materialien? Das gab keinen Sinn.

Das Gespräch mit Peter, der beim Reichsrundfunk arbeitete, verlief aufgeregt, nein, habe nichts gehört, daß Andrea hier sein soll, aber ich werde mich drum kümmern, natürlich, Paul, kannst dich drauf verlassen.

Als er die Redaktion betrat, war Rosenfelder der erste, der ihn anschnauzte: »Wir werden uns nach einem zuverlässigen Mitarbeiter umsehen müssen, Paul. Was wolltest du überhaupt in der Schweiz? Dienstreise oder Privatvergnügen?« Block war viel zu konfus, um sich etwas einfallen zu lassen, er sagte nur: »Andrea ist weg.« Rosenfelder sprach ein Mitleid aus, das Block ankotzte.

Henryk kam an diesem Morgen zu spät. »Andrea habe ich nicht angetroffen«, sein schwarzer Kräuselbart war in drei Zöpfen zusammengeflochten, »mach dir keine Sorgen, sie kommt schon wieder. Hat sie denn viel mitgenommen. Frauen ...«

Krystyna betrat das Redaktionsbüro. »Hab schon gehört, Paul. Keinen Hinweis?«

Block schüttelte den Kopf.

»Du bist ja auch ein Pascha, dir gehört die Welt und Andrea hat ein kleines Zimmer darin.«

»Bitte, Krystyna, muß das jetzt sein?«

Block stand auf und ging in Rosenfelders Büro. »Werde ich nun gekündigt, Kurt? Ich will eine richtige Antwort.«

»Nein«, sagte Rosenfelder knapp, der hinter seinen Zeitungen saß.

»Sie kommen sicher, um nach der Segret zu fragen?«

Paul Block nickte. Er war am Sonntagmittag nach Versailles gefahren, hatte es nicht mehr in seiner Wohnung ausgehalten, von Andrea keine Spur, aber er wußte auch nicht, was er noch anstellen sollte, um sie zu suchen. Er erwartete eine schlechte Nachricht.

»Da hätten Sie sich den Weg sparen können, Monsieur Block. Meine Freunde wissen gar nichts. Überhaupt, ich will Ihnen gegenüber ganz offen sein, ich habe nicht den Eindruck, daß bei der Sûreté irgend jemand an Fernande Segret interessiert ist. Ja. Das wärs!« Er machte eine Pause.

Der bretonische Gefängnisdirektor des St. Pierre holte zu einem Schulterklopfer aus. Block duckte sich vorsorglich.

»Aber Sie wollten mich ein wenig unterstützen?« Block nahm das Angebot wieder auf, das ihm der Direktor vor wenigen Tagen noch gemacht hatte. »Die Liste der Mitgefangenen, wie steht es damit, die Akte der Hingerichteten?«

Es war Sonntagnachmittag, die geheiligte Zeit, nach dem Essen, Block wußte, daß er ein Sakrileg beging, wußte, daß dies eine ungünstige Stunde war, um den Bretonen aufzusuchen, aber was sollte er in seiner Wohnung, außerdem bin ich ein unwissender Ausländer, der sich in französischen Bräuchen nicht auskennt.

»Monsieur Block. Ich habe Ihnen gar nichts versprochen.«

Der Gefängnisdirektor pflanzte sich in einen geräumigen Sessel, da würde gleich ein Baum wachsen, sein rötliches Haar, mit viel Pomade zur Glättung der natürlichen Locken, konnte Zeichen einer verfrühten Blüte sein.

»Sie wollten für mich einige Erkundigungen einziehen, ich sollte mich wieder bei Ihnen melden.«

»Richtig, das habe ich auch getan, aber wenn man mir sagt: wir wissen nichts, kann ich Ihnen zuliebe nichts erfinden. Ich meine, Sie sind ein seriöser Journalist.«

Block wußte genau, dazu war er lange genug in diesem Beruf, daß der Gefängnisdirektor ihm etwas verschwieg. Aber war jetzt der geeignete Zeitpunkt, um ihm das zu entlocken?

Block erspähte ein Schlupfloch: »Also, hat man unwirsch reagiert, als Sie nach Landru und seiner Geliebten Segret gefragt haben. Ich frage mich, ob man Sie sogar gewarnt hat.«

»Wie bitte? Wie kommen Sie denn darauf?« Die großen Hände des Bretonen öffneten sich, beide Arme auf den Sessellehnen.

Block startete einen zweiten Versuch, diesmal mit mehr Verve: »Man hat Sie gewarnt.«

»Ich verstehe nicht, Monsieur. Sie haben Ihre Ideen im Kopf, ich kann nur raten, welche es sind, Sie sagen mir, daß Sie nach dieser Schlampe suchen, wollen eine Skandalgeschichte haben, richtig?«

Block verschränkte die Arme vor der Brust, nickte. Der Gefängnisdirektor sah geradeaus: »Und jetzt fragen Sie mich, ob ich gewarnt worden bin. Das paßt nicht zusammen. Oder haben Sie nicht auch den Eindruck, Monsieur Block?«

»Ich frage ja nur. Antworten müssen Sie schon.«

»Von wem sollte ich gewarnt worden sein.«

»Von Ihren Freunden in der Sûreté vielleicht, was weiß ich?«

»Erstaunliche Frage.«

»Richtige Frage«, ergänzte ihn Block, »richtige Antwort, das sagten Sie doch.«

Der Bretone streckte die langen Beine aus.

»Sagen wir es mal so, Sie sollten gewarnt sein, Monsieur Block. Mit der Sûreté ist nicht zu spaßen.«

»Aha, deswegen erstaunlich. Wie lautet die Mitteilung?«

»Es gibt keine Mitteilung für Sie. Nichts. Nur eine private, nämlich meine an einem Sonntagnachmittag geäußerte Meinung: Lassen Sie die Finger von dieser Geschichte, oder Sie verlieren eine Hand.«

»Und warum sagen Sie mir das? Haben Sie einen Hinweis dazu bekommen?«

Block stieß nach, auch wenn der Bretone in eine ruhende Position zu gelangen versuchte, war er eher aufgewühlt, soviel spürte Block.

Der Gefängnisdirektor grinste: »Oh, das weiß ich auch nicht. Vielleicht weil Sie ein sympathischer Boche sind. Einer, der sich mit der Hure Segret befaßt. Wenn der Staatsanwalt sie damals härter angefaßt hätte, ich sage Ihnen, da wär das Geheimnis gelüftet worden. Sie wußte doch alles, sie war seine Vertraute. Diese Frau hätte uns Aufklärung geben können, aber nein, sie darf ohnmächtig werden, gleich zweimal, und wenn jemand so schön ohnmächtig wird, dann darf man sie nicht ausquetschen. Finden Sie sie und holen Sie das nach. Unsere Schreibmänner sind dazu nicht clever genug.«

Der Gefängnisdirektor erhob sich. »Aber seien Sie auf der Hut. Wenn Belin das erfährt . . .«

Block zuckte zusammen. »Sagten Sie Belin?«

»Ich habe gar nichts gesagt. Ich würde niemals an einem Sonntagnachmittag einem von Ihrer Sorte etwas sagen.«

»Aber ich habe Belin verstanden, Monsieur, wollte mich nur vergewissern.«

»Kennen Sie ihn denn?«

»Sicher«, log Block, »ein bekannter Mann in der Sûreté.«

»Das will ich meinen. Ich sage Ihnen das nur, weil Sie mir diese rührende Geschichte von der Segret erzählt haben, wie sie ihren Kopf kurz vor der Hinrichtung anbot, wie in rosa Romanen.« Er lachte wieder.

»Eins würde ich doch noch gerne wissen?«

Der Direktor winkte ab: »Keine Fragen mehr, nächste Woche bin ich wieder im Dienst.«

Rue de Seine, 20. 3. 1934

Man fängt ein neues Tagebuch nicht so leicht an. Ich habe drei Anläufe gebraucht, um den ersten Satz zu schreiben. Eine Bestandsaufnahme ist schnell gemacht: seit einem Jahr in der Emigration, Paris, eingerichtet wie in Berlin, von einer Frau, die ich weder in der einen noch der anderen Stadt weiß, arbeite bei einer »Korrespondenz«, um unterdrückte Reichsnachrichten zu publizieren, eine Arbeit, die politisch notwendig ist, aber immer schwerer wird es mir, mein Pensum zu leisten, beschäftige mich mit einem elffachen Frauenmörder namens Landru, von dem ich nicht weiß, ob er jemals auch nur eine umgebracht hat. Ist Spekulation schon ein Beruf? Die Lösung liegt in einer dritten Stadt, Buenos Aires. Aber da kann ich nicht hinfahren.

12

Die Leiche Ernst von Kammers war mit einem schmierigen, blauen Leinentuch verdeckt, seine Füße sahen heraus, angespannt, als hätten sie gerade einen Lauf beendet, schwarze Ränder unter den Zehennägeln. Die Knöchel weiß und kahl, die Unterschenkel kaum behaart.

Das Zimmer stank nach Essensresten.

Als Paul Block das Tuch zurückschlug, sah er in ein aufgeschwemmtes Gesicht, die Wangen gerundet, das Kopfhaar hing üppig auf die Matratze. Es war kein Zweifel, daß es sich um Ernst handelte, aber er sah verändert aus. Sein Zimmergenosse, ein junger Balte, brachte Block die Mitteilung vom Selbstmord in die Redaktion. Auf ein kleines Stück Papier hatte Ernst gekritzelt: »Es ist mir unmöglich, Dir eine angenehmere Nachricht zukommen zu lassen. Auch Du bist an meinem Tod unschuldig, wie viele andere, ich allein habe das zu verantworten. Wir sehen uns nicht wieder. Ernst. Und grüß alle, die nichts mehr von mir wissen wollten.«

Paul Block hielt die Unschuldserklärung in Händen, aber für ihn war es das Gegenteil. Ich habe mich nicht genug um ihn gekümmert. Was sind schon die paar hundert Francs, die ich ihm geschenkt habe. Ich wollte, daß er in unserer Redaktion arbeitet, aber ich habe mich nicht genug darum gekümmert. Henryk wollte Ernst ebenfalls suchen. Aber ich, ich hätte ...

»Nehmen Sie ihn mit?« fragte der Balte in einem runden Deutsch.

»Nein, er muß beerdigt werden.«

»Dafür haben wir kein Geld. Ernst schuldet mir noch hundertzwanzig Francs, mein Herr, ich brauche das Geld, sonst fliege ich hier raus.«

Paul Block zuckte mit den Schultern: »Ich habe kein Geld, aber ich will mich darum kümmern, daß Ernst begraben wird.«

»Wenigstens etwas«, sagte der junge Mann.

»Hat er gearbeitet?« fragte Paul Block.

»Bis zum Schluß, Lutetia-Hotel, Tellerwäscher und Mädchen für alles, wollte mit diesem verrückten Engländer irgend etwas aufmachen, hat aber nicht geklappt. Café, Pläne hatten die immer, nächtelang Pläne gemacht.«

Paul Block deckte das Leinentuch wieder über das Gesicht.

»Heroin?«

»Nein, er war absolut sauber. Da war er runter.«

»Wie hat er sich ...«, Paul Block stockte.

»Ich weiß es nicht, als ich kam, war er tot. Hab noch ein paar Mal seinen Namen gerufen. Nichts. Hier lag die Mitteilung, die ich Ihnen gebracht habe.«

Paul Block ging zu dem winzigen Fenster und öffnete es.

»Lassen Sie mich eine Zeit mit ihm allein«, sagte er.

»Aber Geld hat er keins bei sich, nicht, daß Sie glauben, Sie könnten hier was fleddern.«

Block schüttelte den Kopf.

Der junge Balte ging rückwärts zur Tür.

Dann waren sie allein.

»Warum bist du nicht gekommen, Ernst, du hättest kommen können, ich hab Arbeit, aber wenn du gekommen wärst und hättest gesagt, daß du Hilfe brauchst ...«

Block begann zu suchen.

Eine Stange quer zum Bett aufgehängt, über die Ernst seine Kleider geworfen hatte.

»Das war kein Leben für dich, kein Leben, du wolltest etwas ganz anderes, du wolltest dich mitteilen, das, was du mir jetzt mitgeteilt hast, das war nicht das letzte Kapitel, sondern das erste, das hätte ein Anfang sein können ...«

Am Waschbecken lagen vier gebrauchte Rasierklingen, die Reste des Seifenschaums waren getrocknet.

»Ich mach dir Vorwürfe, und mir, du hättest kommen müssen

und ich hätte dich aufsuchen müssen. Ich wollte dich suchen, aber ich hatte keine Zeit oder ich hätte keine Zeit gehabt, nein, ich hatte Zeit ...«

Die beiden paar Schuhe standen unter dem Waschbecken, sie zeigten in verschiedene Richtungen. Die hellbraunen, leichten Schuhe hatten keine Schnürbändel mehr.

»Jetzt hast du dich hingelegt, abgelegt, das Schlimme ist, daß es keinen Weg mehr für dich gab, keinen Ausweg, du hast dich entschieden, auch gegen mich, es ist deine Entscheidung, aber wir müssen sie tragen ...«

Paul Block hob den Koffer hoch und sah einen Packen beschriebener Blätter. Das Manuskript. Drei Jahre lang hatte Ernst von Kammer daran gearbeitet, als er ins Exil mußte, hatte er es in die Hose eingenäht über die Grenze mitgebracht, und dann war es in Paris wertlos geworden, weil es niemand lesen wollte. Block setzte sich neben die Matratze, auf der Ernst lag.

»Ich hab es mir doch gedacht, daß Sie hier rumschnüffeln.« Der junge Balte mußte die ganze Zeit vor der Tür gestanden haben. »Geben Sie mir die Sachen.«

Er griff den Stoß Blätter und zerrte sie Block aus der Hand, einige fielen zu Boden, andere wurden zerrissen. Beide hielten einen Packen in der Hand.

»Was soll das? Ich will Ihnen nichts wegnehmen. Ich will nur lesen.« Paul Block war aufgesprungen.

»Ernst ist mein Freund, mein Herr.«

»Ich habe ihn schon in Berlin gekannt.«

Paul Block sah auf die Seiten, die er in der Hand hielt. Er versuchte, einen Satz zu entziffern, aber es gelang ihm nicht. Buchstaben waren aneinandergetippt, ergaben keinen Sinn. Er nahm eine andere Seite. Das gleiche Bild. Wirre Buchstabengemenge.

»Hat Ernst etwas über dieses Manuskript gesagt?« fragte er.

»Ja. Er hat gesagt, ich solle mich darum kümmern, daß es in die richtigen Hände kommt. Aber er hat nicht gesagt, daß Sie es bekommen sollen!«

»Wann hat er das gesagt?«

»Immer wieder.«

»Wußten Sie, daß er Suizid begehen wollte?«

Es entstand eine Pause. Block sah auf die Buchstabenüberflutung auf den Seiten, die er in Händen hielt.

»Ja. Er hat davon gesprochen.«

»Und?«

»Was und?«

»Was haben Sie gemacht? Warum haben Sie mich nicht früher gerufen?« Paul Block schrie. Als habe er jetzt einen Schuldigen gefunden.

Der junge Balte zögerte, trat ein paar Schritte zurück: »Was sollte ich machen? Ernst hat recht. Habe selbst schon überlegt, ob das nicht der richtige Weg ist. Mir fehlt der Mut. Sollte ich ihn davon abhalten?«

Das offene Gespräch über Selbstmord, das in dieser verdreckten Bude stattgefunden hatte, erschreckte Block, machte ihm Angst. »Kümmern Sie sich um Ernst und sein Manuskript?« fragte der dunkelhaarige Junge.

»Ich werde tun, was ich ...«, antwortete Block, der wußte, daß es nicht sehr viel war, was er tun konnte.

»Es läuft doch alles auf eine einzige Frage hinaus, Paul, wie haben die es bewerkstelligt, daß niemand etwas gemerkt hat. Wenn wir diese Frage beantworten können, dann sind wir einen Schritt weiter. Oder wir können die Sache als erledigt betrachten.« Victor Arnell stand seit mehreren Stunden in Blocks Küche, war hin und her gegangen, hatte ständig geraucht und Kaffee getrunken, sich hineingesteigert in eine Phantasie von einem großen Betrugsmanöver, das er wie ein Kartenhaus zusammenstürzen lassen wollte.

Wie selten war Block der Abstand zwischen ihnen, der nur zehn Jahre betrug, wesentlich erschienen. Wesentlich auch, weil Arnell kaum Blocks Einwände gelten ließ, sondern sich immer wieder im Kreise drehend, Spekulationen wiederholte, wie der

Austausch stattgefunden hatte. Obwohl es schon hell wurde, waren keine Ermüdungserscheinungen bei ihm festzustellen. Block gähnte bei dem Gedanken, daß er in wenigen Stunden an seiner Schreibmaschine in der »Korrespondenz« sitzen mußte. Arnell fing wieder an: »Entweder die haben ihn kurz vor dem Prozeß ausgetauscht, so daß wir die Veränderungen gar nicht bemerken konnten. Schließlich hatten ihn nur wenige Leute während der Untersuchungshaft gesehen — das würde bedeuten, alle, inclusive seiner Verteidigung, haben mitgespielt, oder nach dem Prozeß, nachdem er seine letzte Rolle so brillant abgeliefert hatte.«

Als handelte es sich um eine Mathematikaufgabe, deren Lösung durch eine Vielzahl von Unbekannten erschwert wurde, kalkulierte Arnell die verschiedenen Möglichkeiten. Block saß schwer an seinem Küchentisch, spürte die Wand an seinem Rükken, gelegentlich gingen seine Gedanken in andere Richtungen, Rückkehr nach Berlin, Andrea, warum ist sie untergetaucht, Ernst, ein Toter mehr, den man nicht bedauern muß, und dann wieder Landru, dessen Versteckspiel sie verfolgte.

»Je später man Landru gegen einen Mithäftling ausgetauscht hat, desto weniger Leute haben davon erfahren. Wenn man also wie du davon ausgeht, daß die Segret mit im Spiel war, also das Ganze organisierte, dann könnte es auch sein, daß . . .« Arnell zögerte einen Moment, weil er ein Geräusch vernommen hatte.

Paul Block zwang sich, die Augen offen zu halten.

»Da ist jemand, Paul. Ich hab was gehört.«

Langsam erhob sich Block, ging ins Schlafzimmer, in den Wohnraum, an die Haustür, kehrte zurück: »Du solltest schlafen gehen, Victor, du hörst schon Stimmen.«

»Nein, da war was.«

Victor Arnell, der die ganzen Stunden gestanden hatte, als könnte er dadurch eine größere Konzentration der Gedanken erlangen, schenkte sich Kaffee ein: »Machst du noch frischen?«

Block nickte und ließ Wasser in den Kessel schießen. Wird

wohl nichts mehr mit der Nachtruhe, er stellte den silbernen Kessel ab und kühlte sich mit dem Wasser das Gesicht.

»Könnte es nicht möglich sein, daß sie Landru erst ausgetauscht haben, als sie sicher waren, daß nicht einmal seine Familie etwas davon erfuhr? Je später, desto weniger Mitwisser, das heißt, auf jeden Fall erst nach dem Prozeß.«

»Wir müßten mit dem Friseur sprechen, den man zwei Tage nach der Hinrichtung entlassen hat. Vielleicht weiß der was.«

Block meldete sich zurück, spürte, wie das Jagdfieber wieder einsetzte.

»Hast du seinen Namen?«

»Nein. Muß man fragen. Wenn Andrea meine Unterlagen nicht mitgenommen hätte, könnte ich dir auch sagen, wo du anfangen müßtest.«

»Die blöde Kuh«, entfuhr es Arnell.

»Victor, laß das.«

Der Kaffee war aufgebraucht. Das Wasser kochte umsonst.

»Der Friseur, Nummer eins, zweitens, Beamte, die bei der Hinrichtung dabei waren, drittens, du mußt noch mal zu seinem Verteidiger, ich hab gehört, daß Navières nun doch wieder bei Moro arbeiten soll, sprich mit ihm, dir sagt er mehr als mir. Viertens, der Staatsanwalt war auch dabei, wo ist Godefroy? Fünftens ...«

Block winkte ab. »Mach die Liste nicht zu lang, Victor, wann sollen wir das erledigen? Wir müssen einen haben, das genügt.«

Arnell zog seine Jacke an.

»Wenn die wirklich die Morde erfunden haben, Paul, dann müssen aber auch schon 1919 Leute davon etwas gewußt haben. Dieser Belin ist ein hohes Tier bei der Sûreté, an dem sollten wir uns vorbeischmuggeln. Wenn der erfährt, daß wir ihn kratzen wollen, dann wirds ungemütlich, das kann ich dir versprechen. So, ich geh jetzt zu Bett.«

Block brachte Victor an die Tür.

»Wir sollten auch mal darüber nachdenken, wovon die

Affäre ablenken sollte, schließlich müssen schwerwiegende Dinge passiert sein, daß man so ein Theater inszeniert.«

»Clemenceau war in Schwierigkeiten, Paul, das ist einfach. Die hatten Probleme und haben ein Feuerchen entzündet, an dem sich die Presse wärmen konnte. Der Tiger liebte das Feuer. Gute Nacht, oder besser, guten Morgen.«

Arnell schlurfte die Treppe hinunter. Wird die Concierge nachher wieder einen Vortrag halten über Besucher zur Nachtzeit und wie sie sich zu verhalten haben.

Der Tiger, dachte Block, so nannten sie Georges Clemenceau, der Tiger liebt das Feuer. Einfach, mein lieber Victor, ist da gar nichts. Du hättest es gerne einfach.

Rue de la Bastille, er war diesen Weg schon so oft gegangen, knappe Viertelstunde Fußmarsch, und trotzdem, kaum hatte er das Büro in der Mondétour verlassen, fühlte er sich fremd. Als müßte er sich an jede Ecke erinnern, parallel zur Seine, Rue des Ecouffes, Rue de Rosiers, die Läden mit den hebräischen Schriftzeichen, Block mochte den Anblick der Orthodoxen nicht, mit ihren schwarzen Bärten und Hüten, mochte ihre konservativen Reden nicht. Er nahm sie wie Statuen. Andrea hatte in diesem Viertel Zuflucht gesucht, obwohl sie keine Jüdin war, Zuflucht im jüdischen Glauben, von dem er fast alles verleugnete. Die meisten Juden waren ihm fremd, obwohl er selber einer war, hatte er nichts mit ihnen gemein. Andrea war toleranter als er, der manche von diesen verkleideten Mumien, wie er sie nannte, nicht ausstehen konnte. Wenn sie ins »Esperia« gegangen ist, dann sollte ich sie finden. Sie will mich warnen. Paul Block beschleunigte seine Schritte, lief durch die Anlagen der Place des Vosges, dann die Tournelles hinunter.

»Ah, Monsieur Block, wir haben Sie schon erwartet«, sagte der Portier an der Rezeption im ersten Stock.

»Ist Madame, meine Frau, Andrea, ist sie da?«

»Zimmer 11«, der Portier hatte ein fettiges Grinsen, »wie gehabt.«

Paul Block, etwas außer Atem, ging die drei Stockwerke, klopfte an die Tür, als wünschte er Zutritt zu einem ihm fremden Büro. Es war das Zimmer, in dem er monatelang gewohnt hatte.

»Komm rein, Paul.«

Andreas helle Stimme.

Paul Block öffnete die Tür langsam.

Sie saß auf dem Bett, wie sie damals zwischen den Kisten in der gerade bezogenen Wohnung gesessen hatte, im Schneidersitz, um sich herum Papiere und Bücher.

»Ich wollte dir was mitbringen aus der Schweiz, aber ich hatte keine Zeit dazu.«

Paul Block sah über sie hinweg, aus dem Fenster, auf die Place de la Bastille. Wie oft habe ich hier gestanden.

»Sonst hast du mindestens eine Umarmung mitgebracht.«

Andrea erhob sich langsam vom Bett, steckte ihre Füße in die Pantoffel und ging auf Block zu.

»Hast du lange gesucht?« dann schloß sie ihre Arme um ihn.

Paul Block rührte sich nicht. »Ich dachte, du bist abgereist.«

»Ich reise nicht ab, ohne dir etwas zu sagen.«

Dann kam der Streit, heftig, unkontrolliert, wie man am Anfang eines Gewitters seine Stärke nicht vorhersagen kann. Andrea wußte nicht mehr, warum sie überhaupt in Paris war, sie wollte mit ihm reden, aber er war in die Schweiz gefahren, ohne auch nur daran zu denken, daß sie vielleicht mitfahren wollte, und natürlich auch noch von ihrem Geld. Block hatte sie gefragt, ob sie mitwolle, aber sie hätte nur gesagt, daß sie für ein, zwei Tage eine solche Strapaze nicht überstehen würde, außerdem hätte er in den letzten Monaten immer wieder mit ihr darüber gesprochen, ob sie nicht wenigstens für kurze Zeit nach Berlin zurückkehren wolle. Paul würde keinerlei Rücksicht nehmen. Andrea würde immer nur Fragen stellen, aber ihre Unsicherheit sei kaum zu ertragen. »Du hast mich einfach hier in Paris sitzen lassen.« »Du hast dich einfach davongestohlen, ohne mir mitzuteilen, wohin du dich abgesetzt hast.« Block bestand darauf, daß er Andrea aufgefordert habe, mit ihm zu kommen, Andrea ließ sich nicht davon abbringen, daß er nur durch ihr Weggehen gemerkt hätte, daß es ihr nicht gutginge.

»Ich fahre nach Berlin, Paul, einmal muß ich es dir sagen.«

Das war die Stille, die plötzliche Stille, dieser Satz, den er gefürchtet hatte. Obwohl er ihr selbst diesen Vorschlag machte, immer hoffend, daß sie ihn nicht aufgriff. Sie braucht die alte Umgebung, braucht die Berliner Freunde. Jetzt, wo sie es selbst ausgesprochen hatte, erschien es ihm ohne Ausweg.

Sie standen sich in dem kleinen Hotelzimmer gegenüber, zwei Emigranten aus Stein, steinkalt.

»Ich habe voriges Jahr«, Andrea sprach sehr leise, »während du schon in Paris warst, einen Mann kennengelernt ...«

Weiter kam sie nicht.

Block packte sie an den Schultern. »Das erfahre ich jetzt, wo du zurück willst. Hast einen Vorwand gesucht, den ich dir liefern sollte, der herzlose, treulose Mann, damit du ...«

»Paul, hör doch zu, ich will es dir erklären, Paul, Paulino ...«

Block drehte sich um, sah aus dem Fenster. Jetzt will sie es erklären, hat mir monatelang nichts erklärt, jetzt soll ich eine Erklärung bekommen. Und all die vielen Gespräche, die nächtelangen Auseinandersetzungen, warum sie in Paris nicht leben kann, warum sie alles so fremd findet, warum sie hier mit den Freunden nicht warm wird, alles will sie erklären, die vielen Stunden ihres Streits will sie erklären mit einem Mann, den sie kennengelernt hat.

Er hörte: »Das ist eben auch ein Grund, aber nur einer, Max, das ist eine Affäre, aber als ich abgefahren bin, war sie nicht zu Ende. Wahrscheinlich ist sie zu Ende. Aber ich muß es wissen.«

»Wieso heißt er Max?« fragte Block mitten hinein in ihre Erklärungen.

»Er heißt so. Max, Max Mühlich, ist ein Architekt.«

»Gut aussehend, fünfundzwanzig Jahre, gutes Elternhaus, viel Geld, reiche Familie, und heißt Max, wie mein Freund. Unverschämt.«

Andrea versuchte zu lachen: »Es gibt eben viel Mäxe auf der Welt.«

»Hast du mit ihm geschlafen?« Paul Block rührte sich nicht von der Stelle.

»Ja.«

»Wie oft?«

»Ein paarmal.«

»Wie oft?«

»Paul, was soll dieser Verhörston? Es ist eine Affäre, da schläft man miteinander.«

»Wie oft?«

»Ich habe es nicht gezählt. Hast du gezählt, wie oft du mit anderen Frauen im Bett warst?«

Block stemmte die Hände gegen das Fenster. Das Glas zersprang. Mit einem doppelten Schlag zerplatzten die Scheiben.

»Bist du wahnsinnig, Paul?«

Er war durch das Nachgeben der Scheiben gegen das Fensterkreuz gefallen, hatte sich am Kinn verletzt, seine Hände voller Schnittwunden. Die Arme aus dem Fenster gestreckt, hing er in den Splittern.

Andrea versuchte, ihn vorsichtig herauszuheben.

Es klopfte.

»Monsieur Block, öffnen Sie.«

Andrea hielt Paul umklammert, unfähig sich zu rühren.

Die Tür wurde aufgestoßen.

Der Portier kam herein.

»Sieht ja schlimm aus.«

Er half Block beim Aufstehen.

»Die Scheiben müssen Sie ersetzen.«

Vorsichtig zog er lange Glasstücke aus seiner Jacke.

»Warten Sie, ich hole Verbandszeug.«

Dann war er verschwunden.

»Wo sind meine Landru-Unterlagen?« fragte Block, der seine Hände von sich streckte.

»Wovon redest du?«

»Meine Bilder, die Zeitungsausschnitte, meine Artikel, alles weg, ich hab gesucht, überall in der Wohnung. Sie sind verschwunden. Warum hast du sie mitgenommen? Wolltest, daß ich dich auch wirklich suche, was?«

Sein Lachen war sehr dünn.

»Ich hab sie nicht mitgenommen, Paul. Was sollte ich damit anfangen? Du mußt dich irren.«

Block sah sie an.

Der Portier, der mit einem grünlichen Metallkoffer kam, unterbrach ihr Gespräch: »Hab ich immer im Haus, man kann ja nie wissen. Monsieur, wo soll ich anfangen?«

13

In einem langen Telefonat hatte Andrea versucht, Rosenfelder davon zu überzeugen, daß Block dringend einen Urlaub brauche, daß er sehr abgespannt sei, aber Rosenfelder hatte sich erst beeindrucken lassen, als er seinen Mitarbeiter in vollem Verbandszeug sah.

»Und von Rouen fahren wir dann nach Deauville, da wolltest du schon immer hin, dann nach Honfleur, und hier, die Küste runter, über Cabourg ...«

Block sah gebannt auf Andreas rechten Zeigefinger, der große und kleine Normandiestraßen entlangfuhr.

»Von da aus nach Bayeux, wo wir uns den berühmten Bildgobelin der Mathilde ansehen und dann die Klippen von Etretat, möchte ich gerne einplanen.«

Block dachte an seinen Koffer, der bereits randvoll mit Zeitungen und Büchern in der Abstellkammer stand.

»Paul, wir müssen nicht in die Normandie fahren, ich dachte nur, du würdest dich dafür interessieren, weil wir dieses Stück Frankreich noch nicht kennen, und außerdem haben wir schon in Berlin über eine Reise nach Deauville nachgedacht. Habe sogar schon Literatur für dich besorgt: Proust, Flaubert und Dumas, der schreibt über Trouville, die Landschaft und die Literatur, so wie du es – liebst.«

Block wollte nicht ständig im Auto sitzen, von einem interessanten Fleck zum nächsten, wie würde er je dazu kommen, etwas über Clemenceau zu erfahren, wenn er die ganze Zeit mit neuen Ansichten verbrachte.

»Wir können ja irgendwo bleiben, wenn du möchtest. Ich bin für jede Anregung dankbar, nur solltest du auch den Mund aufmachen, schließlich haben sie dir den ja nicht zugeklebt.«

Block stand auf, schob seinen Unterkiefer hin und her, das

war der zweite Anschlag auf dieses empfindliche Organ, beim Fenstersturz war er wieder aufs Kinn gefallen, hatte den Kinnhaken von der Demonstration doppelt gespürt.

»Also gut, fahren wir. Sonst planen wir den ersten Urlaubstag und verlieren zuviel Zeit.«

»Wohin?« fragte Andrea, die ihre Normandiekarte zusammenfaltete.

Avignon, 12. April 34

Haben ein schönes einfaches Hotel gefunden, das unser Stützpunkt werden soll. Andrea ist unterwegs, folgt meinen früheren Rundgängen, ich habe genügend Zeit, meine Mitbringsel zu würdigen.

Einige Notizen zur »sozialen Frage« nach dem Weltkrieg 1919. Clemenceau hatte einen ungeheuren Erfolg errungen, nachdem bereits die französische Armee niedergekämpft war, nachdem eine allgemeine Kriegsmüdigkeit eingesetzt hatte, schaffte er es mit seiner Überzeugungskraft, noch mal die Alliierten zu sammeln und den Waffenstillstand zu erreichen. Das war im November. Ein Begeisterungstaumel. Eine Revanche nach 47 Jahren. Endlich die Erbfeinde geschlagen. Aber die Erwartungen waren gesteigert. Jetzt ist Friede, jetzt geht es uns gut. Genau das Gegenteil war der Fall: Erstens war die Lage auf dem Nahrungsmittelmarkt so schlecht, daß die Franzosen schnell verärgert waren, es gab nicht genügend Mehl für Baguettes, zweitens, im Winter 1919 war Heizmaterial knapp, drittens, die fehlenden Transportmöglichkeiten, die fehlenden Arbeitskräfte, die wirtschaftlichen Schwierigkeiten, all das ließ die Unruhe größer werden.

Clemenceaus Linie war es: »Deutschland muß zahlen«, für ihn und seinen engsten Berater Tardieu gab es keine andere Lösung des Problems, aber wie lange konnte man das den Massen sagen, nicht mehr als einmal am Tag, aber die wollten mindestens zweimal etwas zu essen haben.

Was nützt ein Sieg, wenn die Sieger arm sind? Von Parolen wird keiner satt.

Anfang April 1919 erlebt Paris Großkundgebungen der Linken, zweihundert, dreihunderttausend. Die Bewegung ist gewachsen, der Tiger sitzt in der Falle. Er hat bei den Alliierten bereits einen schlechten

Ruf, weil er zuviel verlangt: sein Hunger ist zu groß, jetzt auch noch innenpolitischen Ärger, das würde sein Ansehen ruinieren.

Noch vor dem 1. Mai läßt er Gewerkschaftsführer antanzen, um sich deren Programm anzuhören. Er weiß, daß sie seine Feinde sind, aber er braucht sie, damit Ruhe eintritt. Im Eiltempo wird ein Gesetz über den Achtstundentag durch das Parlament gepeitscht, in anderen Ländern jahrzehntelang blutig umkämpft. Acht Stunden ohne Lohnkürzung. Die Unternehmer schäumten. Am 28. April war die letzte Lesung.

Dennoch, der 1. Mai 1919 wird ein Blut-Mai in Paris, Kampf mit Eisenstäben, mit denen auf den Boulevards die Bäume eingefaßt sind, Barrikaden, umgestürzte Trambahnwagen.

Der Tiger war erschreckt.

Andrea hatte sich den Papstpalast angesehen und schäumte über vor Eindrücken, während der stundenlangen Führung hatte ein älterer Herr einen Kreislaufkollaps erlitten, die vielen Witze des Kunstführers, elegantes Französisch für kleines Trinkgeld. Block ärgerte sich, daß er sein Studium unterbrechen mußte. Wo kann ich sie jetzt hinschicken, dachte er.

»Macht's Spaß?« fragte sie ihn, nachdem sie ihre Entdeckungen hervorgesprudelt hatte.

Block nickte, hob die alten Zeitungsexemplare hoch. »Steht mehr drin, als ich ahnte.«

Der Kellner kam und fragte, was sie trinken möchte.

Andrea ließ sich Zeit, erwog einen kühlen Wein oder lieber ein Wasser, oder doch einen Kaffee, der Kellner wippte von einem Bein aufs andere, immer noch in devoter Haltung, oder einen Cidre: »Den hätte ich in der Normandie jetzt getrunken«, sagte Andrea mit einem Blick auf ihren Partner.

»Andrea, bitte, der Mann wartet.«

Sie bestellte ein großes Glas frischen Orangensaft mit Eis. Als der Kellner gegangen war, schnauzte er sie an. »Wenn ich dich ärgere, dann laß es doch bitte nicht an diesem Ober aus.«

Wie ein plötzlicher Regenschauer änderte sich die Stimmung zwischen ihnen.

Block erzählte von seinen Funden, wie er dem Tiger Clemenceau und seinem Berater Tardieu auf die Spur komme, das waren alte Haudegen, die schon manchen verschaukelt haben.

»Mitte April 1919 fand eine Meuterei statt, auf zwei französischen Schiffen. Die sollten auf der Krim gegen den Bolschewismus kämpfen.

Der französische Botschafter in Moskau hatte bereits Anfang 1919 vor der Kammer der Deputierten geprahlt, man brauche nur zu wollen, dann würde der Sowjetmacht der Garaus gemacht. Und da weigern sich die eigenen Truppen. In den Reihen des französischen Expeditionskorps agitiert die in Moskau lebende Sozialistin Labourbe, sie versucht zu verhindern, daß Frankreich gegen die Bolschewisten mobil macht. Sie wird von der Sûreté und ihren Häschern erwischt und abgeschlachtet. Am Ostersonntag, dem 20. April, hissen die französischen Schlachtschiffe France und Jean-Bart vor Sewastopol die rote Fahne. – Da muß der Tiger gedacht haben: das ist das Signal, wie damals in Petrograd, als die Matrosen die ersten Revolutionäre waren und den Winterpalast angriffen. Sie wurden alle demobilisiert, bei einer Kundgebung von Russen und Franzosen gab es 15 Tote, die Matrosen sitzen im französischen Kerker. Im April 1919 wurde Landru verhaftet.«

Block lehnte sich zurück.

»Jetzt zufrieden?« fragte Andrea.

»Du bist mir nicht böse?«

Andrea setzte sich auf ihrem Stuhl aufrecht: »Wie kommst du darauf? Ich amüsiere mich.«

Sie nippte an ihrem Orangensaft.

Avignon, 14. April 1934

Tardieu könnte der Verbindungsmann sein. Er war lange Zeit Redakteur bei »Le Temps«, wird während des Krieges ein Mittelsmann zu den Vereinigten Staaten, immer Weggefährte von Clemenceau, der es sogar schafft, Tardieu in die Versailler Verhandlungsrunde der Zehn, später der Vier Alliierten reinzubekommen, obwohl Tardieu kein Ministeramt innehat wie alle anderen. Heute ist Tardieu einer der Scharfmacher in Paris, biedert sich den Faschisten an, im Kabinett Doumergue. Ein gefährlicher Mann.

Die Verhandlungsrunde in Versailles, das Gerangel der Sieger um Geld und Gelände, die Forderungen der Franzosen nach Saar- und Rheinland. Obwohl die Vereinigten Staaten unter Wilson Lenins Forderung (natürlich nicht offen) unterstützen: ein Kriegsschluß ohne Annexionen und Kontributionen, müssen sie den Franzosen Kompromisse zugestehen. Der Tiger spricht immer vom Sicherheitsbedürfnis Frankreichs und meint: Kohlegruben an der Saar.

Der Zahlenrausch der Sieger: anfangs wollte man von den Deutschen 200 Milliarden Dollar, es waren Unsummen im Gespräch, Deutschland sollte bis zu 50 Jahre lang Reparationen zahlen. Der französische Haushalt wurde darauf aufgebaut. Die Raffgier war enorm. Nochmal Lenin: die Friedensverhandlungen finden als »Bund von Räubern statt, von denen jeder darauf ausgeht, dem anderen etwas wegzuschnappen«. Und die Verhandlungen dauerten. Wilson reiste zurück, nachdem er selbst wochenlang versucht hatte, den Friedensschluß zu beschleunigen. Lloyd George, der englische Premier, machte Zugeständnisse, um die Allianz zu wahren. Engländer und Franzosen fürchteten eine Revolution in Deutschland, dann konnten sie ihre Forderungen vergessen, das war ihnen klar. Also mußte man gemeinsam etwas gegen Rußland unternehmen. Frankreich will Polen als Pufferstaat ausrüsten und schickt heimlich Waffen ins Land, damit — nach einem Plan von Marschall Foch — dem Sieg über die Deutschen noch schnell ein Sieg über die Bolschewiken angefügt werden kann. Mitte April 1919, die Friedensverhandlungen stecken in einer Krise, der Tiger zwingt die Deputiertenkammer zu einer Carte Blanche, damit er völlig freie Hand hat. Als er glaubt, gesiegt zu haben, schmettert Wilson Frankreichs Forderung nach der Annektion des Rheinlandes ab, und es wird ein neuer Kompromiß gefunden: 15 Jahre Besetzung. Das bringt Marschall Foch in Rage, der immerhin jahrelang gerade dafür gekämpft hat. Foch schaltet die Presse ein. Skandal. Er wird vom Tiger zurechtgewiesen. Der Druck nimmt von Tag zu Tag zu. Wieder müssen Änderungen ge-

macht werden. Der Pêre-la-victoire verliert seinen Ruhm so schnell, wie er ihn gewonnen hat. Und er spürt das. Je länger alles hinausgezögert wird, desto weniger traut man ihm. Folgerichtig verliert er Ende 1919 an Einfluß. Als er sich im Januar 1920 um das Amt des Präsidenten bewirbt, scheitert seine Kandidatur, die enttäuschten Chauvinisten wählen sich einen Mann, von dem ein Parlamentarier sagt: »Ein Hampelmann«. Clemenceau zieht sich völlig aus der Politik zurück und schreibt fortan Rechtfertigungen. Ein Denkmal wurde gestürzt.

Arles hatte sie überrascht.

Diese Ruhe in den Straßen, die stille Fröhlichkeit, ganz anders als das laute Gegröle in Paris, die schmalen Gassen, lange standen sie an der Van-Gogh-Brücke, wie konnte hier einer verrückt werden, die Alleen, die Obstbäume, die Boote, die Sonnenblumen, wieso schnitt er sich hier ein Ohr ab, dabei hatte er in Arles ein Haus der Freunde gründen wollen.

Nur die Arena kam beiden wie ein Fremdkörper vor, obwohl sie doch das eigentliche Zentrum der Stadt war.

Andrea hatte Block während der Fahrt auf seine leichten Abwesenheiten angesprochen, hatte ihn erwischt, wenn er nicht ganz bei einer Besichtigung war: »Landru, nee?« sagte sie dann. Block wehrte immer schwächer ab, dann gab er die Zurückhaltung ganz auf.

Die Steine glühten in der Arena, die starke Sonne brannte den Sand trocken.

»Paul?«

»Ja.«

»Landru, nee?«

»Ich habe gelesen, daß Clemenceaus Bruder Direktor einer Pulverfabrik war, muß ungeheuerliches Geld am Krieg verdient haben, wurde in Paris erst Januar '19 bekannt.«

Andrea klappte den Reiseführer zu.

»Du spielst Verfolgung, Paul. Alles, was Clemenceau auf dem Kerbholz hat, wird jetzt zum Vorwand, einen Mordfall aufzubauschen.«

Block ritzte mit einem kleinen Steinchen Muster neben seinen Sitzplatz. »Ich nehme an: Clemenceau war in Schwierigkeiten, Friedensverhandlungen laufen nicht, wie er fordert, Marschall Foch macht ihm Ärger, die Alliierten drücken seinen Nacken, eine Revolution droht, da kommt ihm doch ein Fall wie Landru sehr gelegen.« Block sah Andrea zu, die mit den Augen die Länge der Arena maß. »Alles blickt auf den Mörder, und der Vater des Sieges bleibt unbeobachtet.«

»Aber jemand muß es angeordnet haben, Paul?«

Block warf das Steinchen in die Arena.

»Laß uns gehen, ich habe Hunger.« Sie hakte sich bei ihm ein.

Nach einigem Suchen fanden sie ein kleines Restaurant, an dessen Wänden die Tapeten durch Ölbilder ersetzt wurden, Bezahlung von Hungerkünstlern, alle Stilarten, dichtgedrängt, die verschiedenen Richtungen stritten sich um die besten Plätze. Kräftige Farben für baumbestandene Alleen, dralles Obst, die langgestreckten Boote, gelbe Sonnenblumen und heftige Köpfe. Dazwischen immer wieder die Brücken von Arles.

Sie genossen das Essen, ließen sich Zeit, der Konsum von zwei Flaschen Wein führte sie ohne Umschweife in ihr geräumiges Hotelzimmer, ließ sie die Laken zurückschlagen und sich gegenseitig ohne Hast entkleiden, Andrea lüftete vorsichtig einige Verbände und ließ sich ausführlich mit Zärtlichkeiten verwöhnen.

Arles, 21. April 1934

Seit Januar 1919 hatte die Pariser Presse ein striktes Verbot, über innenpolitische Vorgänge zu berichten. Fällt das zusammen mit der Veröffentlichung über Clemenceaus Bruder? Überprüfen!!

Die Zensur-Behörden waren scharf, jeden Tag wurden Strafen ausgesprochen, die Innenpolitik war in einem Kriegszustand, trotz Waffenstillstand mit Deutschland. Polizei, Kriegsjustiz und politische Justiz machten nach wie vor Jagd auf Verdächtige. Clemenceau war der Mann der Schlagzeilen. Täglich. Einer, der sich ums Vaterland wohlverdient gemacht hat. Von seiner Autokratie sprach niemand, alle Verantwortung für die Tyrannei fiel auf seinen Kabinettschef Georges Mandel. Der Tiger fand das amüsant, er schrieb über Mandel: »Ich furze und er stinkt.« Er hat seine Mitarbeiter gehaßt, sich über sie lustig gemacht, wo er nur konnte. Deswegen ist er gestürzt worden, sie brauchten einen weicheren, verformbareren Mann an der Spitze.

Was hat der Krieg von der Presse verlangt? Jahrelanges Schweigen, jahrelanges Blindmachen der Öffentlichkeit über die tatsächlichen Bedrohungen, Falschmeldungen über die Erfolge. Kriegsberichterstattung ist Falschberichterstattung, und darüber hinaus in der Folgezeit: die neuen Reize. Die Gewalttätigkeiten des Krieges, von denen Prévost schreibt, sind die Grundlage für die Berichterstattung. Morde sind etwas Alltägliches, ganz und gar dem Frühstück Zuträgliches. Prévost schreibt: »Ein braver Beamter (Schützengrabenreiniger an der Front) kommt nach Hause und erzählt seiner staunenden Umgebung immer wieder, jemand zu erwürgen sei gar nicht schwer, du drückst ihm nur den Adamsapfel nach oben. Er berauscht sich an diesem Satz, sagt ihn beim Schlafengehen vor sich her und beim Aufstehen, und bemerkt, daß er im Schlaf seine Frau erwürgt hat. Selbst unter der Zivilbevölkerung war in den Jahren '19 und '20 eine bestimmte Redensart Mode: wenn ein Streit ausbrach, riefen die Umstehenden, noch ehe er lebhaft wurde: Schlagt ihn tot!«

Prévost beklagt die Verwilderung der Sitten, den unauslöschlichen Haß, das Sinken des moralischen Niveaus, ein Krieg ist keine Schule für höhere Töchter. So mußte die Presse den bombengewöhnten, blutverschmierten Heimkehrern und der verängstigten Zivilbevölkerung ähnliche Sensationen, Schrecknisse bieten, um gelesen zu werden. Krieg verroht die Presse. Wenn ein Fall wie der von Landru geboten wird, jeden Tag eine neue, scheußliche Entdeckung, jeden Tag eine wildere Schlagzeile, jeden Tag eine verschwundene Frau, eine die Phantasie anregende Schilderung von Liebe und Tod, da spielt die Presse mit. So etwas gelingt leicht.

Paul Block saß an seinem Schreibtisch in der Rue de Seine, aber seine Hand wollte nicht schreiben. Er hätte soviel hinzuschreiben gehabt, so viele Gedanken, die jetzt auf ihn einstürzten, aber es wollte ihm nicht gelingen. Nach einigen Minuten klappte er das Tagebuch zu.

Vielleicht hat diese Mitteilung auch gar nichts im Tagebuch zu suchen. Er blätterte zurück, es waren fast ausschließlich Eintragungen zu seiner Recherche über Landru, nicht einmal hatte er über Vorgänge im Reich geschrieben. Und wie sollte ich das formulieren, das müßten Seiten sein, mit ein paar Zeilen komme ich nicht aus.

Vielleicht muß ich Abstand gewinnen.

Er rief in der Redaktion der »Korrespondenz« an, wollte sich zurückmelden.

Rosenfelder mußte auf diesen Augenblick gewartet haben, überschüttete ihn mit Vorwürfen, was ihm denn einfiele, seit Tagen würde er erwartet, Henryk und Koszyk säßen bereits die dritte Nachtschicht im Büro, die Ausgabe, die Arbeit, die Solidarität, die Wunden seines Unfalles müßten doch längst verheilt sein, und Paul Block hatte sich alles angehört und erwidert: »Andrea ist nach Berlin gefahren.«

Rosenfelder war ins Stottern gekommen, ins Fragen, sein andauerndes Bemitleiden, still.

Fast kühl hatte Block ihm die Fakten berichtet: er sei seit Wochenanfang zurück, Andrea habe ihre Koffer gar nicht mehr ausgepackt, er habe es erst ganz spät bemerkt, Andrea sei im Taxi davongefahren mit einem Ich-komme-wieder-bestimmt, er habe sie auch nicht an die Gare du Nord begleiten dürfen, kein Abschied, keine Trennung. »Am Samstag bin ich zur Verfügung.«

Block hängte ein.

Vielleicht wollte sie mich erst in gutem Zustand wissen.

Wie sie dagestanden war, aufrecht, den Mantel über dem Arm, wird in Berlin bestimmt nicht so warm sein, hatte sie gesagt, und wie sie ihn dann flüchtig umarmte, flüchtend vor seiner Emotion, wie sie sich nicht umgedreht hatte, als sie in das Taxi stieg, er sah sie aus dem Fenster, wie unbedeutend das Taxi wegfuhr.

Vielleicht wollte sie den Urlaub genießen und sich selbst nicht um die noch verbleibende Zeit betrügen.

Block hatte es nicht gewagt, den Namen des Architekten-Freundes auszusprechen, aber er hatte keinen Zweifel, daß Andrea in erster Linie seinetwegen nach Berlin reiste.

Was ist, wenn ihr etwas passiert? Ungefährlich war es sicher nicht für sie, denn die Gestapo wußte, daß Andrea mit einem dieser Hetz-Journalisten, wie sie tituliert wurden, zusammenlebte.

Er suchte, diesen Gedanken zu verdrängen.

Sie wird sich bei Peter melden. Werde sie anrufen.

Die Redaktion kann sich freuen. Ein ausgeruhter Block kehrt zurück, leicht demoliert.

14

»Von Senckenberg, hätte gerne mit Herrn Schumann gesprochen«, schnarrte Paul Block in den Fernsprecher.

Henryk trommelte mit den Fingern auf der Tischplatte, Block griff seine Hand, um die Geräusche zu unterbinden und sich selbst zu beruhigen.

Es knackte in der Leitung.

»Bitte sehr.«

Eine Frauenstimme.

»Von Senckenberg, hätte gerne mit Herrn Schumann gesprochen.«

»Herr Schumann ist in einer Besprechung.«

»Dann unterbrechen Sie ihn, dies hier ist wichtig.«

»Die Besprechung findet nicht in der Botschaft statt, aber ich glaube, Herr Schumann wird in einer halben Stunde wieder am Platz sein.«

»Ich melde mich, guten Tag.«

Paul Block legte den Hörer auf die Gabel.

Dann lachten sie los.

»Perfekt«, sagte Koszyk, der die ganze Zeit neben Block gesessen hatte, »der Umgang mit dem Adel färbt ab.«

»Man muß sie von oben herab behandeln. Wenn die zu einem hochschauen müssen, dann entsteht kein Mißtrauen. Ich rufe nachher wieder an.«

Paul Block atmete tief durch.

Er war sicher, daß sie Erfolg haben würden. Henryk hatte sich durchgesetzt, hatte so lange herumgefragt, sich umgehört, gelauscht, bis er endlich einen Zipfel in der Hand hielt. Das Codewort lautete: »Teutsche«.

Rosenfelder kam herein: »Ich höre gar nicht die gewohnten Arbeitsgeräusche.«

Er lehnte sich ans Fenster.

»Wir werden doch mal telefonieren dürfen. Das gehört zu unserer Arbeit.«

Rosenfelder kam auf sein Lieblingsthema zu sprechen, die Resonanz im Reich. In der Zeitschrift »Arbeitertum«, dem Organ der deutschen Arbeitsfront, war ein Artikel über die »Pariser Korrespondenz« erschienen, sie wurde eine »Lügenfabrik« genannt. Auf Fotos, hatte die »Korrespondenz« gemeldet, konnte man sehen, daß zu einer Rede Hitlers vor Siemensarbeitern in Berlin geschlossene Nazi-Züge abkommandiert worden waren, um für einen begeisterten Empfang zu sorgen. »Ihre wahre Herkunft war durch Arbeitskleidung verdeckt.« Getäuscht wurden die Auslandsjournalisten. Durch Veröffentlichung der »Korrespondenz« kam diese Tatsache ans Licht.

»Sie können nicht mehr an uns vorbei, wenn sie jetzt in ihren eigenen Zeitungen so gegen uns hetzen.«

»Und was wiegen diese Erfolge?« fragte Block, »du darfst sie nicht überbewerten.«

Koszyk schüttelte den Kopf: »Ich versteh dich nicht, Paul, woher willst du denn die Kraft nehmen, die Arbeit weiterzumachen, wenn du diese Erfolge nicht gelten läßt?«

Henryk schlug sich auf die Seite von Block: »Wir haben die Freiheit, alles das zu schreiben, was die Kollegen im Reich nicht dürfen, dafür werden wir kaum gelesen. Die da haben Millionenauflage, »Arbeitertum« schmeißt monatlich drei Millionen raus, voll mit Lügen. Als wir mit diesem Beruf anfingen, wollten wir beides: die Wahrheit schreiben und von möglichst vielen gelesen werden. Eine Illusion, wie mir scheint.«

»Abwarten«, sagte Rosenfelder, »die Zeiten ändern sich.«

»Paul, ruf nochmal an.«

Block war die Ablenkung recht, er hatte keine Lust, mit Rosenfelder einfache Siegesfeiern abzuhalten, sich von einem kleinen Erfolg zum nächsten zu hangeln.

Er räusperte sich die Stimme frei. Schrieb »von Senckenberg«

auf einen Zettel als Erinnerungsstütze, wählte die Nummer der Deutschen Botschaft in der Rue de Lille.

»Herr Schumann ist jetzt für Sie zu sprechen, Herr von Senckenberg«, die Sekretärin bemühte sich um einen sehr förmlichen Ton.

»Schumann«, Block mußte den Hörer vom Kopf weghalten, so laut wurde der Name gebrüllt.

Er antwortete sehr leise: »Möchte gerne wissen, wann und wo sich die ›Teutschen‹ treffen, bin gerade in Paris angekommen. Von Senckenberg ist der Name.«

Sein Gesprächspartner brauchte kein Telefon, um sich zu verständigen. Immer wieder hörte Block ein »sehr erfreut«, aber Ort und Zeit des Treffens wurden nicht genannt.

Paul Block unterbrach Schumann: »Gestatten, die Frage zu wiederholen.«

»Nicht nötig, Herr von Senckenberg, ich bin im Bilde, Sie wollen uns also ihren Besuch abstatten, sehr erfreut, es wird mir eine große Ehre sein, Sie persönlich dorthin zu geleiten. Wenn Sie sich bitte übermorgen gegen sieben Uhr abends in der Botschaft einfinden wollen, sehr erfreut.«

Block machte einen Versuch, den Ort des Treffens zu erfahren, aber Schumann ließ sich darauf nicht ein. Die Verabredung war getroffen.

Als er den Hörer aufgelegt hatte, mußte er erzählen, versuchte dabei Schumann nachzuäffen, die Unterwürfigkeit, die gekünstelte Sprache. Schumann wollte adlig reden, ein Titel zählt immer was: »Ich schätze, mein Besuch wird jetzt schon vorbereitet.«

Dann stockte er. Er würde die Rolle spielen müssen. Am Telefon war das kein Kunststück.

»Hast du denn Kledasche für ’n Herrenreiter?« fragte Henryk.

»Werden sehen, was sich machen läßt. Frack ist keiner vorhanden, wäre aber nicht angemessen«, Block behielt den näselnden Ton bei, »nur, was schlimmer ist: Mut fehlt.«

»Hut?« Henryk lachte.

»Mut.«

»Wir werden das üben, heute abend.« Henryk war außer sich. Rosenfelder meinte: »Laßt euch nicht erwischen.«

Der langgezogene Wohnraum war hell erleuchtet. An einer riesigen Eichentafel saßen ein paar Dutzend Männer, die meisten im Ehrenkleid des Reiches. Schwere Stühle mit blauem Polster, Stiefel unterm Tisch, Lederzeug wie Panzer, dazwischen das Rot-weiß-schwarz der Bewegung. Paul Block zog sich der Magen zusammen.

Am Kopfende zwei leere Stühle, die Schumann ins Visier nahm, behende rückte er Block die Sitzgelegenheit zurecht. Nur die fast zierlichen Weingläser auf dem Tisch störten das deutsche Auge. Waren die Volksgenossen zu Weintrinkern geworden? Block kam diese Überlegung lächerlich vor, aber er brauchte diese Lächerlichkeit. Ein verräterisches Wort, ein paar peinliche Fragen, etwas Gewalt, er mochte diese Abfolge nicht zu Ende denken. An den Wänden Porträts vom Führer.

Ihm gegenüber das Banner, von der Decke herabhängend. Es war so hell in diesem Raum, daß Block die Gesichter der Anwesenden wie durch einen Schleier wahrnahm. Die Helligkeit eines Verhörs.

Ausschließlich feines Publikum. Geschäftsleute, Schieber, alle, die es sich leisten konnten, ihre Tage in Paris zu leben und im Reich zu verdienen. Auch zwei, drei Monokel waren anwesend. Block kannte einen von Senckenberg in Berlin, seit vielen Jahren, er wollte dessen Biografie zu seiner eigenen machen. Aber wenn man länger nachfragte?

Schumann wand sich in Elogen. Was für einen illustren Gast man heute präsentieren dürfte, welche Ehre aus Berlin ihnen zuteil würde, man habe ihn dort eingehend instruiert, wisse alles über die »Teutschen«, er selbst habe sich davon überzeugen können, daß es sich um einen exzellenten Kenner der Pariser Situation handele. Schumann war so außer Atem geraten, daß er einen Schluck Wein nahm. Seine Hand zitterte. »Was denkt man über uns in der Reichshauptstadt?« fragte ein Grobgesichtiger, der Block sehr nahe saß.

»Nicht viel«, schnarrte Block, er fügte hinzu: »Gut so, daß es nicht jeder weiß.«

»Gibt es besondere Anliegen, die Sie hierher führen?« Ein Frager aus der hinteren Ecke.

»Nicht, daß ich wüßte. Bin instruiert worden, die Pariser Gruppe aufzusuchen.«

Schumann bog fürs erste die Fragen ab und setzte wieder an zu seinem rhetorischen Höhenflug über die Bedeutung des Gastes, dieses Abends, und überhaupt der Arbeit in Feindesland. Während Block mit ihm zum Treffpunkt gefahren war, hatte er nicht den Eindruck gewonnen, daß Schumann eine besondere Größe war, seine Unterwürfigkeit, seine bereitwilligen Auskünfte ließen eher auf die Mentalität eines Subalternen schließen. Aber in diesem Kreis erblühte er, wurde kräftig, zeigte Stärke und brillierte.

Block verkrampfte sich bei dem Gedanken, daß ihn einer der Anwesenden aus seiner Berliner Tätigkeit beim »Tageblatt« wiedererkennen konnte. Allerdings bei dieser fulminanten Einführung würde niemand wagen, einen solchen Verdacht zu äußern. Schumann hatte sich über die Senckenbergs ausführlich informiert, stempelte sie kurzerhand zu einer Familie, die schon lange der national-sozialistischen Bewegung und insbesondere dem Führer sehr nahestanden. Paul Block spürte, wie die Spannung in ihm nachließ. Sollte dies, wovon er nicht mehr ausging, eine Falle sein, dann war sie perfekt perfide ausgeheckt, aber das traute er den »Teutschen« nicht zu.

»Sehr erfreut, wie gesagt, einen von diesem Stamm bei uns zu haben, möchte ich nun das Wort geben an Herrn von Senckenberg.« Das kam überraschend.

Ein langer Beifall.

Aufstehen oder sitzenbleiben, das war die Frage.

Langsam erhob sich Paul Block.

»Nicht viele Worte. Dank für die freundliche Aufnahme. Paris ist eine Messe wert. Viel Erfolg bei der Arbeit. Werde nur Gutes zu berichten wissen. An höchster Stelle. Bitte nun fortzufahren. Danke, meine Herren.«

Zwischen jedem seiner Sätze hatte er eine Pause gelegt, die Sekunden zählend.

Schumann erhob sich, was zur Folge hatte, daß alle, wie zum Appell, mit lautem Stiefelkrachen aufstanden, tosender Beifall.

Schumann schüttelte ihm die Hand und beendete die Schüttelei mit einem »Heil Hitler«.

Einen Moment stockte Paul Block der Atem.

Dann sagte er verhalten, vornehm: »Heil Hitler«, die Hand ein wenig anhebend. Wie leicht das geht, dachte er.

Als sich alle wieder gesetzt hatten, las Schumann die Punkte der Tagesordnung vor.

»Bitte noch eine Frage an unseren Gast stellen zu dürfen?« Da war wieder der lästige Frager, der bereits vorhin dazwischengesprochen hatte.

Paul Block beugte sich vor: »Von mir ist keine weitere Notiz zu nehmen, ich bin nach Paris gekommen, um ihre Arbeit kennenzulernen.«

»Völlig richtig«, Schumann wies mit einer leichten Handbewegung den Fragesteller zurück.

Dann sprach man über die desolate Situation der deutschen Kolonie in Paris, über die dekadenten, bourgeoisen Altdeutschen, die ihren Luxusstil pflegten, die neue Situation im Reich überhaupt nicht zur Kenntnis nehmen wollten, aber man habe bereits einige Einbrüche erzielt. Es wurden Namen genannt, Geldgeber, solche, die sich beharrlich weigerten, auch nur ein paar Sous in die Sammelbüchsen der Bewegung zu werfen, intellektuelle Gegner, französische Kritikaster des tausendjährigen Reiches, Rolland und Barbusse wurden erwähnt. Paul Block spielte mit dem Gedanken, sein Gastspiel in dieser Gruppe zu verlängern. Es würden sich Gründe finden, warum er längere Zeit in Paris blieb. Dann wieder dachte er, es sei zu gefährlich, es brauchte ihn in Paris nur jemand in die Räume der »Korrespondenz« gehen zu sehen, dann war er verloren. Tatsächlich schenkte man ihm kaum Beachtung.

Block rückte auf seinem Sitz: »Bitte, eine Frage stellen zu dürfen. Was diese sogenannten Emigranten angeht, hätte ich gerne eine Einschätzung der Lage auf diesem Sektor.«

Die Frage war ein voller Erfolg.

Mit einem Riesenkübel wurde nun der Haß ausgegossen, er könne sich im Reich gar nicht vorstellen, wie sich die Deutschen, man dürfe sie eigentlich gar nicht als Deutsche bezeichnen, als Nationalität müsse man angeben: jüdische Drecksau, rotes Kommunistenschwein, das wäre ihre Heimat, die würden zusammenhängen wie die Dreckfliegen auf einem großen Haufen ..., ein ekelhaftes Pack, lange würde man sich das nicht mehr ansehen, man wisse genau, wo die sitzen, diese Frechheit, auch noch mit Presseorganen an die Öffentlichkeit zu treten, das Maul müsse gestopft werden, so, wie man den Hochverräter Röhm losgeworden sei, nur schade, daß einem in Paris diese Möglichkeiten nicht zur Verfügung stünden, noch nicht.

Paul Block spürte die Gewalt, so deutlich wie noch nie. Er bekam Angst. Sie mußten schnell handeln. Vorkehrungen treffen. Er dachte an ein Stahlgitter, das den Eingang zu ihrem Haus in der Rue Mondétour schützen sollte. Stahl.

Dann wurde ein Toast auf den Gast ausgebracht. Block erwiderte dankend, schlug die Hacken zusammen.

Der Streit war unerbittlich.

Victor Arnell warf Block vor, daß er mit ein paar Möglichkeiten, viel Spekulation, einigen historischen Zufälligkeiten operierte, was denn das mit Journalismus zu tun hätte.

Sie saßen im »Procope« und hatten Zuhörer. Immer wieder hatte Block versucht, das laute Streiten zu dämpfen, aber Victor war nicht zu beruhigen. Sie sprachen in Rätseln, zumindest für die anderen Gäste. Block hatte ihn zu einem Glas Wein in sein Stammlokal eingeladen, um ihm die Früchte seines Zeitungs-

und Bücherstudiums mitzuteilen: seine Theorie vom Ablenkungsmanöver, wie gute Gründe Clemenceau und Tardieu dafür hatten, daß die Presse ihr Augenmerk auf einen Frauenmörder legen sollte, jeden Tag eine neue Verschwundene, jeden Tag ein neues Detail, gestern waren es sechs Frauen, heute berichten wir von der siebten. Eine tägliche Pressekampagne genau zu dem Zeitpunkt, als für den Präsidenten Tiger alles auseinanderzubrechen drohte, eine kluge Regie. Auch daß Landru aus dem Gefängnis von Mantes nach Paris transferiert wurde, ins Zentrum der Phantasie. »Ich will ja gar nicht mehr behaupten, als daß ihnen der Fall sehr gelegen kam.«

Arnell lachte los: »Beweise. Null. Nicht so viel hast du, nicht so viel!«

Block: »Gut. Ich habe nur etwas gearbeitet. Du allerdings hast natürlich die Beweise gefunden. Nicht?«

Arnell: »Mußte mich um anderes kümmern. Hab nicht soviel Zeit wie du.«

Block: »Aber meine Arbeit niedermachen.«

Arnell: »Das ist keine Arbeit, das ist Routinesache. Wenn du nichts in der Hand hast.«

Block: »Und was hast du? Noch weniger als nichts.«

Der Kellner kam an den großen Marmortisch und bat höflich, sich doch zu mäßigen, nicht alle Gäste hätten Spaß daran, zwei Kampfhähnen zu lauschen.

Diese Arroganz ärgerte Block, hat natürlich ein schlechtes Gewissen, weil er die letzten Wochen überhaupt nichts für unsere Geschichte getan hat.

Arnell stand auf: »Ich bringe dir Beweise. Wirst schon sehen.«

Dann verließ er den Tisch, der im Procope für die Berühmtheiten reserviert war.

Eine alte Dame, die am Nebentisch saß, sprach Block an: »Ein Freund von Ihnen, Monsieur?«

Roger Viollet hantierte mit der Kamera: »Ich muß sehen, wie weit ich herankomme. Das Licht läßt nach.«

Es war kurz nach sechs Uhr abends und die Sonne schien, aber der Treffpunkt lag im Schatten.

Als Block dem Fotografen erzählt hatte, was er aufnehmen lassen wollte, hatte Viollet keinen Moment gezögert. Ihm waren die französischen Faschisten, die sich seit Beginn des Jahres 1934 Straßenschlachten mit der Polizei lieferten, so verhaßt, daß er dem boche nur zu gern den Gefallen tat. »Aber es müssen auch Fotos dabei herauskommen«, hatte Viollet betont.

Block wollte Bilder von allen Teilnehmern der »Teutschen«-Versammlung, die Namen dazu, das ganze Netz von Verbindungen in Paris, um zu zeigen, wie weit ihr Einfluß in der französischen Metropole reichte.

»Wir müssen näher ran«, sagte Viollet halblaut.

»Das geht nicht«, erwiderte Block, »die würden mich wiedererkennen.«

»Dann gehe ich alleine, und immer wenn einer von denen kommt, pfeifen Sie, Monsieur.« Der weißhaarige Fotograf nahm sein Gerät und ging in die Straßenmitte.

»Licht«, er hob beschwörend die Arme zum Himmel und machte dann seinen Magnesiumblitz bereit. »Licht«, als könne er die Sonne dazu bewegen, in diese verräterische Straße zu scheinen.

Rosenfelder war nicht besonders begeistert, als ihm Block von der Idee erzählte, aber er sah ein, daß die Nazi-Vorhut in Paris öffentlich gemacht werden mußte.

Man wird ihn für einen verrückten Fotoamateur halten, dachte Block, als er Viollet herumspringen sah, mal sein Stativ am Straßenrand, dann wieder auf der anderen Straßenseite aufbauend. Vielleicht posieren sie sogar für ihn.

Sie waren pünktlich, die Herren.

Block pfiff den Schlager »Le bonheur«, und Viollet machte Aufnahmen. Mit welcher Schnelligkeit er die Platten wechselte.

Auch Schumann kam.

Block zog sich hinter einen Mauervorsprung zurück, immer noch das Lied auf den Lippen.

Gelegentlich rief Viollet: »Attention«, und einige der Nazis hatten gelächelt.

Einmal sogar: »Attention« und kurz dahinter: »Eil Itler«.

Das Braunhemd ließ den Arm nach oben schnellen.

Wie eine Marionette.

Das Magnesiumlicht.

Block konnte sich ein Lachen nicht verkneifen.

»Merci«, sagte Viollet und zog die Baskenmütze.

Irritiert zog das Braunhemd ab.

Wenig später packten sie ein.

»Das war riskant«, sagte Block, dem zwar der Einfall Viollets gefiel, aber der Gefoppte könnte mit Verstärkung wiederkommen.

Sie beeilten sich, mit der Métro wegzutauchen.

Am nächsten Morgen war Paul Block enttäuscht.

Auf der zweiten Seite von »Le Populaire« erschien der salutierende Nazi im Großformat.

Unterzeile: »Sie sind schon geheim in Paris. Lassen wir es zu?«

Als er in die Redaktion kam, fuhr Henryk ihn an: »Paul, das war meine Geschichte. Das weißt du ganz genau.«

15

Ein frischverliebter Leutnant, der Haltung annahm, wenn er Klienten begrüßte, dessen Anzug wie eine Uniform saß und dessen Haarschnitt die geforderte Mindestkürze des Militärs einhielt, begrüßte ihn in der Etude von Moro-Giafferi.

»Monsieur Block, es ist mir eine Ehre, Sie bei Ihrer Arbeit zu unterstützen: ich liebe die Deutschen, auch wenn ich mal bei ihnen in Gefangenschaft war, ihre Gründlichkeit, ihre Pünktlichkeit, ihre Präzision. Wenn Franzosen einen solchen Verdacht hegten, wie Sie es tun, dann hätte es längst in der Zeitung gestanden. Ein bißchen Recherche und ganz viele Zeilen. Aber Sie, Sie lassen sich nicht entmutigen. Gefällt mir.«

Der Rechtsanwalt Navières führte Block in sein helles Büro, zwei große Fenster, mit Blick auf den Tour Eiffel, kaum Aktenschränke, dafür bequeme Sessel, eher ein Wohnzimmer als eine Kanzlei.

»Ich will Sie nicht lange auf die Folter spannen, aber vorher muß ich eine Zusage von Ihnen erbitten. Sie sagen mir den Namen des Mannes, der behauptet, Landru in Buenos Aires gesehen zu haben, und ich zeige Ihnen den Beweis, daß Landru wirklich die Frauen umgebracht hat. Einverstanden, Monsieur Block.«

Er ist also im Bilde, Moro hat ihn instruiert, dachte Block und willigte ein.

Navières zog eine Schublade im Schreibtisch auf und holte einen grauen Hefter hervor, öffnete ihn und reichte Block ein Stück Papier. »Bitte sehr.« Sein Lachen war das eines Clowns, der sein Publikum gerade hinters Licht geführt hatte.

Es war eine Zeichnung, eine Küche, zwei Schränke und ein Herd, eine Spüle, eine Ablage und ein Rohr.

»Sie wissen doch, was das ist?«

Block wußte gar nichts, aber er wollte es sich nicht anmerken lassen. »Natürlich«, sagte er und drehte die Zeichnung um, als könnte er auf der Rückseite ihren Titel lesen.

»Sie werden dies wohl anerkennen müssen. Landru hat das für mich gemalt, am Tag des Prozeßbeginns gab er mir diese Zeichnung und sagte: ›Schönen Dank für alles, wenn Sie davon Gebrauch machen wollen, dann bitte erst nach ein paar Jahren.‹ Moro und ich, wir haben uns entschlossen, davon keinen Gebrauch zu machen. Die Welt wäre um eine Illusion ärmer.«

Die Küche, jetzt fiel es Block ein, das war die Küche in der Villa in Gambais, als er mit Andrea die »L'Hermitage« besuchte, bekam er sie zu sehen, wo Landru seine Frauen gebraten hatte, sagte der merkwürdige Besitzer, nur der Ofen fehlte.

»Wann, sagten Sie, hat Landru Ihnen diese Zeichnung gegeben?« fragte Block. Es war eine Frage, um Zeit zu gewinnen.

»Bei Prozeßbeginn«, Navières hielt die Hand auf. »Was Sie nicht mehr sehen können, war ein Text mit Kreide geschrieben, da stand, das sei der Ofen, mit dem man etwas verbrennen kann. Verbrennen war dreimal unterstrichen.«

Block gab die Zeichnung zurück.

Aus.

Max hatte ihn gewarnt. Auch wenn Grock diese Geschichte erzählte, auch wenn alles so gut zusammenpaßte ...

»Das heißt, Sie haben alles gewußt?« fragte Block müde.

»Wie meinen Sie das?«

»Als Sie und Moro ihn verteidigt haben, wußten Sie, daß Landru schuldig war. Er hat diese Frauen wirklich umgebracht.«

Navières zuckte mit den Schultern: »Nein, wie kommen Sie darauf, Monsieur? Er hat auch uns an der Nase herumgeführt. Wir haben in diesen Räumen stundenlang gerätselt, was mit ihm wirklich ist, das müssen Sie mir glauben. Erst als ich diese Zeichnung bekam, da wußte ich, er war's. Aber, wieso und wie, keine Ahnung.«

Das helle Büro, das Gegenteil von Moros lichtlosem Bunker,

machte Block in diesem Augenblick den Eindruck einer geräumigen Zelle, er wartete auf Navières Gegenfrage.

Der militärische Rechtsanwalt ließ die Zeichnung wieder verschwinden: »Sie haben das nie gesehen, kein Wort darüber. Wir würden es immer ableugnen.«

»Sie haben Landru gekannt, sie haben wahrscheinlich am längsten mit ihm gesprochen, war er ein verschlossener Mensch, so wie er sich oft im Gerichtssaal gab?«

Navières rümpfte die Nase: »Verschlossen und eloquent, redselig und stumm, er konnte beides sein. Auf jeden Fall amüsant.«

Block hörte nicht zu, sondern dachte während der Antwort schon an die nächste Frage.

»Sie haben auf Freispruch plädiert, obwohl Sie ahnten, daß Ihr Klient mit Sicherheit keine saubere Weste hatte?«

»Wissen Sie, ein Prozeß ist ein Schachspiel. Wir hatten die schwarzen Steine, Godefroy die weißen, stets im Angriff, und unser guter Landru wurde von Tag zu Tag schwächer. Sobald die weißen Figuren unsere Schwächen ausgemacht hatten, sind sie gnadenlos in die Offensive gegangen. Anfangs war unsere Variante besser: es gibt keine Leichen, dann wird man auch niemand verurteilen können, aber später hat man ein bißchen im Staub gewühlt, ein paar Knochen produziert, das lief auf Matt hinaus. Das wußte auch Moro.«

Wie auf Stichwort, Block hörte den gewichtigen Partner Navières im Nebenraum dozieren.

»Ich möchte nochmal auf einen anderen Punkt zu sprechen kommen, Maître.«

»Bitte sehr, Monsieur Block.« Diese Freundlichkeit war kaum erträglich.

»Wenn Landru vor Gericht nicht geleugnet hat, mit all diesen Frauen Kontakt gehabt zu haben, sogar auch mehr oder weniger zugegeben hat, daß er den Zweck verfolgte, ihnen die Habe abzuknöpfen, die betrogenen Damen hätten sich selbst aus dem Staube gemacht, sich geschämt, öffentlich ihre Blamage einzugestehen: erst Liebe – dann Betrug. Das ist doch eine Erklärung, oder?«

»Ja, sicher«, erwiderte der Advokat, aber sein Gesicht verriet, daß er nur auf den geeigneten Moment wartete, um eingreifen zu können.

Block setzte nach: »Die Polizei war natürlich glücklich: so viele Fälle von verschwundenen Frauen werden auf einen Schlag geklärt. Nur, ich finde es auch bemerkenswert, wenn man weiß, daß während des Krieges und der Waffenstillstandszeit ungefähr 20 000 Zivilpersonen allein in Paris verschwunden sind.«

Der Leutnant erhob sich.

»So, nun wollen Sie wieder den Beweis, den ich Ihnen gezeigt habe, wegreden. Kann gut verstehen, daß das ein Schock für Sie ist. Aber Sie gehen von einer falschen Hypothese aus: Landru ist nicht in Argentinien, er ist am 25. Februar 1922 hingerichtet worden. Wir waren dabei. Wer erzählt denn so eine dumme Lügengeschichte, der Sie da blindlings nachlaufen? Den Namen, Herr Block!«

Rue de Seine, 13. Juli 34

Sie haben Erich Mühsam umgebracht, sein Leidensweg ist zu Ende. Auch wenn die Nazis tausendmal in ihren Schmierblättern drucken lassen, er habe Selbstmord verübt, soll heißen: er war feige. Die Hinkeköpfe haben dem Anarchisten nicht verzeihen können, daß er schrieb: »Die Freiheit kommt gezogen – zum Hakenkreuz verbogen.« Sie haben ihm Menschenaffen auf den Hals gehetzt, sie haben ihm ein Hakenkreuz in seinen schwarzen Bart gebrannt, jetzt haben sie ihn im Konzentrationslager Oranienburg umgelegt. Erich hat immer zu seiner Frau Zensl gesagt: »Was immer geschehen mag, glaube nie, daß ich Selbstmord begangen habe.« Wie leicht ist es geworden, die Öffentlichkeit zu täuschen, an der Schaltstelle wird ein Hebel umgelegt, und alle Weichen ändern die Richtung. Aus einem Mord wird ein Selbstmord, weil das ins Bild paßt. Nicht das Opfer, sondern die Mörder sind die Märtyrer.

Victor Arnell hatte am Telefon nichts angedeutet, nur daß er Block in einer Viertelstunde in seiner Wohnung treffen wollte. Henryk witzelte: »Frauengeschichten, Paul. Dann beeil dich.« Koszyk riet zur Vorsicht, er würde ihm ein Alibi geben, wenn Rosenfelder nach ihm fragte.

Die Meldung über den Röhm-Putsch und seine Hintergründe, die sie nach und nach in Erfahrung bringen konnten, lag fertig formuliert neben der Schreibmaschine, Block hätte sie übersetzen müssen, aber er wollte Victor nicht warten lassen.

Der Geruch der Hallen stieg ihm in die Nase. Jedesmal wenn er hier entlangging, war es ein anderes Gemisch, mal mehr Gemüse, dann wieder Blumen, oft anrüchiges Fleisch, meist dominierte der Fisch.

Er tut so wichtig, dachte Block, der an seinen Streit mit dem französischen Kollegen denken mußte, im Procope, das war fast einen Monat her. Seitdem hatten sie sich nicht getroffen. Die heißen Sommertage in Paris kamen Block gerade recht, er liebte es zu schwitzen. Wenn alle anderen stöhnten, dann ging es ihm gut. Er wartete nur noch auf den Exodus der Pariser, der stets Ende Juli einsetzte. Dann gehörte die Stadt denen, die es sich nicht leisten konnten zu verreisen. Block gehörte dazu.

Victor Arnell öffnete ihm die Tür.

Er hatte sein Oberhemd weit geöffnet, die Ärmel bis zu den Schultern aufgekrempelt.

»Gut, daß du kommst, Paul.«

Victor goß ihm einen großen Pernod ein.

»Bitte, laß uns den Streit von neulich vergessen, ich war ungerecht, abgespannt, wollte mich viel mehr um diese Geschichte kümmern, aber kam nicht dazu, und als du mir dann diesen langen Vortrag gehalten hast, hatte ich meine Aufgaben nicht erledigt. D'accord?«

Block nickte, während er seinen Pernod trank.

»Ich habe einen Zipfel in der Hand. Noch nicht viel. Und einen Namen, der uns weiterbringt. Ganz schön. Aber . . .«

»Du sprichst in Rätseln, Victor.«

Block bahnte sich einen Weg in den Wohnraum und suchte sich die bequemste Sitzmöglichkeit aus, blieb unentschlossen vor dem großen Sofa stehen, dann ließ er sich darauf nieder. Ein rosa Seidensofa, herrlich, für einen Kommunisten, und wenn es gar zu langweilig wird, dann schlafe ich einfach ein.

»Vier Tage vor der Hinrichtung kommt ein Telegramm aus Kanada, Montreal, daß sich Madame Heòn, die Landru umgebracht haben soll, eine von den berühmten zehn Frauen, dort aufhält. Das war doch immer seine Verteidigung, daß er gesagt hat, sie sind ins Ausland gegangen. Und was passiert?«

Block sah Victor an, hat er tatsächlich was gearbeitet!

»Nichts. Du wirst es nicht glauben, kein Verteidiger, der fordert, der Fall muß wieder aufgenommen werden, kein Gericht, das sagt, wir prüfen, kein Präsident, der um Gnade gebeten wurde, sagt: Halt, das muß erst geklärt werden. Nichts ist geklärt worden. Man hat ihn hingerichtet, den armen Mann. Das ist das erste.«

Block ließ Arnell gewähren, der zu seinen Ausführungen einen kleinen Tanz aufführte, als müsse er seine Recherche ästhetisch aufwerten. Block hatte längst von dieser Geschichte gehört, schon gleich zu Anfang seiner Nachforschungen war ihm diese Merkwürdigkeit begegnet. Jetzt ärgerte er sich, daß er den Rechtsanwalt Navières nicht danach gefragt hatte. Er wollte Arnell nichts von diesem Besuch erzählen. Berufsgeheimnis.

»Der Friseur heißt Papillon.«

»Oh«, Block setzte sich auf, »das ist eine Neuigkeit, mein lieber Victor. Wo wohnt er?«

Wenn Sie den Friseur ausquetschen konnten, den Mann, der stets Landru die Haare und den Bart geschnitten hatte, dann mußten sie ein gutes Stück vorankommen. Immerhin war er zwei Tage nach der Hinrichtung entlassen worden.

»Keine Ahnung. Aber das dürfte nicht so sehr schwer sein, das in Erfahrung zu bringen.«

»Da bleibst du also dran?« sagte Block.

»Sicher.«

Er sah Victor an, daß er ihn gerne gefragt hätte, was Block denn in den letzten vier Wochen unternommen hätte, aber Victor wagte es nicht, wollte keine Retourkutsche fahren.

»War es denn nötig, daß ich deswegen zu dir komme? Ich meine, ich habe auch Arbeit.« Block freute sich, daß ihr Verhältnis sich nun wieder entspannte, schließlich wollte er seinen Freund nicht verprellen. Vielleicht war es ein Fehler, ihn in die Nachforschungen einzubeziehen, aber jetzt war das nicht wieder rückgängig zu machen.

»Paul, ich bin gewarnt worden!«

Das kam knapp, fast unhörbar leise.

»Noch mal!«

»Man hat mich gewarnt. Am Telefon. Ich soll mich zurückhalten, wenn es um Frauenmördergeschichten geht. Mehr nicht. Keine Ahnung, wer das war. Auch keine Vorstellung, aus welcher Ecke. Ich war immer sehr vorsichtig, aber so war es. Gestern abend. Darüber müssen wir reden.«

Paris, 20. Juli 34

»Wenn aber drei Hochverräter in Deutschland mit einem auswärtigen Staatsmann eine Zusammenkunft vereinbaren und durchführen, die sie selbst als ›dienstlich‹ bezeichnen, unter Fernhaltung des Personals durchführen und mir durch strengsten Befehl verheimlichen, dann lasse ich solche Männer totschießen, auch wenn es zutreffend sein sollte, daß bei einer vor mir so verborgenen Beratung nur über Witterung, alte Münzen und dergleichen gesprochen worden sein soll.« So spricht der Führer über Funk zu seinem empfangenden Volk. Wie begründet einer, daß in einer Blitzaktion ein paar hundert Tote (es waren die eigenen Leute: Röhm und Konsorten) auf der Strecke blieben? Der Volksempfänger leistet die Arbeit. Das neue Instrument der Herrschenden. Alle Kanäle senden das gleiche Programm: die Führung kann jede Tat rechtfertigen, und jeder wird es anhören. Zu Hause, auf Plätzen, in Fabriken. Ein Instrument, das noch viel genutzt werden wird: auch wenn die Irr-

tümer der Herrschenden geringer sind. Wie utopisch war der Brecht, als er glaubte, daraus könnte ein Kommunikationsapparat werden! Die Besitznahme durch die Faschisten weist den Weg. Jedenfalls im Moment.

Block fragte sich, ob der Gutachter jemals seine weißen Handschuhe ablegte, und bei welchen Gelegenheiten. Er hatte sich kaum verändert, sein pomadiges Haar nach hinten gekämmt war etwas silbriger geworden, sein grauglänzender Anzug war vom besten Schneider, seine schwarzweißen Lackschuhe hatten wie damals etwas sehr Aufdringliches. Dr. Paul, der stets in schwierigen Mordfällen gutachtete, war eine Kapazität in Frankreich. Als Block ihn bei einem Schwurgerichtsprozeß traf, hatte ihn der Doktor sofort wiedererkannt. Am meisten interessierte den Gutachter, ob Block ein paar nette Bemerkungen in seiner deutschen Zeitung über ihn machen könnte. »Wissen Sie«, sagte er, als sie in dem Bistro neben dem Gericht zusammen einen Express nahmen, »es ist nicht wegen der Eitelkeit, sondern weil es die Kollegen ärgert. Sie verstehen.«

Block versprach sein Möglichstes, um damit Dr. Paul zu einem Gespräch über den Indizienbeweis gegen Landru zu bewegen.

»Nur zu gerne«, sagte der Gutachter, »es hat in all den Jahren nicht einen solchen Fall gegeben.«

»Wann können wir uns treffen?« fragte Block, dem die Öffentlichkeit des Bistros nicht recht war.

»Wir können hier reden, Monsieur Block, hier hört niemand zu, falls Sie das stört. Außerdem, Sie werden sich erinnern, ich habe niemals Unterlagen gebraucht, das ist alles noch frisch im Hirn. Auch mit, nein, schätzen Sie, wie alt schätzen Sie mich . . .«

Es ist nicht wegen der Eitelkeit, dachte Block und schätzte ihn jünger, um dem Gutachter zu schmeicheln.

»Es ist uns damals, das war Mitte April 1919, warten Sie, die Villa in Gambais, dort haben wir bei unserer zweiten Recherche einiges gefunden, es ist uns gelungen, auf drei Leichen zu kommen. 295 menschliche Fragmente, 150 vom Schädel, 3 vom oberen Teil der Wirbelsäule, einige vom Unterarm, 65 von den Händen, 21 vom Fuß und 47 Zahnfragmente. Sie stammen unabweisbar von Menschen. Sie wissen, warum ich das betone?«

Block schüttelte sich, weil er dachte, er träume, wieso kann sich Dr. Paul so genau an diese Details erinnern. »Ja, sicher. Es waren ja ein Haufen Tierknochen dazwischen.«

»Richtig. Die Tierknochen auszusortieren war eine Last. Insbesondere die der drei Hunde der Madame Marchadier, fürchterliches Durcheinander.« Das war ein Festessen für die Presse: die drei strangulierten Hunde, die im Garten der Villa gefunden wurden, unglaublich, hat diese Bestie Landru drei Hunde verscharrt. Später sagte er: »Ich wollte sie nicht mehr füttern.« Das machte alles noch schlimmer.

»Nun, wir haben damals 6 Ohrenknochen gefunden, so sind wir dann auf drei verschiedene Personen gekommen. Und noch eine andere Beweisführung drängte sich uns auf: die 150 Schädelknochen, die wir gesammelt haben, wogen fast 1000 Gramm. Ein erwachsener Schädel, das werden Sie wissen, wiegt 400 Gramm, also stammen die Fragmente zumindest von drei Leichen.« Dr. Paul zog seine Handschuhe fester um die Finger und ließ dabei die einzelnen Knochen knacken.

»Wir sollten ja auch beweisen, anhand unserer Funde, wie Alter, Größe und Geschlecht der Personen einzustufen sind. Aber sie waren ja alle verkohlt, und bisher gibt es keine zureichende Methode, das zu präzisieren, insbesondere nicht, was das Geschlecht angeht, wenn man keine eindeutigeren Teile findet. Aber die Kleinheit der Zähne ließ uns annehmen, daß es sich um Frauen handelte.«

Block wollte den Gutachter, der so redselig wie im Prozeß sprach, nicht unterbrechen, aber ihm war schon eine Frage eingefallen, die er ganz bestimmt stellen wollte: wieso hat man bei der ersten Durchsuchung der Villa überhaupt nichts, außer eben diesen Hundekadavern gefunden?

»Wir haben experimentell erforscht, wie lange es dauert, eine Leiche zu verbrennen: ein rechter Fuß verschwindet in

50 Minuten, eine Schädelhälfte, vom Gehirn befreit, in 35 Minuten, ein ganzer menschlicher Kopf mit Gehirn, Haaren, Zunge in etwa 100 Minuten. So ein Kopf ist ja ein sehr widerspenstiges Organ, Sie müssen sich vorstellen, daß er wie eine Wand ist, da brennt erst mal die Tapete runter, bis überhaupt ... Ich möchte Sie nicht langweilen, Monsieur.«

Block erwiderte, daß er die Ausführungen sehr interessant finde, und stellte dann seine Frage.

»Ja, die These von Moro, ich erinnere mich, der alte Fuchs hat uns immer unterstellen wollen, daß wir die Knochen plaziert hätten. Eine wunderbare Vorstellung!«

»Aber möglich war es, ich meine zeitlich. Bei der ersten Durchsuchung findet man nichts, dann arbeitet die Untersuchungskommission ganze 14 Tage am Teich von Bryère, das Haus ist unbewacht. Möglich war es, Dr. Paul!«

Der Gutachter rieb seine Handschuhe aneinander und strich dann sein Haar glatt.

»Ich stelle mir das sehr lebhaft vor: nachts, alles finster, kommt ein Mann, wie er heißt, weiß keiner, und verstreut ein paar verbrannte Knochen, Schauer über den Rücken, leise schleicht er sich wieder davon, vielleicht war es auch der Tod selbst, wer weiß, oder der Sämann, der sich im Material vergriffen hat, wer weiß das schon. Nein, im Ernst, Monsieur Block, der das tat, muß ganz schöne medizinische Kenntnisse gehabt haben, und warum hat er uns dann nicht die Arbeit leichter gemacht, wenn schon ein paar Frauenleichen, dann aber auch die entsprechenden Knochenteile bitte, Becken, damit die dummen Gutachter nicht so lange rätseln müssen.«

Dr. Paul hatte sich einen Spaß erlaubt und freute sich nun daran. Das Bistro war nicht der richtige Ort, um weiter zu fragen. Aber Block probierte es trotzdem: »Ich sagte, es war möglich, nicht mehr. Moro hat während des ganzen Verfahrens darauf insistiert, ich habe es selbst gehört, und dann tauchten ja sogar nochmal verkohlte Knochen auf, während des Prozesses sogar ...«

»Einen Augenblick, damit hatte ich nichts zu tun«, Dr. Paul nestelte an seinen weißen Handschuhen, »das waren Kalbsknochen, ich weiß.«

»Und wieso wurden die nicht schon zwei Jahre früher gefunden? Waren drei Leichen zu wenig, wenn man Landru zehn Frauen und ein Kind zur Last legen wollte? Warum wurde überhaupt während des Prozesses noch Anklagematerial nachgeschoben? Das sind doch Fragen, die sich einem auch nach mehr als zehn Jahren stellen, Dr. Paul.«

Das Gesicht des Gutachters war keineswegs mehr so freundlich, so gelassen wie zu Beginn des Gesprächs.

»Monsieur, ich denke nicht, mit Ihnen hier eine neue Beweisaufnahme durchführen zu wollen, da müssen Sie sich schon an andere wenden, wenn Sie Ihre alberne Theorie bestätigt haben wollen, daß man Landru hat laufen lassen. Darüber lacht doch schon die ganze Pariser Justiz.«

16

Sie hatten es nicht gemerkt. Je länger sie in Paris arbeiteten, je vertrauter ihnen die Tage im Exil waren, je mehr Frankreich für sie eine Heimat wurde, desto weniger glaubten sie daran, daß sie ungebetene Gäste waren. Die gleißende, flimmernde Stadt, die warmen Boulevards, die schnellen Cafés, die prächtigen Fassaden luden ein, alle Fremdheit für Täuschung zu halten. Die meisten hatten es aufgegeben, an eine Rückkehr zu glauben, hatten die Koffer ausgepackt. Sie hatten sich eingerichtet in einem Erker der Stadt. Sie kamen aus den unterschiedlichsten Städten, auf eigenartigen Wegen, ihre Behördengänge, Bittgänge zu den Préfectures, ihre Versuche, eine Arbeitserlaubnis zu bekommen, hatte ihre durcheinanderlaufenden Fluchtrouten zu einer Richtung vereint.

Dann hörten sie von den ersten Ausweisungen. Sie wollten es nicht glauben, hielten sie für Gerüchte. Man konnte die Ausgewiesenen nicht mehr erreichen, um sie zu fragen. Angefangen hatte es im Februar '34 mit der Finanzaffäre Stavisky, Minister traten zurück, sogar die Regierung Daladier. Die Rechtspresse schlug zu: das war der Jude, der Stavisky, der mit seinen Finanzmanipulationen die Regierung aus den Angeln heben sollte. Niemand wußte, ob der Rumäne Alexandre Stavisky tatsächlich ein Jude war, aber fortan wurde das Klima eisiger. Der Begriff »Judeo-Boche« war geboren, deutsch und jüdisch, die alte Erbfeindschaft und die Händlermasche, die selbst hochstehende Politiker in Paris zu Fall bringen konnte. So fand auch die Hitlersche Propaganda gegen die Hakennasen und stechenden Judenaugen in Frankreich ihre Anhänger.

Für die Redakteure der »Pariser Korrespondenz« war es ein Schock, als sich ein Mitarbeiter der Sûreté an einem Augustmorgen in der Redaktion einfand und nach Dr. Kurt Rosenfelder fragte. Er wartete in dessen Büro, bis der Herausgeber mit einer halben Stunde Verspätung eintraf.

Block und Koszyk wollten ihre Arbeit nicht unterbrechen, tippten ihre Meldungen, aber immer wieder geschah es, daß sie absetzten, aufhörten wie auf ein geheimes Zeichen. Henryk machte Besorgungen und recherchierte an seiner Geschichte über das Netz der deutschen Faschisten in Paris. Die englische Ausgabe mußte warten.

Es dauerte eine ganze Zeitlang, bis Rosenfelder die beiden Mitarbeiter hereinbat, sein Gesicht verriet, daß sie in ernsten Schwierigkeiten waren.

»Monsieur . . ., wie war Ihr Name?«

»Mein Name tut hier nichts zur Sache, bitte.« Der dunkelblonde Mitfünfziger in seinem offenen, dunkelgrünen Hemd hatte eine brüchige Stimme, sie wollte nicht zu seinem bulligen Äußeren passen.

»Er will uns warnen. Es laufen Untersuchungen gegen uns und alle antifaschistischen Organisationen in Paris, es werden Szenarios durchgespielt, ob es besser ist, uns nach Deutschland zurückzuschicken oder zu verhaften. Dieser Mann von der Sûreté will uns rechtzeitig warnen.«

Rosenfelder machte eine Geste, damit der Geheimdienstler das Wort ergriff. Aber der sagte nichts. Starrte vor sich hin. Es entstand eine lange Pause.

Block fragte ihn zögernd, warum er das tue, warum er sich in Gefahr begebe, sollte er entdeckt werden . . .

»Ich halte es nicht mehr aus«, jedes Wort einzeln betonend, stockend, ruckartig und dabei sehr leise.

»Was?« Koszyk hatte sich einen Stuhl herbeigezogen und gab Block ein Zeichen, daß er sich ebenfalls setzen sollte, auf gleicher Ebene wollte er mit dem Mann sprechen.

»Ich will Ihnen nichts verschweigen. Es ist ein großes Risiko. Sie müssen ihre Freunde warnen, Sie haben die Mittel dazu.«

Dann war er wieder verstummt.

Paul Block glaubte, daß der Mann krank sei, seine Gedanken

verwirrt, seine zittrige, schwache Stimme hatte etwas Seltsames, wie konnte so einer bei der Sûreté arbeiten.

»Zylman, André Zylman, ist mein Name«, sagt er, weniger zögernd als zuvor.

Diese plötzliche Offenheit setzte bei Block neues Mißtrauen frei.

»Kümmerst du dich um ihn, ich möchte mit einigen Leuten das hier besprechen«, Rosenfelder sprach deutsch mit Block, der antwortete, daß er mit ihm essen gehe. Als Zylman sich erhob, stellte Block fest, daß der Sûretémitarbeiter wesentlich größer war, ein Sitzzwerg.

Block überlegte, ob er sein Tagebuch mitnehmen sollte, dann aber ließ er es sicherheitshalber in der Redaktion.

Block ging voraus, Zylman folgte in größerem Abstand.

Er kann nichts anders, dachte Block, ein Mann von der Sûreté.

Das Procope war wie jeden Mittag überfüllt. Block ließ sich vom Kellner einen Sitzplatz an der Rückseite des verrauchten Lokals geben.

Er hatte schon das erste Glas Wein getrunken, als Zylman erschien.

»Darf ich mich zu Ihnen setzen, es ist kein anderer Platz frei«, sagte er in akzentfreiem Deutsch.

Paul Block tat so, als habe er den Sprachwechsel nicht bemerkt. Zylman begann ein Gespräch über Wetter und Witterung, über den kommenden Exodus der Oberschichten aus Paris, wie er jeden Sommer stattfand, über die ansteigende Kriminalität, insbesondere Einbrüche in Villen, über Hundescheiße auf der Straße.

Block hörte eine ganze Weile zu, dann sagte er: »Herr Zylman, hier versteht uns bestimmt keiner, denn die Exilanten sind diesem Lokal untreu geworden. – Woher können Sie deutsch?« Zylman lächelte, das sei eine lange Geschichte, seine Frau komme aus Nürnberg, seine beiden Kinder lebten in Deutschland, er selbst habe sein Deutsch im Rheinland und im Saarland gelernt.

»Und jetzt verlassen Sie einfach Ihren Beruf? Was wollen Sie machen?«

Zylman wurde wieder einsilbiger, aber fuhr fort, deutsch zu reden, er könne das nicht mehr aushalten, die Deutschen, die man aus dem Land weisen würde, könnten sich umbringen. »Wir schicken sie in den Tod.« Zylman hielt inne.

»Aber was sollen wir machen?« fragte Block, »wo sollen wir hin?«

Zylman beharrte darauf, daß er nur warnen wolle, schon der Antrag auf Erteilung einer Arbeitskarte gelte als Grund zur Ausweisung. Man wisse alles über die Emigranten, ihre Verlage, ihre Aktivitäten, ihre Delikte, seit der Stavisky-Affäre würde nun Gebrauch gemacht von den Unterlagen. Schweigend aßen sie das Menü.

Paul Block brauchte lange Zeit, um die Aussagen von Zylman in sich aufzunehmen. Er mißtraute diesem Mann, will sein Gewissen erleichtern, will sich mit dieser Warnung einen Einstieg in die Emigranten-Szene besorgen, will mehr über unsere Arbeit erfahren.

»Herr Zylman, Sie müssen verstehen, daß mich das interessiert, haben Sie direkt mit dieser Arbeit, sagen wir mal, gegen die Emigranten zu tun?«

»Bei mir sind die Fäden zusammengelaufen«, sagte Zylman kaum hörbar.

Block verstand nicht.

»Es kommen Anfragen, direkte Anfragen, haben wir gegen X oder Y etwas in der Hand, können wir den abschieben, dann muß ich innerhalb von zwei, drei Tagen ... wir können hier nicht reden«, unterbrach sich Zylman, der seinen Kopf zum Eingang wandte.

Er stand auf. Verschwand hinter der Toilettentür.

Paul Block ließ seinen Wein stehen, auch die Birne, die als Dessert gereicht wurde, wollte er nicht. Der Kellner war überrascht, als er so plötzlich die Rechnung ausstellen mußte.

Block ging langsam die Rue de l'Ancienne Comédie herunter. Vielleicht war Zylman nichts anderes als ein besonders ausgefuchster Agent, er konnte sich zwar vorstellen, daß einer aufhört, weil er moralisch seine Arbeit nicht vertreten kann, aber Zylman machte einen ganz anderen Eindruck. Wieso sprach er so gut deutsch, warum hatte er kein Deutsch gesprochen, als sie noch in der »Korrespondenz« waren?

»Ich muß vorsichtig sein«, das war Zylman, der neben ihm auftauchte, jetzt wieder französisch sprechend.

»Ich verstehe«, sagte Paul Block, der nicht viel verstanden hatte.

»Wir können an der Seine lang gehen, wie die Touristen, da reden wir weiter.«

Diesmal ging Zylman voraus, den kürzesten Weg zum Seine-Ufer einschlagend, Block hatte Mühe, seinem Schritt zu folgen. Als sie das Ufer erreichten, die Camelots hatten bereits ihre Ware ausgebreitet, die Kunden gingen von Stand zu Stand, entzündete Zylman mit großer Geste eine Zigarre. Block lehnte ab, sich ebenfalls eine anzustecken.

»Sie werden bei uns als harmloser Schreibtischtäter eingestuft«, begann Zylman, diesmal sehr jovial, »ihre Tätigkeit in Paris aus früheren Jahren hat ihnen ein gewisses Renomée verschafft, ihre Berichte waren nie besonders abträglich, uns hat ihre jetzige Tätigkeit um so mehr interessiert. Bei der Sûreté sieht man die ganze Arbeit der ›Pariser Korrespondenz‹ nicht als förderlich an, Sie wissen, daß man in Regierungskreisen die Beziehungen zu Berlin nicht unnötig verschlechtern will.«

Block war irritiert, wie viele Rollen konnte dieser Mann spielen?

»Soll ich ausgewiesen werden?« fragte er.

»Bisher liegt keine Anfrage vor, Monsieur, aber die kann jeden Tag kommen.«

Zylman zog den Rauch ein und blies ihn mit spitzem Mund wieder aus.

»Wo haben Sie ihr Deutsch gelernt?«

»Oh, ich kenne viele deutsche Städte, nicht nur im Krieg,

aber später, wir waren im Hunsrück, in der Eifel, Mainz kenne ich gut, Zweibrücken, da war ich auch längere Zeit. Erinnern Sie sich an die Bewegung für die ›Rheinische Republik‹, 1919?«

Paul Block nickte.

Es waren ein paar Unentwegte gewesen, die glaubten, ein freies Rheinland zu schaffen. Arbeitsausschüsse waren gegründet worden, Resolutionen verfaßt und verbreitet.

»Wir wollten einen Aufstand entfachen.«

»Wer? Wir?«

»Der französische Geheimdienst. Clemenceau wollte als sichtbares Zeichen des Kriegsgewinnes das linke Rheinufer haben. Nicht nur die Kohlegruben des Saarlandes, weil Frankreich zum Erz die Kohle fehlte, sondern auch das Rheinland. Er wollte am Anfang sogar den Zugriff auf Essen, und damit auf die Firma Krupp bekommen. Aber die Alliierten haben das nicht zugelassen. – Um dem ganzen mehr Gewicht zu verleihen, sollte der Geheimdienst in diesen Gebieten den Willen zur Eigenständigkeit stärken. Ein freies Rheinland wäre zwar die schlechtere Lösung gewesen, aber vielleicht später mal einzuverleiben.«

»Wann waren Sie da?« fragte Block.

»Seit dem Waffenstillstand, im November 1918. Wir wurden während der Kriegswirren eingeschleust. Ich hatte deutsche Papiere und gute Kontakte zu Dr. Dorten und zum Bürgermeister von Köln, Herrn Adenauer. Die Separatisten wollten eine Rheinische Republik. Da trafen wir auf offene Ohren. Schon im Dezember war es uns gelungen, in Köln eine erste Versammlung auf die Beine zu stellen. Wir organisierten Druckereien, unterstützten die Separatisten in jeder Art. Auch Anschläge. Natürlich wußten sie nicht, daß wir im Auftrag Clemenceaus handelten. – Später war ich dann im Saarland tätig. Wir haben Volksversammlungen arrangiert, um ein eindeutiges Votum für den Anschluß an Frankriech zu bekommen. Das ist ja auch gelungen.«

Paul Block sah, wie der flache Kahn über das Wasser glitt, sich langsam zu einer Anlegestelle drehte.

»Haben Sie Clemenceau persönlich gekannt?« fragte Block, Zylman schüttelte den Kopf: »Wie kommen Sie darauf, ich war damals eine Hand, wie man das bei uns nennt, eine von vielen Händen.«

»Glauben Sie denn, daß Clemenceau von diesen Vorgängen gewußt hat?«

»Der Tiger liebte das Feuer. Ganz gewiß. Natürlich durfte er während der Friedensverhandlung nichts davon offenbaren, aber er hatte häufiger solche Ideen. Ein Premierminister braucht nur ein Wort zu sagen, und die ganze Sûreté wirbelt durcheinander. Deswegen haben wir ja auch so schnell reagiert, waren schon im Rheinland tätig, als überall noch die Toten gezählt wurden.«

Paul Block überlegte, ob er mit Zylman über Landru sprechen sollte, wenn er wirklich die Sûreté verlassen wollte, dann könnte er ihm wichtige Informationen geben. Aber wenn er eine Falle aufstellte, dann war Block sein nächstes Opfer. So eine Falle saß ziemlich eng.

»Interessieren Sie sich für diese Geschichte?« fragte Zylman unvermittelt.

»Für welche?«

»Ich meine für die Aktivitäten des französischen Geheimdienstes im Rheinland.«

»Ja, sicher. Hatte bisher nichts davon gehört. Ich dachte immer, daß dies eine kleine, wenig erfolgreiche Separatistenbewegung ist, wie sie überall von Minderheiten betrieben wird. Aber es erstaunt mich nicht, daß Clemenceau seine Hände im Spiel hatte.«

»Der Tiger war ein bemerkenswerter Mann. Père-la-victoire, der Vater des Sieges und der Herrscher über seine Untertanen. Bei ihm standen Leute hoch in der Achtung, die die Massen richtig anschreien konnten. Als er in unsere Schützengräben stieg, an der Front, war er viel beliebter als Marschall Foch. Nur wenige wußten, was für ein Autokrat er war.«

Zylman hatte wieder die Sprache gewechselt, es machte ihm offensichtlich Spaß, deutsch zu reden.

»Aber Sie blieben nicht immer eine Hand?« sagte Block, der noch immer aufs Wasser schaute. Der Kahn war festgezurrt, die Fässer wurden ans Land gerollt.

»Nein. Später wurde ich in Paris eingesetzt. Dann war ich in Algerien. Seit '33 bin ich für die deutschen Emigranten zuständig. Ein Kopf, könnte man sagen.«

»Ein Kopf, der nicht mehr denken will?«

»Nein, ein Kopf, der denkt, der seine eigenen Gedanken hat, aber nicht mehr mitspielt.«

Block war immer noch unsicher, obwohl er langsam Vertrauen zu Zylman gewann, schließlich riskierte er auch einiges, und wenn es nur eine Tracht Prügel von ein paar verschreckten Emigranten gewesen wäre.

Zylman sagte: »Ich habe zu Hause einige Unterlagen, die sollten wir holen, damit Sie Ihre Freunde warnen können.«

Rue de Seine, 4. August 1934

Habe die Unterlagen, die Z. mir zugesteckt hat, alle durchgesehen. Er wird es merken, daß ich den Hefter geöffnet habe, aber er war für uns bestimmt. Die Unterlagen sind kaum zu gebrauchen, es sind allgemeine Einschätzungen über Organisationen und Organe der Emigranten, bis auf Münzenberg wird kein Name genannt. Das hätte man sich auch denken können. Mich interessiert eine Kopie eines Polizeiberichtes, die auch in dem Hefter ist:

POLIZEI-REPORT VOM 14. APRIL 1919

Gerüchte besagen, daß Freunde und Unterstützer Clemenceaus erfreut wären, wenn die bürgerlichen Kreise in Panik geraten würden. Ein solcher Geisteszustand könnte dem gegenwärtigen Kabinett nutzen. Je mehr Unsicherheit da sei, desto mehr würden sie nach einem starken Mann (un homme à poigne) an der Spitze der Regierung verlangen.

Ich gehe davon aus, daß Z. von meinen Untersuchungen über Landru weiß. Bis jetzt spielt er noch ein Spiel mit mir. Aber warum sollte er sonst in diesen Ordner einen solchen Brief legen? Vielleicht will er sich erkenntlich zeigen, daß ich ihn bei mir aufnehme. Als wir an seinem Haus waren, mußte ich eine ganze Zeitlang warten. Ich dachte, es sei eine Vorsichtsmaßnahme. Aber es kann auch sein, daß er dieses Schriftstück für mich gesucht hat. Wenn Z. wirklich alles über die Emigranten weiß, dann ist auch meine Anfrage beim Gefängnisdirektor in Versailles auf seinem Schreibtisch gelandet.

»Man hat die Leiche in der Rue Pavée gefunden, direkt vor der Synagoge«, sagte Rosenfelder.

»Wann?« fragte Block, der sich nicht mit der Nachricht abfinden wollte.

»Gegen vier haben sie mich aus dem Bett geholt, aufgeregte Leute, hab ihn gesehen, sofort wiedererkannt. Aber gesagt hab ich nichts. Vorsichtshalber.«

Block insistierte: »Aber du bist dir sicher, daß er es war?«

»Keine Frage, Paul.«

Henryk und Koszyk hatten sich hinter Block gestellt, als Rosenfelder ihm die Mitteilung machte. Die ganze Nacht hatte er auf Zylman gewartet, wollte ihn ausfragen, war sich sicher, daß er tatsächlich die Sûreté verlassen wollte, weil er nicht mehr zusehen konnte, wie Deutsche und Juden in den Tod geschickt wurden, aber Zylman war nicht erschienen.

Block schluckte zweimal, dreimal, er biß die Zähne aufeinander, bis die Kiefern schmerzten.

»Warum hast du ihn verlassen, Paul? Bitte, versteh das richtig, ich mach dir keine Vorwürfe, ich will es nur wissen.«

Block berichtete, daß sie Unterlagen in seiner Wohnung geholt hätten, einen Hefter, er habe ihn in seiner Aktentasche, dann wollte Zylman ein paar Dinge erledigen und sich dann am Abend in der Rue de Seine einfinden. »So war es ausgemacht.«

»Was für Unterlagen?« Die Fragen von Rosenfelder verletzten Block. Er sagte, sie seien interessant im Hinblick darauf, wie der französische Geheimdienst die Emigranten-Arbeit einschätze, aber an konkreten Namen von Personen, die unmittelbar in Gefahr seien, habe er nur den von Willi Münzenberg entdecken können. »Aber ihr solltet selbst da reinschauen.«

Block verließ den Raum, nahm die Gelegenheit wahr, den Fragen Rosenfelders auszuweichen.

Als er mit dem Hefter zurückkam, sagte Rosenfelder: »Dich trifft keine Schuld, Paul, wirklich, nochmal, ich mach dir keine Vorwürfe.«

»Aber ich mir.«

»Das ist die Sûreté. Wer sollte ihn sonst umgebracht haben?«

Henryk meinte, es könne auch sein, daß Zylman die Aufgabe hatte, Unruhe unter die Emigranten zu tragen, damit sie auffälliger handeln und die Polizei dann zugreifen könne.

Koszyk erwiderte: »Dann hätten sie ihn aber nicht umgelegt. Es ist doch der sicherste Beweis, daß er uns tatsächlich warnen wollte, daß er jetzt ...«

Das Telefon klingelte.

Rosenfelder hob den Hörer ab.

Sein Französisch klang immer noch, als sei er gerade erst in Paris angekommen.

»Nein«, antwortete er auf deutsch und hängte ein.

»Das war jemand, der wissen wollte, ob wir André Zylman kennen.«

17

Henryk war außer sich vor Wut, sein schwarzes Kraushaar stand in Flammen, die Augen blitzten.

Koszyk lehnte am Fenster und sah gelegentlich nach draußen, als sei ihm dieser Streit völlig gleich.

Rosenfelder war im Türrahmen stehengeblieben, wollte von dieser Position aus Henryk Mitteilung machen, auch er schien ganz ruhig.

»Wenn wir uns nicht wehren dürfen, wozu haben wir dann geschuftet, bei dieser miesen Bezahlung. Entweder der Artikel wird mitgenommen oder ich steige aus.«

Block konnte sich nicht vorstellen, daß Henryk diese Drohung wahrmachte, wovon hätte er leben sollen.

Das Büro der »Pariser Korrespondenz« glich seit einigen Wochen mehr einer Beschwerdestelle der Emigranten, ständig in Angst, ausgewiesen zu werden. Henryk hatte genug davon und hatte selbst genug Angst: sein Artikel war ein wütender Angriff gegen die französischen Ordnungshüter.

»Also, Maul halten, Augen zu, abschlachten lassen.«

Rosenfelder, dessen kleine Statur kaum die Tür ausfüllte, versuchte zum wiederholten Male seine Position deutlich zu machen, ein Angriff zum jetzigen Zeitpunkt würde nur der Polizei Vorwände liefern, noch härter durchzugreifen.

»Kurt hat recht«, sagte Block, der sah, wie Henryk sich an seine Schreibmaschine klammerte.

Koszyk hatte seine Brille abgenommen und reinigte die Gläser mit einem Zipfel seines ausgefransten Pullovers: »Das ist Quatsch, Henryk, wie wir es schreiben, darauf kommt es an. Was du verfaßt hast, ist bloßer Aufschrei, das kann nach hinten losgehen, wir brauchen eine List.«

»Maulkorb heißt die List«, Henryk hämmerte auf den

Schreibtisch, »wir legen offen, mit welchen Methoden der deutsche Geheimdienst selbst in Frankreich schon operiert, und zum Dank werden wir abgeschoben, heim ins Reich und Kopf runter. Ich kann nicht mehr stillsitzen, wenn ich anfange, meine Tage zu zählen.«

»Henryk hat recht«, sagte Paul Block, der Rosenfelder daran hinderte, die Tür zu seinem Büro zu schließen.

»Der Paul, jetzt hat er es auch begriffen: wir können dazu nicht schweigen.«

»Aber wir können auch nicht reden, Henryk«, Block schnitt ihm das Wort ab.

Es entstand eine Pause.

Die vier Männer versuchten in vier verschiedene Richtungen zu blicken.

Henryk war der erste, der den neuerlichen Schlagabtausch wollte: »Was ist das für eine infame Lüge, wenn ich im Neuen Tagebuch lese, daß die Geschichtsbücher die Völker rühmen, die den Vertriebenen Gastfreundschaft gewähren, weil sie human und weitsichtig sind. Lügen aus unseren Reihen.«

»Das sind keine Lügen, das ist Taktik.« Koszyk hatte die Brille wieder auf der Nase, ganz ruhig in diesem aufgewühlten Meer segelnd.

»Taktik, Versteckspiel, Camouflage, Feigheit«, Henryks Stakkato, »so nenne ich das. Die Franzosen wollen uns loswerden, nicht nur die fetten Nazis aus der Rue de Lille. Das habe ich geschrieben.«

»Aber ich werde nicht zulassen, daß es gedruckt wird.« Rosenfelder trat einen Schritt in die Redaktionsstube. »Das wäre unser Untergang. Da kannst du deine Schreibmaschine auf der Straße aufbauen, wenn du überhaupt noch eine hast.«

Block versuchte zu vermitteln: »Henryk, die bisherigen Ausweisungen nach der Stavisky-Affäre, das waren Betriebsunfälle einer laxen, großzügigen Bürokratie, Einzelfälle, schlimm für die Ausgewiesenen, jetzt bekommt das Methode. Unerwünschter Ausländer. Und dein Artikel zündet ein Feuerchen an, damit die auch sofort erkennen, da sind sie, die müssen wir als erste rauswerfen. Dein Artikel macht aufmerksam, auf die Methoden der bösen Polizei, gut, aber in erster Linie auf uns.«

Henryk sprang auf, riß seine Jacke vom Stuhl, der krachend umfiel, und rannte hinaus.

»Den sehen wir heute nicht wieder«, sagte Koszyk immer noch unbewegt. »Aber morgen«, ergänzte Rosenfelder, drehte sich nach einiger Zeit um und ging in sein Büro.

Es war nicht das erste Mal gewesen, daß sich die Redakteure der »Korrespondenz« angebrüllt hatten, aber diesmal sah es nicht so aus, daß ihre unterschiedlichen Meinungen wieder zusammenkamen. Auch Block mochte dieses Vorsichtigwerden nicht, das stets Rosenfelders Vorgabe war, dieses Zurückstekken, schon bei der Veröffentlichung der Artikel über die »Teutschen«, die Nazi-Vorhut in Paris, hatte er herausgestrichen, ohne seine Redakteure zu fragen. Wie Markwardt beim Berliner Tageblatt. Schien eine Vorliebe zu sein von denen, die sich Verantwortliche nennen, daß sie immer die Hosen voll haben.

Esperia, 10. Oktober 34

In dem Plädoyer des Staatsanwaltes gegen Landru nochmal nachgelesen. Meine Hypothese wird bestätigt: »Wie war eine solche Serie von Verbrechen möglich? Die Untaten von Landru erscheinen so unwahrscheinlich, daß der Justiz kein Spott erspart blieb. Ja, man hat sogar behauptet, es handele sich um ein politisches Manöver, das die Aufmerksamkeit der Bürger von den Verhandlungen des Friedensvertrages ablenken sollte, der vielleicht nicht den Erwartungen der Urheber eines glanzvollen Sieges entsprach? Ich sage: dieser Fall ist eine Folge des großen Dramas, das unser Vaterland erlitten hat, eine Folge der Geißel Krieg. Unsere Dienstleistungen waren durcheinander, unsere Polizei hatte genug damit zu tun, unsere äußeren und inneren Feinde zu verfolgen. Ein Verbrecher, so intelligent wie Landru, wußte diese Schwächen des Systems zu nutzen.«

Paul Block fröstelte, als er nach dem Kino nach Hause ging. Diese Leinwandproduktionen lassen selbst das Unwahrscheinlichste wahrscheinlich werden, nur weil man es schwarz auf weiß sieht. Er hatte sich den Film »Le bonheur« angesehen: ein Anarchist schießt auf eine Film-Diva, die verliebt sich in ihn, will sein Schicksal verfilmen, und er verläßt sie. Nicht mehr die Politiker werden von Anarchisten verfolgt, sondern die neuen Stars. Eine Schnulze, aber die Morley war eine schöne Frau, das mußte Block zugeben.

Auf der anderen Seite der Rue St. Denis sah er Victor Arnell, in Begleitung von zwei dunkelhäutigen Frauen. Seit Wochen hatte er versucht, ihn zu erreichen, aber bei der »Humanité« hatte es immer geheißen, daß er gerade seinen Schreibtisch verlassen habe, zu Tisch sei, aber im nächsten Moment hereinkommen müsse. Irgendwann hatte Block es aufgegeben.

Er rief über die Straße.

Arnell blieb stehen.

»Willst du eine, Paul? Sind beide große Klasse.«

»Du spinnst. Was. Ich rufe an, nein, er ist nicht da. Victor, warum versteckst du dich?«

Block hatte große Lust, ihn zur Rede zu stellen, ganz gleich, wer ihnen dabei zuhörte.

»Ich kann jetzt nicht. Ruf mich morgen an.«

»Damit ich wieder zu hören kriege: ist gerade nicht an seinem Platz.«

Victor Arnell löste die doppelte Umarmung und kam einen Schritt auf Block zu: »Also gut, ich sage dir, was los ist. Aber dann mußt du mich in Ruhe lassen. Ich habe versucht, die Adresse des Friseurs Papillon, du weißt schon, der ihm die Haare ... Ich hatte keinen Erfolg, habe alles abgegrast, der Mann ist spurlos verschwunden. Mir ist das peinlich, Paul, damit wollte ich nicht wieder auftauchen, ist ja nicht grade ein Ruhmesblatt.«

Paul Block spürte sofort, daß Arnell ihn anlog. Er hätte gerne gewußt, warum er das tat, aber Arnell versteckte sich bereits wieder in den Armen der dunkelhäutigen Huren.

»Ich ruf dich an, Victor.«

»Du sollst mich in Ruhe lassen, Paul. Warum begreifst du das nicht?« Block konnte sich nicht erklären, was diese Aufforderung bedeutete.

Er trennte Victor von den beiden Frauen und zog ihn ein paar Meter weiter. Der französische Journalist ließ es geschehen, weil er keine Chance sah, gegen den deutschen Vierschröter anzukommen. »Keine Spiele mit mir. Was ist geschehen?«

»Hab doch schon gesagt.« Victors Stimme hatte vorher mutiger geklungen.

»Quatsch, Victor. Der Grund? Ich versuch dich wochenlang zu erreichen, und du sagst eurer Telefonzentrale, daß du für mich nicht zu sprechen bist. Das hat einen Grund. Den will ich jetzt hören, sonst muß ich heftiger werden.«

Block hatte Victors Jacke fest im Griff, wenn er sich rührte, konnte er das feine Geräusch von ausreißenden Nähten vernehmen. »Ich, ich . . .«, mehr war nicht aus ihm herauszukriegen.

»Was? Komm, Victor, du bist doch mein Freund.« Obwohl es gar nicht so aussah in diesem Moment.

Macht der Film einen so stark, dachte Block, der plötzlich selbst über sich erschrak, aber er war dabei, einen Freund zu vertrimmen, nur weil er ihn anlog, da hätte er jeden Tag jemand vertrimmen müssen, das sind die starken Sätze des Anarchisten aus »Le bonheur«.

Er ließ Arnells Jacke los.

»Sie haben mir verboten, weiter an dieser Sache zu recherchieren.« Dann rannte er weg.

»Wer?« schrie Block hinter ihm her.

Esperia, 19. Oktober 34

Moro-Giafferi hat in seiner Verteidigungsrede im Versailler Prozeß einen Hinweis gegeben, dem ich nachgehen muß: »Glauben Sie mir, wenn Landru diese Frauen getötet hätte, dann hätte man bei ihm nicht diese belastenden Notizbücher gefunden, nicht diese Möbel, nicht diese Kleidungsstücke. Kennen Sie nicht das eine Merkmal von Delinquen-

ten, bei denen man eine solche Ansammlung von Personaldokumenten findet? Ich kenne welche. Es sind Frauenhändler, Händler mit menschlichem Fleisch. Eines ist sicher: alle Frauen hatten mit ihren Familien gebrochen, alle kündigten ihre Abreise ins Ausland an. Nun haben Sie ein Augenmerk auf folgendes: immer 2 Monate lang hat sich Landru bemüht, den Familien vorzugaukeln, die Frauen würden wieder auftauchen, das ist genau so lang, wie man braucht, um nach Brasilien zu gelangen. So handelt ein Mann, der im Einverständnis mit den Frauen ihnen den Rückzug gedeckt hat. War Landru ein Frauenhändler, oder hat er mit solchen zusammengearbeitet? Ich weiß es nicht.«

Es war nicht schwer, den Kollegen Pétain vom »Echo de Paris« zu imitieren, weil er ein leichter Lispeler war, und dieser Sprachfehler würde sogar Blocks nicht ganz lupenreines Französisch überdecken.

Seit Stunden war Block damit beschäftigt, die Anfrage zu formulieren, sie mußte präzise sein, direkt, ohne Umschweife, sie mußte keine Gegenfrage erlauben. Block wollte wissen, wann Landru das Land verlassen habe. Er durfte auf gar keinen Fall zu erkennen geben, daß er seine Information von einem Dritten hatte. Das würde Belin schon selbst herausfinden, daß der Mann vom »Echo« vielleicht mit diesem Deutschen Block gesprochen hatte, aber er durfte das auf keinen Fall bestätigen. Block sprach die wenigen Sätze, probierte sie, hörte sich selbst ab, verstärkte den S-Fehler, schwächte ihn wieder ab, ließ einen Artikel weg, um dem Satz mehr Schwung zu geben. Er wußte, daß Pétain kein besonders gutes Verhältnis zur Sûreté hatte, denn er hatte im letzten Jahr geheime Militärinformationen veröffentlicht. Aber deswegen hatte Block diese Rolle gewählt, das machte seinen Anruf nur glaubwürdiger.

Seit er die Wohnung in der Rue de Seine vermietet hatte, um zusätzlich zu seinem schmalen Gehalt bei der »Korrespondenz« einen Verdienst zu haben, lebte er wieder im Zimmer 11 des Hotels »Esperia«. Es war ihm sogar gelungen, mit dem Direktor eine wesentlich niedrigere Pauschale auszuhandeln.

In der Nacht schlief Block sehr schlecht. Beinahe jede Stunde wachte er auf, mal den ganzen Plan verwerfend und die Recherche im Fall Landru für immer beendend, mal wie im Fieber die eingelernten Sätze wiederholend. Er hätte Andrea gerne seine Rolle vorgespielt. Ihre Briefe, die in regelmäßigen Abständen von zwei Wochen eintrafen, waren wie abgelegte Kleidungsstücke, altmodisches Aussehen, aber immer noch zu gebrauchen. Sie kündigte ihre Rückkunft in Paris schon lange nicht mehr an, forderte Block auf, sie in Berlin zu besuchen. Welche Naivität!

Am nächsten Morgen ging er schnell ins Bistro, um sich mit drei Express wach zu machen. Er wußte, daß so früh niemand in der Redaktion war. Sein letzter Gedanke, bevor er die Nummer des französischen Geheimdienstes wählte, war: wenn du den Anruf nicht machst, kannst du gleich aufgeben. Wie Victor.

Block hatte sich eine Hürde errichtet, die es zu respektieren oder zu überspringen galt.

»Hier spricht René Pétain, vom ›Echo‹. Sie werden sich an mich erinnern, commissaire. Ich gehe einer Sache nach, die Sie vor Jahren selbst sehr beschäftigt hat. Wahrscheinlich haben Sie sogar eine äußerst wichtige Rolle dabei gespielt. Es handelt sich um den Fall Landru. Können Sie mir sagen, wann Henri-Désiré Landru Frankreich verlassen hat?«

Die Verbindung hatte außerordentlich schnell geklappt, Belin war also ein Frühaufsteher bei der Sûreté. Während Block die oft wiederholten Sätze sprach, spürte er, wie langsam seine Aufgeregtheit wich.

»Eine interessante Frage, Pétain. Haben Sie einen kleinen Racheakt vor?«

»Nein, Monsieur le commissaire, es ist eine ernsthafte Recherche.«

Belin lachte, erst kurz meckernd, dann ausführlich breit. »Sie sitzen einem Spinner auf. Sagen Sie, Pétain, das ist dieser Boche, was? Hat er Ihnen auch diese Geschichte erzählt? Er läuft in ganz Paris rum.«

»Das tut hier nichts zur Sache, denke ich.«

Block wollte die Ablenkungsmanöver von Belin gar nicht zur Kenntnis nehmen. Er freute sich, wie gut seine Lispelei funktionierte.

»Es ist keine schlechte Frage, Pétain. Da haben Sie recht. Aber das wissen Sie ja selbst.«

»Wollen Sie die Frage denn beantworten: wann hat Landru Frankreich verlassen?«

»Sehen Sie, Pétain, wenn ich Ihnen nun etwas dazu sage, dann kann ich es morgen in Ihrer Zeitung lesen, wenn es mir nicht gelingt, Ihren Chef rechtzeitig zu warnen. Und dann, was passiert dann? Wackelt mein Stuhl? Ich glaube nicht. Aber es wird Unannehmlichkeiten geben. Ärger. Also das will ich nicht. Verstehen Sie das, Pétain?«

»Ich bin nur an einem Datum interessiert, Monsieur le commissaire, das ist es, was ich verstehe.«

»Sie sollten sich nicht mit so vielen Spinnern abgeben. Sie haben schon einmal, mein lieber Pétain, so arg danebengegriffen. Ich sage Ihnen das in aller Offenheit. Das ›Echo‹ ist mir immer eine liebe Zeitung gewesen. Aber ich weiß auch, daß ich Sie als Leser nicht interessiere, wenn Sie eine große Offenbarung über Landru machen wollen. Ich werde das zu verhindern wissen, Pétain, haben Sie mich verstanden?«

Block räusperte sich: »Wie wollen Sie es verhindern, Belin, so weit reicht Ihr Arm nicht?«

Belin meckerte ein Lachen: »Haben Sie eine Ahnung, Pétain, da zucke ich mal kurz mit der rechten Hand und Sie sitzen hinter Gittern.«

Block dachte daran, daß Pétain in den nächsten Tagen nichts zu lachen hatte: »Ist das eine Drohung?«

Belin brüllte in den Fernsprecher: »Selbstverständlich, Pétain.« Block bedankte sich für die kleine Morgenunterhaltung, hängte ein. Jetzt erst entdeckte er, daß Rosenfelder den Raum betreten hatte.

»Aha, der Kollege Block mal wieder auf Mördersuche, und

alles im Dienst.« Rosenfelder nahm seinen Wollschal und wikkelte ihn um Blocks Hals, zog ihn nach oben.

»Ein letzter Versuch, Kurt. Mehr nicht.«

»Mit wem?«

»Mit jemand von der Sûreté. War ganz offen. Hat mir gedroht. Aber ich war nicht ich, sondern Pétain vom ›Echo‹, hast du mal kennengelernt, im ›Deux Magots‹, als er sich unter Emigranten umhörte, um wieder einen von seinen Schweineartikeln zu schreiben.«

Block zog den braunen Schal von seinem Hals, er kratzte gemein, und warf ihn Rosenfelder zu.

»Paul, das sind doch Kinkerlitzchen. Nicht? Jede simple Presseparole, die in Berlin zur totalen Beachtung durch die Reichspresse ausgegeben wird, hat mehr Bedeutung als diese Landru-Sache. Jedenfalls, wenn ich richtig verstanden habe, was ich davon gehört habe. Das ist Kleinkram, lenkt nur ab.«

Rosenfelder hatte die Tür zu seinem Büro geöffnet: »Wir werden bald wieder heizen müssen.«

Esperia, 1. November 34

Der Anpfiff von Rosenfelder hat mich getroffen. Vielleicht hab ich mich verrannt, zu lange auf den gleichen Punkt gestarrt und deswegen das Ganze aus dem Blick verloren. Aber Landru ist ein Exempel, wie es gelingen kann, die Öffentlichkeit zu divertieren. In dem Wort steckt zugleich: Unterhaltung und Ablenkung. Schon die Presseparolen des Hinkekopfes Goebbels bauen auf diesem Modell auf. Sie erfinden gute Nachrichten, um schlechte zu vertuschen. Hätte es zu Zeiten Landrus schon den Volksempfänger gebeben, wäre das Ablenkungsmanöver weitaus wirksamer gewesen. Wer kann sagen, ob Clemenceau es geschafft hätte, an der Macht zu bleiben?

18

Es war alles ganz schnell gegangen. Ein paar harte Schläge in die Magengegend, drei, vier Tritte mit Lederstiefeln, ein Absatzstoß in die Nieren, an soviel konnte er sich erinnern, und an die Worte: »Schlag ihn tot, die Judensau.« Sie hatten ihn abgefangen, auf dem Heimweg von der Redaktion, es war wieder spät geworden, er war zu müde, sich zu wehren, wie ein Punching-Ball hatte er sich schlagen lassen, nicht mal den Versuch gemacht, eine Hand zu heben, und einer hatte gesagt: »Gib's ihm!« Wenn er die Rivoli gegangen wäre, und nicht die dunklere Rosiers, wäre ihm das nicht passiert, vielleicht hätten die braunen Schläger sich nicht getraut, aber sie hätten ihn erwischt, irgendwann, bestimmt an einem der nächsten Tage. Dabei hatte doch Henryk diese Geschichte geschrieben. Sie mußten ihn wiedererkannt haben. Der Besuch als Herr von Senckenberg. Im Judenviertel zusammengeschlagen, religionsgemäß. Vier Rippen gebrochen, drei faustgroße Blutergüsse, eine lange Platzwunde über der Augenbraue. Maßarbeit, mußte genäht werden. Ein deutscher Denkzettel, mit dem Hinweis aufs nächste Mal.

Paul Block saß in seinem Bett, ohne sich zu rühren, jede Bewegung schmerzte. Die schlimmsten Vorstellungen und Vorwürfe machte er sich, weil er sich nicht gewehrt hatte. Ganz gleich, wie viele Angreifer es waren, ganz gleich, daß alles so überraschend, so blitzschnell passiert war, er hatte sich verprügeln lassen. Nicht, daß er eine Geschichte erzählen wollte, wie er dagegen gehalten hatte, er wollte auch keine Heldenfigur imitieren, aber so völlig ohne Gegenwehr, er hatte nichtmal aufgeschrieen. Sie würden ihn fragen, er sah schon das Gesicht von Koszyk, der ihm recht geben würde, was soll man sich da auch wehren, aber insgeheim dachte er, was für ein Feigling, oder

Henryk, der sofort seiner Wut freien Lauf gelassen hätte. Krystyna würde den Kopf schütteln, so ein großer Mann, und so kraftlos. Ein paarmal hatte Block überlegt, was er sagen sollte. Wie viele waren es eigentlich gewesen, daran konnte er sich nicht erinnern.

Diese Angst vor der körperlichen Gewalt steckte tief, hatte Vorgeschichte, die ihm nach und nach deutlicher wurde. Er konnte sich genau an die vier Ohrfeigen seines Vaters erinnern. Strafen im Verlauf von 16 Erziehungsjahren. Jede einzelne Situation konnte er zurückholen, als sei sie gestern gewesen. Fast genauer als die Prügel vor ein paar Tagen. Einmal war er einem Boxkampf entgangen, der sich in einer Berliner Kneipe anbahnte. Bei Demonstrationen hatte er stets die hinteren Reihen bevorzugt, ohne eine Bewunderung für die zu verspüren, die in den ersten Reihen gegen die Staatsgewalt vorgingen und dafür Prügel einstecken mußten. Er war unangetastet geblieben, unverletzt. Als Kriegsberichterstatter hatte er zwar alles gesehen, was einer gesehen haben muß, um die Gewalt zu verachten, aber selbst hatte er nichts abbekommen. Er konnte nur lachen über die Jounalisten in der Branche, die mit einem kräftigen Schmiß im Gesicht andeuteten, was für Kerle sie waren, Mitleid für ihre Selbstverstümmelung empfand er nicht.

In den Betten, die in dem nach Lysol stinkenden Raum standen, lagen Männer, die schwerer verletzt waren, da fehlten Körperteile. Es war eine merkwürdige Stimmung, zynisch, distanziert, Hauptsache, sie hatten es überlebt. Man würde den Frauen schon noch zeigen können, daß sie es mit einem Mann zu tun hatten. Nachts dann das Stöhnen, Wälzen in den Betten, Röcheln, das Block nicht schlafen ließ, er döste vor sich hin, war dann wieder hellwach, um anschließend in einen nur Minuten währender Kurzschlaf zu fallen.

Es waren die Träume, die Block immer wieder in die Realität zurückholten, die Halbwachzeiten waren am erträglichsten. Es tauchte der Kopf von Landru auf, das vollbärtige Gesicht, die punktgleichen, schwarzen Augen, als ausgemergelte Fratze, als aufgeblasenes Fettgesicht, als langgezogene Grimasse, als weißgeschminkte Clownmaske. Nur der Kopf. Manchmal lachte er im Korb unter der Guillotine.

Rosenfelder hatte ihn gleich am ersten Tag besucht, hatte bereits mit dem Professor gesprochen, sechs Wochen würde es schon dauern, die Weihnachtsausgabe, er müsse Verständnis haben, daß sie bereits einen neuen Mann in die Redaktion genommen hätten, sei als Unterstützung sowieso nicht schlecht, aber Block solle sich darüber im klaren sein, sobald er wieder auf den Beinen stehe, sei auch sein Stuhl wieder frei. Rosenfelder wollte bei dem Professor erreichen, daß Block in einen Raum mit weniger Betten gelegt würde, er sehe ja fürchterlich übernächtigt aus.

Koszyk war mit Krystyna nach Arbeitsende gekommen; sie hatte ihm Petit fours mitgebracht, Koszyk die letzte Ausgabe der »Pariser Korrespondenz«, damit er seine Arbeit auch zu sehen bekomme. Krystyna hatte sich neben ihn gesetzt, ihm vorsichtig die schweißige Stirn gewischt, seine linke Hand umfaßt und wieder und wieder langsam gestreichelt, während Koszyk zu großen Reden ausholte, als müßte er in dieser Stunde mal die gesamte Problematik der Emigration im allgemeinen beleuchten. Überraschend endete er seinen Vortrag mit dem Satz: »Wäre schön, wenn Andrea jetzt da wäre.«

Block zuckte zusammen, entzog Krystyna seine Linke, stotterte seinen Dank für den Besuch und meinte, er müsse sich ein bißchen schlafen legen, weil er nachts so wenig dazu komme. Krystyna versprach ihm, am nächsten Tag wiederzukommen. Sie hielt ihr Versprechen.

Henryk hatte sich eine Woche nicht blicken lassen, was Block erst bemerkte, als er wieder gegangen war. Henryk wollte wissen, wie es geschehen war, ganz präzise, alles, woran sich Block erinnerte, als wollte er die eingefangenen Schläge selbst an sich spüren. Dann war die Frage gekommen, und Block hatte nur gesagt: »Ich hatte keine Chance, mich zu wehren, es waren mindestens vier Nazis.« Henryk hatte gestutzt, gefragt, ob er sich da sicher sei. »Kann ja sein, daß sie mich in das Bett hier nebenan bringen.«

Seine Späße hatten Block gefallen. »Trotzdem, vielen Dank, daß du die Schläge für mich eingesteckt hast.«

Paris, den 12. Dezember 34

Liebe Andrea!
Schönen Dank für Deine letzten beiden Briefe, ich weiß, ich bin säumig mit den Antworten, aber es waren soviele Dinge zu erledigen, die Arbeit an der PK ist wie ein Moloch, und dabei sind die Resultate oft so kläglich. Paris hat wieder seinen Wintermantel angezogen.

Ich selbst bin seit meinem Umzug ins ›Esperia‹ auch nicht mehr so rührselig. Es war ganz gut, unsere gemeinsame Wohnung so lange zu vermieten, bis Du wieder bei mir bist. Außerdem kann ich die Miete als Zubrot ganz gut gebrauchen. Bitte, verstehe diesen Satz nicht falsch, ich leide keinen Mangel und möchte auch keine Geldzuweisungen haben!! Die Landru-Sache ruht mal wieder, nachdem ich einen wesentlichen Schritt nach vorne getan habe. Aber darüber lieber mündlich etwas, wenn Du wieder an Ort und Stelle bist. Ich frage mich manchmal, ob ich überhaupt zu etwas anderem tauge als zum Schreiben, denn schließlich gibt es tausendundeinen anderen Beruf, den man ausüben kann. Vielleicht sollten wir beide darüber sprechen. Außerdem fände ich es gut, wenn wir mal gemeinsam etwas beginnen würden. Es ist schon spät geworden und morgen muß ich wieder früh in die Redaktion. Ich träume jetzt schön von Dir. Viele Umarmungen.
Dein Paulino.

Das Krankenzimmer hatte sich vor Weihnachten jeden Tag weiter geleert, die Familien waren gekommen, um ihre Männer fürs Fest nach Hause zu tragen, nur in einem Bett auf der anderen Seite des Raumes lag einer, den Block bisher noch nicht gesprochen hatte. Die Krankenschwester hatte ihm bestätigt, daß der alte Mann, dem beide Beine fehlten, noch lebte. »Und Sie wollen uns Gesellschaft leisten?« hatte sie gefragt. Krystyna war mit zwei Flaschen Rotwein gekommen, einer ganzen Poularde, die sie aus vielen Umhüllungen auswickelte. Weihnachtsgebäck. Sie hatte sogar Teller und Besteck dabei. Eine Zeitlang blieb die Krankenschwester bei ihnen, bis sie in anderen Sälen Hilferufe vernahm.

»Ich lerne gut französisch hier, alle die Ausdrücke, die man sonst nicht zu hören bekommt, vielleicht ein bißchen speziell übers Leiden, über Schmerzen, aber das kann ich auch gebrauchen.«

Paul Block hatte keine Lust mehr, im Bett zu liegen, aber jedesmal, wenn er sich gerade setzen wollte, gab ihm sein Körper ein unmißverständliches Zeichen, das er sofort verstand. »Und dabei wollte ich mit Max Silvester feiern. Ich muß ihm schreiben, das hat keinen Zweck, hier drinnen schon gar nicht.«

Krystyna hatte von ihrem Besuch in der Sowjetunion erzählt, von Moskau, Leningrad, von den Kollektiven, von den endlosen Sitzungen der internationalen Komitees, von Organisationsaufgaben und Pflichterfüllung, von Funktionären, die nicht mehr wußten, was sie funktionieren lassen sollten, und Ordnungsfanatikern, die alle Mühe darauf verwandten, andere in Ordnungen zu pressen. Sie hatte von ihrer Euphorie berichtet, von den ungeheuren Illusionen, von den großen Träumen und den langsamen Erfolgen, von den Rückschlägen und der Resignation, von der täglichen Arbeit, die sie für wichtig hielt. Ihr Lebenslauf lag wie ein Fluß vor ihm, und er wußte nicht, ob er darin schwimmen wollte.

»Du hast ja noch gar nichts von der Mousse probiert, Paul, das ist das erste Mal, daß ich eine gemacht habe. Die mußt du probieren. Du bist doch weit und breit der einzige Kenner von Mousse au chocolat.«

Paul Block dachte an sein Tagebuch, das im Hotel Esperia im Wäscheschrank zwischen seinen Unterhosen ruhte. Wie gerne hätte er es jetzt bei sich, aber er wollte nicht, daß der Überbringer einen Blick hineinwarf. Vielleicht, wenn Max doch kam, dann könnte er ihn beauftragen.

Der Rotwein war ausgezeichnet. Die zweite Flasche wurde lautstark entkorkt. Das Echo vom hinteren Bett war ein leichtes Husten.

Krystyna erschrak. Leise schlich sie sich zu dem Bett, blieb lange davor stehen. Kam zurück und sagte, daß der Mann schlafe.

Sie legte sich neben Paul.

»Wir sind zwei richtige Weihnachtsmenschen«, sagte sie und drückte ihm das gefüllte Weinglas in die Hand.

»Warum?« fragte Paul Block, der genau wußte, worauf Krystyna anspielte, aber sich nicht an dieses Zusammentreffen vor einem Jahr erinnern wollte. Soll sie doch sagen, warum sie damals plötzlich so abweisend war! Und außerdem, was war mit Henryk? Block stellte fest, daß er eifersüchtig war.

Krystyna beantwortete seine Frage, indem sie ihre Hand langsam unter die Bettdecke gleiten ließ und sein Glied berührte. »Krystyna«, sagte Block ein wenig ermahnend.

»Wir sind doch allein. Und ein Bett haben wir auch.«

Es war eine angenehme Berührung, die da unter der Bettdecke stattfand. Block hatte seinen Arm um sie gelegt, in der anderen Hand hielt er das Glas. Er küßte sie aufs Haar, sie drehte ihr Gesicht mit jedem Kuß weiter zu ihm.

Mit großer Geschicklichkeit entließ sie das gestraffte Glied aus der Schlafanzughose und rieb es behutsam liebkosend. Die Küsse wurden heftiger.

»Komm«, sagte sie leise. Und Block folgte ihrer Aufforderung. Lange lagen sie nebeneinander, entspannt.

Die Krankenschwester, die in der Tür auftauchte, sagte: »Sie können gerne hierbleiben, die Betten sind ja frei.« Dann war sie leise verschwunden.

Krystyna blieb neben Paul liegen, der sich nicht rührte. Er hatte Angst vor plötzlichem Schmerz.

»Meinst du, sie hat was gemerkt?« fragte er.

»Hoffentlich hat sie es gemerkt. Und merkt es sich auch«, antwortete Krystyna und schüttelte ihre langen, weißlichen

Haare, »gestern fragte sie mich, ob wir denn schon lange zusammenleben würden? Ich habe nur gesagt: Ja.«

Dann stand sie auf, räumte die Teller aus dem Bett, verstaute alles in ihrem Korb. »Ich komme morgen wieder.« Sie gab ihm einen Kuß auf die Nasenspitze.

Paul Block bat sie, im Hotel Esperia vorbeizugehen und sein Tagebuch mitzubringen. Über das Versteck mußte Krystyna lachen: »Dann komme ich erst wieder, wenn ich alles gelesen habe.«

Berlin, den 19. Dezember 34

Lieber Paulino,
schönen Dank für Deine wunderschönen Briefe. Die hebe ich mir alle auf. Natürlich mache ich später mal ein rosa Schleifchen drum, weil es ja meine einzigen Liebesbriefe sind, die ich je bekommen habe. Berlin ist saukalt, unerträglich, ich kann das Haus kaum verlassen. Hoffentlich bekommst Du diesen Brief noch vor Weihnachten. Es ist das erste Mal, daß wir es getrennt verbringen, seitdem wir uns kennengelernt haben. Aber, das möchte ich Dir versichern, es ist gewiß das letzte Mal. Seit Tagen denke ich wieder an die Abreise, obwohl es mir hier so gut geht. Die Freunde fragen immer nach Dir. Natürlich sind nicht alle mit Deiner Arbeit einverstanden, aber keiner würde Dich deswegen verachten. Sie respektieren, daß Du eine andere Meinung hast. Hilbich sagte, daß Du, wenn Du selbst in Berlin wärst, mehr Einblick hättest, was wirklich im Reich vorgeht, da würde Dein Urteil bestimmt nicht so einseitig ausfallen, schließlich sind inzwischen Millionen wieder in Lohn und Brot. Wenn ich vorsichtig frage, was sie hier wissen, von Ossietzky und Mühsam und den vielen anderen, die im Gefängnis sitzen, dann zucken sie immer nur mit den Schultern, politische Gefangene habe es immer schon gegeben, auch in den besten Demokratien. Ich glaube, sie machen sich etwas vor. Wenn ich ihnen sage, daß Du ganz andere Informationen hättest, bekomme ich zu hören, daß da vieles aufgebauscht würde, um Stimmung zu machen. Ich kann das nicht entscheiden, hier geht das Leben ohne all das weiter. Inzwischen hat Berlin sogar wieder etwas von dem Glanz, besonders, wenn es neue Filme gibt. Aber die sind alle ganz schrecklich kitschig.

Lieber Paulino, ich mache hier nicht Schluß, ohne Dich ganz lieb in den Arm zu nehmen
wir sehen uns
Deine Andrea.
PS: ein schönes Jahr 1935!!

»Woher weißt du das?« Block packte Henryk am Arm.

»Meine Verbindungen haben mir das gesagt.«

»Seit wann?«

»Ich habe es heute morgen erfahren. Gustav hat es weitergeleitet. Deswegen bin ich gleich gekommen.«

Einen Augenblick zögerte Block, dann hob er seine Beine aus dem Bett. »Ich muß versuchen, mit ihr zu sprechen.«

»Wie willst du das machen?«

Block schob Henryk beiseite, zog den Koffer, den man ihm gebracht hatte, unterm Bett hervor und begann sich anzuziehen.

»Ich bin wieder auf den Beinen, keine Sorge.«

Wenn das stimmte, was Henryk sagte, dann bedeutete es, daß Andrea in großer Gefahr war. »Hier lies!« er gab Henryk ihren letzten Brief. Seit Weihnachten hatte sie nicht mehr geschrieben.

»Vielleicht hat die Zensur den in der Hand gehabt«, sagte Henryk leise. Er faltete den Brief und gab ihn Block zurück.

»Monsieur Block, das ist auf eigene Gefahr«, sagte der Professor, als Block sich verabschiedete, »keine großen Aufregungen, keine heftigen Bewegungen. Aber das spüren Sie ja selbst.«

Es war ein großes Hallo in der Redaktion der »Pariser Korrespondenz«, als Paul Block mit Koffer und Vollbart im dicken Mantel, ganz blaß, erschien. Henryk hatte ihn untergefaßt. Der neue Mann war sehr jung, er sprach Block auf französisch an, die Sprache, in der er für die »Korrespondenz« arbeitete. Block sagte, ein paar Tage brauche er noch für seine Rekonvaleszenz.

Sie saßen in Rosenfelders Büro und warteten auf die Leitung nach Berlin. Block hatte die dicke Weihnachtsausgabe überflogen, seinem neuen Kollegen ein großes Lob ausgesprochen und den anderen auch. Krystyna war gekommen, von ihrer täglichen Organisationsarbeit einen Stock höher, hatte Block umarmt, geküßt, sich neben ihn gesetzt.

Rosenfelder erzählte, was Gustav ihnen von der Wahlkampf-Schlacht an der Saar berichtet hatte. Für Block war diese Abstimmung ein deutliches Zeichen, daß die Faschisten jetzt über die Grenzen gingen. Die Macht im Lande hatten sie fest in der Hand. Die anderen widersprachen, Saarland, das sei eine wakkelige Sache, alle in Paris hofften auf einen Denkzettel, den die Deutschen verpaßt bekommen: wer will denn heim in dieses Reich? Block hatte sie Illusionisten geschimpft. Mitten im Streit klingelte das Telefon.

Es war Andrea.

Block fragte, wie es ihr gehe.

»Gut«, sagte sie.

Die anderen standen um Block, ganz dicht, versuchten etwas zu erlauschen.

»Andrea, hattest du eine Vorladung?« fragte Block direkt, er mußte sich dazu zwingen. Zum ersten Mal hörte er ihre Stimme wieder, seit Monaten hatten sie nicht miteinander gesprochen, und jetzt diese Frage.

Nach kurzer Pause antwortete sie: »Nein, wie kommst du darauf? Was für eine Vorladung, Paul? Ich verstehe nicht.« Block setzte neu an.

»Bist du gefragt worden, über mich, meine ich?«

»Alle fragen nach dir.«

»Andrea, bitte, bist du von der Gestapo nach mir gefragt worden, verhört worden?«

Block wußte, daß es nicht ungefährlich war, diese Frage am Fernsprecher zu stellen, aber er wollte Gewißheit haben, wollte Andrea helfen, wenn er konnte.

Keiner der Umstehenden atmete.

»Nein, Paul.«

Die Antwort war kurz.

»Wann kommst du?« fragte er.

»Bald, Paulino, ganz bald.« Ihre Stimme klang wie Eisen, wenn es mit Stahlmessern geschnitten wird, aber das konnte an der Verbindung liegen.

»Falscher Alarm«, sagte Rosenfelder, als Block sich verabschiedet hatte.

»Das glaube ich nicht«, Henryk widersprach, »meine Quelle würde so etwas nicht erfinden.«

»Dann hat sie Angst zu sprechen, kann ich auch verstehen«. Rosenfelder setzte sich hinter seinen Schreibtisch. Sie sprachen über seinen Kopf hinweg. Block wurde es immer deutlicher, während Henryk schon wieder über die Saarabstimmung sprach. Andrea kommt nicht nach Paris zurück. Sie hat sich entschieden. Er nahm die Überlegungen der anderen kaum wahr.

Hotel Esperia, 8. Januar 35

Ich habe in meinem Tagebuch geblättert, seitdem sie fort ist, habe ich nicht ein Mal ihren Namen erwähnt. ANDREA — jetzt schreibe ich ihn hin, ANDREA, ANDREA, ANDREA, sie hat den leisen Abgang gewählt. Kein Abschied hat sie gesagt, als sie nach unserem Urlaub gefahren ist. Keine Trennung, und dabei ist es eine unaufhörliche Trennung. Obwohl sie anders spricht, ich habe sie genau verstanden. Mir ist der Name geblieben, die Erinnerungen, ein paar Bilder, nicht viel.

19

Das Buch von Jean Nortan war ein Schock und eine Arbeitserleichterung zugleich. Mehr als zehn Jahre nach der Hinrichtung Landrus hatte ein französischer Kollege zusammengestellt, was es über den Frauenmörder an Erkenntnissen gab.

Für Nortan bestand kein Zweifel, daß er tatsächlich diese Frauen umgebracht hatte.

Paul Block war zu früh aus dem Krankenbett aufgestanden, sein Zustand war der eines angeschlagenen Boxers, der taumelnd versucht, Standfestigkeit zu gewinnen. Er saß in Decken eingehüllt in seinem Hotelzimmer und las. Sein Kopf glühte im Fieber. Landru wurde im April 1869 geboren, war Sohn eines Hüttenarbeiters und einer Näherin. Sein Vater beging 1912 Selbstmord, angeblich aus Sorge um seinen Sohn Henri-Désiré, der bereits mehrfach straffällig geworden war. Dabei hatte sein Leben so geregelt in einer Klosterschule in der Rue Bretonvilliers angefangen, ein guter Schüler, der sich sogar als Chorknabe und späterer Meßgehilfe auszeichnete. Er hatte die technische Laufbahn eingeschlagen, war in einem Architektenbüro angestellt, aber unstet, immer auf der Suche nach besseren Arbeitsmöglichkeiten, vielleicht auch, weil seine Chefs nicht zufrieden mit ihm waren, er arbeitete als Buchhalter und Verkäufer.

Nortan berichtete von einem Vorfall, der Landru wesentlich geprägt haben konnte: Im Jahr der Pariser Weltausstellung machte Landru eine Erfindung auf technischem Gebiet, die ihm mit List weggegaunert wurde. Seit dieser Zeit trat ein Wandel in seinem Charakter ein, sieben Mal wurde er verurteilt wegen Betrügereien unbedeutender Art. Er verkaufte ein Fahrrad, das ihm gar nicht gehörte, und eine Garage, die er erworben hatte, ohne dem rechtmäßigen Besitzer einen Sous zu zahlen.

Auf »seinem« Gebiet der Heiratsschwindelei machte er

schon vor dem Krieg erste Erfahrungen. Er schrieb Madame Izoré zärtliche Briefe und erleichterte sie dann um 10 000 Francs. Dieser Betrug brachte ihn für mehr als zwei Jahre hinter Gitter. Der Garagen-Schwindel hätte ihn für weitere vier Jahre ins Gefängnis gebracht, aber Landru tauchte im Juli 1914 unter.

Es klopfte an der Tür.

»Entrez,« rief Block, ohne sich umzudrehen, er erwartete das Stubenmädchen, das um diese Zeit das Bett aufschüttelte.

Es war Rosenfelder, der sich seit der Schlägerei fast väterlich um ihn kümmerte. Diesmal brachte er ein halbes Fläschchen Cognac mit.

»Paul, was machen die Rippen? Wenn Gott gewußt hätte, daß man die so schnell brechen kann, hätte er sie bestimmt etwas widerstandsfähiger gemacht.«

Block klappte das Buch zu.

Rosenfelder sah auf den Titel.

»Ich brauche ja nicht lange zu raten, womit du dich beschäftigst. Liest du auch gelegentlich eine deutsche Zeitung, ich lasse jeden Tag einen Schwung zum Portier schaffen, ich meine, damit du auf dem laufenden bist!«

Block nickte, ein eifriger Schüler.

»Paul, hast du eigentlich jemals dran gedacht, daß du von Leuten der Sûreté zusammengeschlagen worden sein könntest? Ich habe mir mal solche Gedanken gemacht . . .«

Rosenfelder unterbrach sich, stand vor dem handtellergroßen Spiegel über dem Waschbecken und befühlte seinen Zweitagebart.

»Die sprachen deutsch, Kurt. Das habe ich genau gehört.«

»Ein einfacher Trick, nicht? Die Schläger sprechen deutsch und schon glaubst du, es sind Deutsche. Was aber, wenn sie dich damit täuschen wollten? Es könnte auch eine andere Version geben: du verstellst deine Stimme, rufst bei der Sûreté an, aber natürlich weiß man sofort, wer da anruft. Die, ich gehe mal davon aus, wollen sich nicht in die Karten sehen lassen, und verpassen dir einen Denkzettel, den du bis heute spürst. Du solltest denken, daß es Nazis waren!«

Block ließ Rosenfelder reden, sein Herausgeber nahm Rasierseife, schäumte sie mit dem Pinsel auf und klatschte den Schaum in sein Gesicht.

»Ich hab mir das übrigens gleich gedacht, als ich erfuhr, daß sie dich zusammengeschlagen haben. Ich war ja schließlich dabei, als du deinen Anruf veranstaltet hast. Und alles nur wegen diesem lächerlichen Frauenmörder. Hab dir schon mal gesagt, daß das Kinkerlitzchen sind! Aber du hörst ja nicht.«

Es dämmerte Block, was Rosenfelder mit dieser gewagten Theorie bezweckte. Die Rasierklinge fuhr ein breites Band übers Kinn. »Ich wollte dich nur schonen, Paul. Aber jetzt kannst du es besser verkraften. Ich hab mit Bouchet von der »Humanité« gesprochen, er hat Victor Arnell zurückgepfiffen, weil er mit mir der Meinung ist . . .«

»Herausgeber unter sich«, Block wurde wütend, »dann war der es also, der Victor einen Maulkorb angelegt hat.«

»Ich würde das keinen Maulkorb nennen, Paul. Ihr habt euch da verrannt, du kannst ja nicht mehr ohne die Droge Landru sein. Darunter leidet wichtige politische Arbeit.«

Block schlug die Decke zurück.

»Das ist meine Privatsache, ich mache das in meiner freien Zeit.«

»Es ist keine Privatsache mehr. Sollte ich recht haben, daß die Sûreté dir einen Denkzettel verpassen wollte, dann betrifft es uns alle. Wir können es uns nicht leisten, mit den französischen Behörden ins Gedränge zu kommen. Schließlich können sie uns alle hoppnehmen.«

So kannte er seinen Herausgeber, ein Hasenfuß, auf zwei Pfoten lahm.

»Willst du es mir verbieten, Kurt?«

»Du kannst es nennen, wie du willst. Ich hoffe, daß du es einsiehst. Du hast die Wahl: entweder die ›Korrespondenz‹ oder diese billige Landru-Sache.«

Rosenfelder wischte sich den restlichen Schaum vom Gesicht, strich prüfend über seine Wangen.

Paul Block hätte nicht geglaubt, daß Rosenfelder so weit gehen würde.

Esperia, 15. März 1935

Zwei Dinge, die Nortan beschreibt, haben mich stutzig gemacht. Erstens, wieso hat man Landru erst am 24. Juni vom Untersuchungsrichter Bonin befragen lassen, das sind mehr als zwei Monate seit seiner Verhaftung im April 1919. Die Zeitungen sind in der Zwischenzeit voll von Geschichten über diesen Betrüger und Mörder, aber er selbst wird nicht gehört. Zweitens, am 1. Mai wurde der Ofen beschlagnahmt, der in der Villa in Gambais stand. Die Hypothese, daß Landru darin Frauen verbrannt haben könnte, wurde damals als wahnwitzig abgetan, weil der Ofen viel zu klein dafür war. Und wo soll die Asche geblieben sein? Nortan fragt, warum später im Prozeß fast selbstverständlich davon ausgegangen wurde, daß der Ofen sein Verbrennungswerkzeug war. Immerhin haben wir ihn während des Prozesses sehen können.

Wie an jedem Sonntag war das ›Procope‹ kaum besucht. Der Kellner lehnte gelangweilt an der Theke, gähnte unverhohlen vor sich hin.

Marion erwies sich als gute Zuhörerin, nickte gelegentlich, saß kerzengerade auf dem Holzstuhl, wie eine Konfirmandin, trank in großen Schlucken den Weißwein, den Block ihr kredenzte. Ihr langes rotes Haar floß weit über ihre Schultern, es harmonierte mit dem enganliegenden schwarzen Kleid, das sie ihrem Berufsstand entsprechend trug, jedenfalls glaubte sie, daß Barsängerinnen 24 Stunden lang so auszusehen hätten.

Block hatte erst ausführlich berichtet, was er alles über Landru wußte, und begann dann, seine Spekulationen vorzutragen. Marion, die geduldig zugehört hatte, rückte auf ihrem Stuhl: »Ich gehe mal davon aus, daß man Landru verhaftet hat, hatte ja schon eine Reihe von Vorstrafen, sie hängen ihm die Morde an, die Sache wird hochgespielt, alles, wie du sagst –

aber, was sollte es für Absprachen mit ihm geben, wozu? Spricht man sich mit einem Betrüger ab?«

Marion traf zielsicher den schwachen Punkt seiner Spekulation, dennoch verteidigte Block sein Konstrukt: »Er sollte seine Rolle zu Ende spielen, braucht nicht mal vor Gericht etwas zugeben. Warum läßt man denn den Prozeß erst zweieinhalb Jahre später stattfinden, obwohl schon lange keine Beweise mehr zu finden waren? Damit Gras über die Sache gewachsen ist.« »Und dann gewährt man ihm stillschweigend die Freiheit, Paul, das glaubt dir niemand. Wie oft sind Leute wegen solcher Indizienbeweise zu Tode gebracht worden. Und wenn so ein Komplott läuft, auf höchster Ebene, wie du sagst, seit wann kümmert man sich um so ein billiges Menschenleben?«

Marion saß da, als habe sie eine Partie Schach gewonnen, immer noch kerzengerade, sie führte das Weinglas in geziemender Bewegung zum Mund, ohne den Blick von Paul zu wenden.

»Es ist eine gewagte Theorie, sicher, aber nur so ist zu erklären, daß Landru vier Jahre nach seiner angeblichen Hinrichtung in Buenos Aires wieder an einem Festbankett teilnimmt. Es muß Absprachen gegeben haben.«

»Mit einem Gauner? Nicht sehr wahrscheinlich.«

Die Tür des Procope wurde aufgedrückt.

Eine dunkelhäutige Frau betrat das Restaurant. Block überlegte, ob es eine von den beiden Damen war, die Arnell eines Nachts im Arm gehabt hatte.

Marion sprang von ihrem Sitz.

»Das ist Regine«, rief sie.

Die beiden Frauen umarmten sich lange. Marion lud Regine zu einem Weißwein ein. Block nickte. Er hätte gerne mit Marion weiterspekuliert, aber als hätten sie nie darüber gesprochen, wurde das Thema gewechselt.

Marion und Regine wollten demnächst einen Laden eröffnen, wie sie ihn nannten, sie sprachen davon mit einer Sicherheit, daß Block glauben mußte, sie stünden kurz vor der Eröffnung. Wen sollte man zur Premiere einladen, war dieser oder jener besser geeignet, Propaganda zu machen.

Dann begann Marion, einen Kurzbericht über Landru zu geben, rasch zusammengezogen wie für die Klatschpresse, Sensationen aufbauschend, politische Zusammenhänge verkürzend. Block wollte sie unterbrechen, aber das ließ sie nicht zu. Bei ihr klang die Geschichte, als sei sie gerade erst passiert, ganz frisch. »Aber es kann natürlich auch ganz anders gewesen sein«, lachte sie, »die besten Geschichten sind noch immer die, die erfunden werden. Stimmt's Paul?«

Regine entwarf das Bild eines attraktiven Herrn, den sie selbst kennenlernen wollte. Marion würzte nach. Die Kriegswitwen eher traurig, die günstige Gelegenheit, nicht nur Möbel zu verscherbeln, auch Unterwäsche war gefragt, die Potenz eines 50jährigen, der Notbehelf in schwerer Zeit, Landru als Ersatz für die richtigen Helden, die sich im Krieg hinmetzelten.

Esperia, 28. März 1935

Schreibt ein elffacher Mörder ein Tagebuch? Sehr schwer vorstellbar. Wer würde schon ein so gefährliches Material herstellen, ohne Zwang. Landru hat ein Tagebuch geschrieben. Er hat alle Termine notiert. Wann er welchen Kunden getroffen hat. Ein Gebetbuch der Rendezvous. Vielbestaunt. Er brauchte für seine ungewöhnliche Art, per Heiratsinserat an Witwen heranzukommen, die in Notlagen ihre Möbel verkaufen mußten, eine schriftliche Ordnung. Dieses Tagebuch wurde ihm zum Verhängnis. Als es der Untersuchungsrichter las, wurde es wie durch Zauberei zum Eingeständnis seiner Morde. Die Eintragung 4 Uhr liest der Untersuchungsrichter wie die Mordzeit einer seiner Opfer. Auch schwer vorstellbar, daß einer so etwas notiert. Das Tagebuch ist voller Uhrzeiten, und in den meisten Fällen stehen die Kundennamen dabei. Wenn das nicht der Fall ist, so die Logik des Justizbeamten, dann hat Landru zu dieser bestimmten Zeit jemand umgebracht. In einem seiner beiden Landhäuser. Die Logik der Verurteilung, der notwendigen Verurteilung. In jedem einzelnen Fall werden vor Gericht die Eintragungen der Uhrzeit, unter Raunen der Zuhörer, zur Tatzeit umge-

münzt. Das Bild von Landru, das gezeichnet wird, ist dies: ein penibler Mann, korrekt, ein Ordnungsfanatiker, der in seinem Tagebuch sogar verzeichnet, wenn er für 0,05 ffrs eine Zeitung kauft. Für jede der Frauen gibt es in seinem Notizbuch eine Beschreibung: Madame Potin, Rue Montmartre, verwitwet seit zwei Jahren, hatte jüngeren Mann, alleinstehend, einige Ersparnisse. Um das Verfahren abzukürzen, verwandte Landru Buchstabenkürzel. F bedeutete fortune (Vermögen), sans F hieß sans fortune, SF war sans famille, und RAF war rien á faire, nichts zu machen. Oder hat man das alles erfunden? Es klingt phantastisch. Ein Märchen. Ein Märchen-Mörder.

Aus dem Namen »Brésil« wurde der Hinweis auf Madame Laborde-Line, die aus Argentinien stammte. Der Staatsanwalt ließ sich nicht davon abbringen, daß trotz der ungenauen Bezeichnung damit nichts anderes gemeint sein konnte. In »Le Temps« vom 18. 5. 1919 taucht zum ersten Mal die Dechiffrierung des Namens »Brésil« auf. Es handelt sich um Thérèse Turan, 1868 in Buenos-Aires geboren, die sich 1888 in Oloron verheiratete mit Adrien Laborde-Line. Und nun geschieht das Unwahrscheinliche: die Verwandlung eines Beweisstückes. Ist erstmal die Gleichsetzung »Brésil« gleich Madame Laborde-Line gelungen, dann werden auch in der Wohnung Rue Rochechouart Wäschestücke gefunden mit den Initialen dieser Frau. Obwohl die Untersuchungen schon seit vier Wochen in Gange sind und bisher von derartigen Wäschestükken nichts bekannt war. Wie geizig Landru gewesen ist, zeigt die Eintragung, daß er für eine Person nach Gambais immer eine Rückfahrkarte kaufte (4,95) und für eine zweite eine einfache Fahrkarte (3,95). Natürlich, sagt der Staatsanwalt, er brauchte für sich diese Rückfahrkarte. Wieder ein Beweis. Es war so augenfällig, so offensichtlich. Dieses Indiz war nun endgültig dazu angetan, Landru als schuldig erscheinen zu lassen. Und dabei werde ich das Gefühl nicht los, daß sich das jemand ausgedacht hat. Es klingt erfunden.

Dieses Tagebuch Landrus wäre für Indizienhersteller keine große Arbeit gewesen, Zeit genug hatten sie. Wahrscheinlicher ist aber, daß Landru tatsächlich ein solches Tagebuch geführt hat und daß möglicherweise bestimmte Eintragungen hinzugefügt oder einfach umgedeutet wurden. Als ich mich bei einem Kollegen von »Le Temps« vorsichtig erkundigte, wo man denn dieses Tagebuch auffinden könnte, sagte er, das sei seit langem verschwunden. Auch das ist nicht mehr verwunderlich.

Der Staatsanwalt war pensioniert, zu langen Gesprächen aufgelegt und für Reflexionen empfänglich. So hatte er die Theorie, daß Landru möglicherweise ein Gauner war, dem man diese Morde anhängen, aber nicht richtig beweisen konnte, nicht für ausgeschlossen gehalten. Auch wenn es seine Berufsehre kränken mußte, daß der bloße Indizienbeweis gegen Landru auf schwachen Füßen stand.

Sein Arbeitszimmer war mit Grünpflanzen bewachsen. Block vermißte Aktenschränke. Nicht ein Stück Papier lag auf dem Schreibtisch. Godefroy hatte ihm einen Cognac angeboten, und sie plauderten über den Prozeß, als sei er noch im Gange.

»Ich will Ihnen ganz offen sagen, ich hatte auch nicht das Gefühl, daß wir hervorragende Beweise in der Hand hatten. Dieses Notizbuch, gut, das hätte er nicht führen dürfen. Mit all den Namen. Die Wäschestücke von den Frauen, die man in der Villa fand. Mit Initialen. Aber diese Buchstaben konnten auch andere Namen bedeuten. Dann haben die Verwandten Möbel wiedererkannt, die Landru in seinem Schuppen in Clichy aufbewahrte. Aber, meinen Sie nicht, daß man auch so zu einer schönen Wohnung kommen kann? Die brauchten doch nur zu sagen, das war ein Sekretär meiner Schwester Therèse Marchadier, und schon konnten sie das gute Stück nach der Freigabe abholen.«

Im Prozeß hatte dieser Staatsanwalt ganz anders gesprochen, daran konnte sich Block gut erinnern. Jede dieser Indizien spielte er zu einem eindeutigen Schuldbeweis hoch. Da war genau vermerkt, welche Möbelstücke von wie vielen Opfern in Clichy lagerten, da wurde jedes Korsett bewertet, auch wenn es keine Initialen trug, und das Notizbuch kam einem Schuldgeständnis gleich.

»Die Ergebnisse, die Bonin mir überließ, waren so mager, daß ich sogar gezögert habe, Anklage zu erheben. Aber wer wird sich so einen Prozeß entgehen lassen? Monsieur Block, Sie haben sich ja auch nicht nehmen lassen, darüber ausführlich zu berichten.«

Sein Lachen war sympathisch, leise, fast verstohlen. Seine kurzen grauen Haare gerieten in Bewegung, die silberne Halbbrille auf der wulstigen Nase schaukelte. Block hatte kaum Schwierigkeiten gehabt, mit Godefroy den Fall aufzurollen, nachdem er sagte, er wolle mit dem Abstand von 14 Jahren noch einmal eine juristische Bewertung des Prozesses versuchen. Godefroy hatte gemeint, daß dies auch an der Zeit sei, verwies auf das Buch von Nortan.

»Sehen Sie, die Öffentlichkeit forderte den Prozeß. Er sollte ja bereits im März 1921 stattfinden, aber der Untersuchungsrichter hat im letzten Moment um Aufschub gebeten. Ich glaube, da waren andere Hände im Spiel. Denn auch in diesem halben Jahr hat er keine neuen Beweise zutage gefördert. Dann endlich im Novemver 1921 der Prozeß. Der große Andrang. Alle wollen den Mörder sehen. Und sie wollen seinen Kopf. Nicht daß Sie denken, wir hätten ihn gegen unsere Überzeugung verurteilt, der war schuldig, keine Frage. Vielleicht hat er sie nicht alle umgebracht. Was macht's? Aber er war schlau, schlauer als Bonin und als die commissaires. Der verstand das Geschäft der Vertuschung.«

Paul Block war versucht, Godefroy auf seinen Verdacht anzusprechen, aber er wagte es nicht. Auch wenn der pensionierte Staatsanwalt so offen zugab, daß trotz aller Bemühungen im Prozeß kaum etwas geklärt werden konnte, wenn er behauptete, daß Landru ausgetauscht wurde, dann würde sich das Gesprächsklima sehr schnell verändern.

»Ein Mann mit krimineller Energie, Monsieur Block. Ein Gauner, kein Zweifel. Er hatte ja eine kriminelle Karriere hinter sich, als er von Belin und Riboulet erwischt wurde. Die sollten ja eigentlich nur drei verschwundenen Frauen nachgehen, und dann stießen sie auf diesen Mann, der sich als Ingenieur ausgab. Auch das hat er früher schon gemacht. Er spielte seine Rollen, mal als Konsul, mal als Postbeamter. Er war ein krimineller Schauspieler. Das war doch eine überzeugende Leistung in Versailles. Ich habe nie mehr einen solchen Angeklagten gehabt. Und ich habe ihm kaum ein Wort geglaubt.«

Block fragte, warum Godefroy im Prozeß nicht die Familie Landru als Zeugen aufrief, immerhin sei Madame Landru doch ebenfalls kriminell in Erscheinung getreten, als sie die Unterschriften fälschte.

»Ach wissen Sie, Monsieur Block, wenn es nach mir gegangen wäre . . . Bonin hatte mit Landru ausgemacht, daß die Familie unbehelligt bleibt. Ich kann Ihnen nicht sagen, wieso das zustande gekommen ist. Da müssen Sie ihn selbst einvernehmen. Ist ein netter Mann, aber ziemlich beschränkt in seinem Geiste. Landru soll behauptet haben, er habe seine Frau dazu angestiftet, habe sie dazu gezwungen, und er übernehme jede Verantwortung für dieses Delikt.«

Paul Block wollte sich damit nicht zufriedengeben, schließlich hätte die Familie doch irgend etwas wissen müssen über die Tätigkeiten ihres Ernährers.

»Ja, aber mir waren die Hände gebunden. Fragen Sie Bonin, der muß das wissen.«

Block trank einen großen Schluck aus seinem Cognacschwenker. Godefroy lächelte ihm zu. Seine kleinen dunklen Augen waren ermattet.

»Haben Sie gehört, daß es Stimmen gibt, Landru sei gar nicht hingerichtet worden, sondern jemand anderes an seiner Stelle . . .« Block unterbrach sich, um die Reaktion des Staatsanwaltes abzuwarten. »Es soll für die Presse und für die Anwesenden ein anderer zum Tode Verurteilter so geschminkt worden sein, daß man ihn für Landru hielt.«

Godefroys Gesicht erstarrte.

»Diese Stimmen behaupten, er lebe in Argentinien, der gute Landru.«

Block hatte damit gerechnet, daß der Staatsanwalt ungehalten würde, die Zeit des freundlichen Gespräches war vorüber, aber der pensionierte Godefroy blieb sehr ruhig: »Monsieur Block, ich hoffe, daß Sie nicht auf diese Stimmen hören. Es sind Gerüchte, glauben Sie, nichts als Gerüchte. Die Presse war ja tief beleidigt, daß ihr Titelheld irgendwann mal sterben mußte, so eine Hinrichtung ist zwar ein schönes Ende, auch in der Zeitung, aber dann brauchen Sie und Ihre Kollegen ja neues Futter. Ich habe diese Gerüchte auch vernommen, gerade in der letzten Zeit. Ich glaube, Belin hat davon etwas erzählt. Ein Landsmann von Ihnen, ein Boche. Aber daran ist nichts. Nur eins war merkwürdig. Als ich Landru am Morgen der Hinrichtung sah, hatte er keinen Bart mehr. Man sagte, er wolle der Öffentlichkeit ordentlich gegenübertreten. Aber, keine Sorge, es war Landru.«

20

Andrea stand an dem kleinen Bücherregal, auf dem Block stets seine Neuerscheinungen hielt, die Titel, die er unbedingt lesen wollte.

»Da hast du noch einiges vor dir«, sagte sie, ohne sich umzudrehen.

»Ich wollte nicht alles mit ins ›Esperia‹ nehmen«, erwiderte Block, der an der Tür lehnte.

Wie eine Blinde ertastete Andrea jeden Gegenstand, als könne sie nur durch Berührung den Büchern und Möbeln wieder näherkommen. Ihr tailliertes Kostüm zeigte, daß sie Gewicht verloren hatte. Nur manchmal gestattete sich Block, sie so unverhohlen zu betrachten. Ohne Ankündigung des Portiers stand sie plötzlich in seinem Hotelzimmer, hatte ihn gegrüßt, als sei sie nicht länger als ein paar Tage fort gewesen, und gab ihm zu verstehen, daß sie eine Zeitlang bleiben wollte.

»Diese Vorhänge sind scheußlich«, Andrea rupfte an dem dicken Stoff. »die müssen wieder weg.«

Sie hatte nicht viel erzählt aus Berlin, weil es nichts zu erzählen gebe, was er nicht sowieso schon wisse. Die Stadt, die Freunde, das habe ihr sehr gut getan. Wenn diese neue Regierung nicht wäre, und was man sich alles darüber erzählte, dann wäre es fast so wie früher. Nur daß Paul eben nicht da sei. Block hatte seine Freude verborgen mit gespielter Gleichgültigkeit, hatte zu ihr gesagt, er wolle sich ein paar Tage freinehmen, damit sie Zeit füreinander hätten. Andrea wollte das nicht, aber Block bestand darauf. Rosenfelder war von diesem Ansinnen nicht begeistert, gerade nach der Konferenz der Schriftsteller seien so viele Arbeiten neu hinzugekommen, daß Block unmöglich mehr als zwei Tage der Redaktion fernbleiben könne. Rosenfelder sagte, hoffentlich würde er Andrea auch zu Gesicht bekommen, sonst müsse er glauben, daß Block nur einen Vorwand suche, um wieder ungestört seinem Mördergespenst hinterher zu laufen.

»Hat sich Paris denn gar nicht verändert?« Andrea drehte sich um und sah Block an, sie hatte ihre Erkundung im Wohnzimmer beendet, »du erzählst überhaupt nichts von dir.«

»Wie kann ich dieses Jahr, das du wegwarst, erzählen? Die Zeit hat mich nicht umgebracht.«

Block wartete darauf, daß Andrea sich ihm näherte. Sie waren seit dem Morgen nebeneinander her gelaufen, hatten sich nur einmal flüchtig umarmt. Wenn Andrea einen Schritt auf ihn zu machte, wich er zurück. Wenn er sich näherte, ging sie weiter. Und jetzt die fremde Wohnung, die einmal ihre gewesen war. Sie hatten den Mietern gesagt, sie möchten ein paar Stunden alleine sein, die hatten es verstanden. Obwohl sie gleich nachfragten, ob sie sich nach einer neuen Bleibe umsehen müßten.

Andrea ging ins Bad, schloß die Tür hinter sich.

Block wartete.

Neben dem Bett entdeckte er Exemplare der »Pariser Korrespondenz«, freute sich, daß man ihn in seiner eigenen Wohnung las.

Der Spaziergang an der Seine war wie ein Besuch in einem anderen Land gewesen. Andrea spielte das kleine Kind, als sehe sie zum ersten Mal die langgezogenen Boote. Block beobachtete sie, um Veränderungen festzustellen. Sie fragte nach Häusern und Restaurants, nach Boulevards und Cafés, als gelte es die gegenwärtigen Entwicklungen an der Qualität der Straßen und des Essens abzulesen.

»Ich dachte, du hättest das Bett schon frisch bezogen«, sagte Andrea, als sie aus dem Bad kam, den Bademantel des Mieters nur leicht umgeschlungen.

»Andrea, was . . .«, weiter kam Block nicht.

Er konnte diesen Sprüngen nicht folgen.

»Willst du nicht mit mir schlafen?« Andrea zog den Gürtel des Bademantels fester, »im Hotel wollte ich nicht!«

Block wandte sich ab, um seine Tränen zu verbergen, Andrea nahm ihn in den Arm.

Es dauerte eine ganze Weile, bis Paul Block wieder ruhig wurde.

»Zuviel zwischen uns«, sagte er leise.

»Ja. – Aber wann fangen wir an, es aus dem Weg zu räumen?«

Block sah aus dem Fenster. Wie lange war er nicht mehr in der Rue de Seine gewesen. Die Läden, die gegenüber eröffnet hatten, kannte er nicht. Ernst fiel ihm ein, der wollte ein Café aufmachen. Sie wollten alle etwas Neues machen, anfangen an einer anderen Stelle, und dabei waren sie festgehalten, konnten sich kaum bewegen. Die alten Wunden. Die Angst vor der Veränderung. Festhalten.

»Paul, du mußt nicht mit mir schlafen, wenn dir nicht danach zumute ist.« Andrea sagte das ohne Schärfe, kein Angriff.

Er stand wie angenagelt, seine Hände an die Wand gepreßt. Sein Kopf wie in einem Sturm. »Sie haben mich zusammengeschlagen. Ich war ein paar Wochen im Krankenhaus. Die Schmerzen . . .«. Block knöpfte sich das Hemd auf. Andrea half ihm dabei.

Dann ging alles sehr schnell. Heftig, plötzlich, wie sie im Hotelzimmer gestanden hatte, überraschend, wie sie aus Berlin gekommen war. Der Schnellzug.

Er streichelte ihr Haar, das wieder länger geworden war: »Ich habe so viele Fragen, daß ich nicht weiß, wo ich anfangen soll.« Die Veränderung des Haarschnitts markierte die Zeit ihrer Abwesenheit, aber die Haare konnte er nicht fragen. »Fang irgendwo an. Wo du willst.« Sie legte ihren Kopf auf seine rechte Schulter, umfaßte ihn wie einen Baumstamm.

»Du hättest Freunden eine Mitteilung geben können«, Block wollte sich nicht länger mit Ausflüchten zufriedengeben, »was meinst du, wie mir zumute war, als ich hörte, daß du bei der Gestapo sitzt und ausgefragt wirst?« Andrea wollte ihn nicht belasten, wollte nicht, daß er sich Sorgen macht, sie hätte nicht wissen können, daß er etwas davon erfuhr.

»Aus deinen Briefen konnte ich nur entnehmen, wie gut es dir in Berlin geht. Und daß du mich vermißt. Aber von deinen Träumen hast du nichts geschrieben. Auch nicht von deinen Alpträumen.«

Andrea verließ das Bett und setzte sich auf einen Stuhl, nur ihre Füße berührten Block unter der Bettdecke.

»Ich wußte es nicht, Paul, das mußt du mir glauben.«

»Nur eine Andeutung, am Telefon.«

»Dann hätte ich dir etwas gesagt, und du, was hättest du damit anfangen können? Versetz dich doch mal in meine Lage.«

Paul Block richtete sich im Bett auf. Die heiße Luft, die durch das Fenster hereinstörmte, roch nach Abfällen, verfaultem Gemüse.

»Was haben sie dich gefragt?« Er schlug die Bettdecke zurück, sammelte seine Kleider auf. Zog sich an, schnell, verschämt.

»Ist das so wichtig?« Andrea blieb auf dem Stuhl sitzen.

»Für mich schon. Ich muß ja wissen, wann ich von ihnen Besuch bekomme.«

»Übertreibst du wieder? Du bist in Paris. Da klopft nur der Milchmann.« Andrea lachte. »Außerdem waren sie sehr freundlich zu mir. Keine lauten Worte, keine Drohungen.«

»Freundliche Folterer«, Block war verärgert.

»Also gut, sie haben mich gefragt, wie wir hier leben, was wir tun, ob ich wisse, wovon die Zeitung finanziert würde, ob sie viele Geldgeber hätte, warum ständig gegen die neue Regierung gehetzt werde, schließlich sei sie rechtmäßig ins Amt gekommen, undsoweiter. Ich kann dir die Fragen schriftlich geben.«

»Die Antworten wären mir lieber.«

Sie hatten miteinander geschlafen, hatten versucht, sich anzunähern und waren so weit voneinander entfernt, wie die Städte, in denen sie lebten.

»Du hast dir ein Bild gemacht: das Reich ist böse, der Führer ist böse, es wird gefoltert, die Menschen, die da weiterleben, sind böse, alles, was deutsch ist, ist böse. Wie kann ich da gut sein?«

Sie riß sich den Bademantel vom Leib.

»Andrea, du hast mich belogen.«

»Na und? Hast du immer geschrieben, wie es dir geht. Hast du geschrieben, daß sie dich zusammengeschlagen haben. Du bist die Wahrheit und nichts als die Wahrheit, Paul Block, die Verkündigung.«

Dann verschwand sie im Bad, diesmal blieb die Tür offen.

Es klopfte.

Paul Block sah auf die Uhr. Die Mieter kamen zurück.

Mit ein paar Handgriffen ordnete er das Bett.

»Wie lange willst du bleiben?« rief er.

»Solange es mir gefällt. Max kommt in ein paar Tagen nach.«

Die Antwort Andreas ließ Block ungerührt.

»Es ist schön, daß wir uns kennenlernen«, der glatzköpfige Architekt aus Berlin, ein spitzer Bierbauch und eine sanfte Stimme. »Andrea hat mir schon soviel von Ihnen erzählt. Sie müssen ein sehr interessanter Mann sein. Stammen Sie aus Berlin?«

»Nein, aus Chemnitz.«

Der Kellner des »Crillon« hatte ihn erkannt, seit wann er wieder in Paris sei, immer noch beim Tageblatt beschäftigt, man hätte ihn schon vermißt, ob er auch wieder in seinem Zimmer wohnen würde, die kleinen Veränderungen, die man vorgenommen hätte, wären ihm sicher schon aufgefallen, das alte Gute bewahren und sich dem guten Neuen nicht verschließen, das sei immer die Devise der Direktion gewesen. Paul Block hatte ihn auch wiedererkannt, er sagte ohne Zögern, daß er seit mehr als zwei Jahren in Paris im Exil sei und sich das »Crillon« nicht mehr leisten könne. Der Kellner schüttelte ihm die Hand, zum zweiten Mal.

Andrea wohnte mit Paul im Hotel Esperia, die eigene,

fremde Wohnung meidend, während Max Mühlich im »Crillon« abgestiegen war. Seine Einladungen zum abendlichen Diner hatte Block ein paar Mal ausschlagen können, dann hatte Andrea darauf bestanden.

»Sie müssen mir von diesem Landru erzählen, das ist ja eine sehr interessante Geschichte, der Sie da auf der Spur sind. Andrea meinte, Sie seien ganz besessen von dieser Geschichte.«

»Nicht gerade besessen.«

Die Suppe wurde aufgetragen. Die Gespräche verstummten für eine Zeit. Block hoffte, daß dieser gekünstelte Lackaffe nicht wieder auf Landru zu sprechen kam. Wenn er weiter so redete, dann würde er den Abend nicht durchstehen. Kaum war der erste Gang beendet, ergriff der Architekt wieder das Wort. Er sprach von den strengen Formen, die der neue Baustil erfordere, von den großen Plänen, um endlich der Tradition gerecht zu werden, von den neu entstehenden Prachtbauten, die beweisen, wozu deutsche Baukunst fähig sei. Andrea ließ Block nicht aus den Augen, beobachtete ihn untentwegt, wollte aus seinen Reaktionen ein Urteil über ihren Freund erfahren. – »Sie haben sich noch nicht viel um Architekturkunst gekümmert, Herr Block. Ich sehe hier in Paris so viele interessante Dinge, so viele anregende Bauwerke, daß ich gerne sehr lange hier bleiben würde, wenn es nur meine Zeit erlaubte. So wie Sie, Herr Block. Paris, das ist ein Traum für Architekten, meinen Sie nicht?«

»Und ein Alptraum für Emigranten.«

»Glauben Sie denn nicht, daß auch Sie im Reich einen Platz finden würden, wo Sie arbeiten könnten?«

»Als Jude?«

»Ich kenne viele Juden, die nach wie vor in Berlin leben, Herr Block. Ich weiß nicht, woher Sie Ihre Informationen beziehen, aber es wird im Ausland ja sehr viel aufgebauscht.« Der Weinkellner kam und schenkte nach.

»Ich glaube nicht, daß wir über dieses Thema weiterreden sollten«, mischte sich Andrea ein.

Dann hielt es Block nicht mehr aus: »Doch, darüber werden

wir jetzt reden!« Was er denn über Ossietzky wisse, über Mühsam, die systematische Verfolgung von Gegnern, über die Errichtung von Konzentrationslagern, über die gnadenlosen Folterungen, Block wurde lauter, was er denn von der Gestapo wisse, mit welchen Methoden die Kommunisten und Sozialdemokraten auspresse, ob er wisse, was in Dachau geschehe, oder ob er bereits selbst Lagerpläne zeichne für die neuen Herren, die Prachtbauten, die Größe der Architektur und die Sklaven, die ihnen dazu verhelfen, auch beim Bau der Pyramiden seien ein paar tausend umgekommen, aber große Architektur.

Der Kellner kam an den Tisch. Wollte Block beruhigen. Aber er wehrte ab.

»Sie leben davon, Herr Architekt.«

Ohne sich zu erregen, lehnte sich Mühlich zurück. »Sie machen sich falsche Vorstellungen, Herr Block. Das sind Wahnvorstellungen. Es ist interessant, wie diese beiden Jahre Menschen verändern können.«

Block packte Andreas Arm.

»Was findest du an diesem, diesem Schergen? Er redet wie die, die mich verfolgen.«

Inzwischen hatte Block die Aufmerksamkeit des ganzen Restaurants geweckt. Er drehte sich um, die Augenpaare waren auf ihn gerichtet.

»Messieurs-Dames, hier sitzt ein Faschist, wenn Sie mal hersehen wollen, das ist einer von denen, der bereits den Fuß nach Frankreich gesetzt hat. Und viele werden folgen. Das Saarland war nur der Anfang.«

Sie zischten und buhten.

»Sag, was findest du an ihm, Andrea? Ich muß es wissen.«

Er stand auf.

Der Direktor des »Crillon« kam.

Einige der anwesenden Gäste applaudierten.

Er forderte Block auf, seine Invektiven einzustellen oder das Restaurant zu verlassen. Sein Französisch war unmißverständlich. »Schade«, sagte der Architekt, der sich leicht von seinem

Sitz erhob. »ich hätte mich gerne mit Ihnen gestritten, aber natürlich nicht in diesem Ton.«

Block zögerte einen Augenblick.

Andrea machte keine Anstalten, mit ihm zu kommen.

Dann verließ er das »Crillon«.

Block lief die ganze Nacht. Er erwartete nicht, daß Andrea ins ›Esperia‹ zurückfinden würde. Das war nicht ihre Welt. Sie brauchte die gediegene Atmosphäre, das gute Leben, die Wärme der Bourgeoisie, das Bitteschön und Dankeschön der Bediensteten, die gepflegte Konversation, da war auch ein politisch Andersdenkender zugelassen, manchmal sogar erwünscht, wenn er den richtigen Ton fand. Keine Aggression. Keine Wut. Kein Klassenhaß.

Auf dem Weg zu seinem Hotel empfand Block erneut, wie schön Paris war. Eine Sommerstadt, die warme Nachtluft, die vollen Bäume. In manchem Viertel war Ruhe eingekehrt, in anderen wurde lautstark auf der Straße debattiert.

Warum hatte sie auf die Frage, was sie an diesem Kahlkopf, Hohlkopf fand, nicht geantwortet? Wußte sie keine Antwort? Paul Block dachte daran, daß er ein Jahr lang mit ihr über Paris gestritten hatte, über ihr Fremdsein in dieser Stadt, über ihre Sehnsucht nach Berlin gesprochen hatte. Sollte dieser Mann der Grund für das verlorene Jahr sein?

Es wurde bereits hell, als Block die Place de la Bastille erreichte. Er wollte ein paar Stunden schlafen, bevor er in die Redaktion ging.

»Du hast dich sehr verändert, Paul, du bist härter geworden«, sagte Andrea, die am Hoteleingang auf den Steinstufen saß. Block erschrak.

»Max hat das gelassen aufgenommen, er hat gesagt, daß er sogar so eine Reaktion von einem eifersüchtigen Mann erwartet hätte. Du würdest das ins Politische umbiegen, aber eigentlich sei es Eifersucht. Du würdest ihn mit Dreck bewerfen, weil er dich gekränkt hat.«

Paul Block schloß die Glastür auf, wartete, bis Andrea eingetreten war.

»Ich glaube, Max mag dich. Er hat eine Bewunderung für dich empfunden, auch wenn du auf seinen Kopf geschissen hast. Er wäre dazu nicht fähig gewesen.«

Block lachte, er ging die Stufen langsam hoch.

»Und er hat ja einen großen Kopf, wie du gesehen hast. Er ist nicht so übel, Paul, wirklich nicht. Aber dir gegenüber müssen seine Ansichten stockkonservativ klingen. In Berlin gehört er eher zu den Leuten, die, wenn auch hinter vorgehaltener Hand, Kritik an der Regierung üben.«

Block öffnete die Tür zu Zimmer 11.

Andrea folgte ihm. »Ich wollte dir sagen, daß auch ich dich heute abend bewundert habe. Und ich glaube nicht, daß du es aus Eifersucht hast dazu kommen lassen. Du bist härter geworden. Vielleicht ist das notwendig in der Emigration.«

Dann standen sie sich gegenüber. Von draußen das Zwielicht des Morgens.

»Es wird mir nicht leichtfallen, dich hier in Paris zu lassen, aber ich lebe nun mal in Berlin.«

Die Fahrt nach Malakoff war sehr beschwerlich. Nicht nur, daß der Zug Stunden Verspätung hatte, daß eine Strecke mit einem Lastwagen zurückgelegt werden mußte, die letzten Kilometer im Nordwesten Frankreichs mußte Block zu Fuß gehen. Er verfluchte die Idee, die Biografie Landrus zu vervollständigen, aber seitdem er seine freie Zeit auf die Recherche verwandte, wollte er keinen Faden auslassen.

Am Dorfeingang hatte er einen nützlichen Hinweis erhalten, die Garage, die der berühmte Mörder verkauft hatte, lag neben der Gendarmerie.

Paul Block sah das langgestreckte Gebäude, das Landru gleich nach Verbüßung einer dreijährigen Gefängnisstrafe gekauft hatte, und ohne dem Verkäufer auch nur einen Franc zu bezahlen, hatte er es weiterverkauft an einen Dritten. Von der Kaufsumme, die sich auf 20000 Francs belief, ließ er sich 5000 anzahlen und verschwand aus dem Blickfeld des Besitzers.

Es war sehr feucht in der Halle. Ein paar schwarze Citroenlimousinen, ausgefleddert, Werkzeugteile, Schrott in großen Mengen.

»Sind Sie der Besitzer?« rief Paul Block, als er einen jungen Mann unter einem Wagen liegend entdeckte.

»Nein, das ist der Alte«, kam es zurück, »der sitzt im Büro. Hat's warm.«

Block sah das schwach beleuchtete Kabuff, am Ende der Halle. Er bedankte sich und stieg über die Metallwüste.

Vorsichtig öffnete er die Eisentür.

»Einen schönen guten Tag, Monsieur. Sind Sie der Besitzer der Garage?«

Nicken. Der Mann trug eine Pudelmütze auf dem Kopf, sein Monteursoverall voller Ölflecke, mit dem Rücken saß er an einer Heizsonne.

»Haben Sie die Garage auch schon vor zwanzig Jahren besessen?«

Der Mann nickte wieder.

»Von wem haben Sie sie gekauft?«

»Das geht Sie gar nichts an.«

Paul Block hatte mit dieser Antwort nicht gerechnet.

»Monsieur, wie darf ich Sie ansprechen?«

Der Mann blieb stumm, starrte geradeaus.

»Ich bin auf der Suche nach einem Herrn, dessen Namen Sie bestimmt kennen: Henri-Désiré Landru.«

Der Mann verzog keine Miene. Dann sagte er: »Die Polizei weiß alles.«

»Aber Sie müßten ihn gekannt haben?«

»Er ist tot.«

»Das weiß ich, trotzdem möchte ich gerne mehr über ihn wissen.«

»Weiß nichts.«

Block hatte keine Lust, nachdem er so lange bis Malakoff gebraucht hatte, unverrichteter Dinge wieder abzuziehen. »Er hat Sie betrogen.«

Der Mann grinste, zum ersten Mal sah er Block an. Ein Mäusegesicht, spitz zulaufend, die beiden Vorderzähne leicht hervorstehend.

»Die Garage gehört mir.«

»Das habe ich nie bezweifelt, Monsieur. Deswegen bin ich nicht gekommen. Mich interessiert nur dieser Landru.«

Paul Block rieb sich die Hände. »Er war ein Betrüger, nicht wahr?«

»Hat ja seine gerechte Strafe gekriegt.«

»Haben Sie ihn oft gesehen?«

»Fragen Sie die Polizei«.

Die Eisentür quietschte.

»Soll ich ihn rausschmeißen?«

Ölverschmierte Hände griffen nach Block, der zwei Schritte rückwärts ging und einige Blechdosen zu Boden stieß.

Der Alte schüttelte den Kopf.

Block beeilte sich, die Dosen wieder aufzuheben.

»Was wollen Sie von meinem Vater?« fragte der Hüne, der Block zur Seite drängte, um die Dosen ins Regal zu stellen.

»Ich habe nur sehr freundlich nach Landru gefragt, dem Vorbesitzer dieser Garage.«

»Wer hat Sie geschickt?« fragte der Junge.

»Niemand.«

Paul Block zeigte seinen abgelaufenen deutschen Paß und sagte: »Journalist.«

Der Alte schüttelte wieder den Kopf.

»Aus dem kriegen Sie nichts raus. Der schweigt. Aber für ein paar . . .« Der junge Mann, dessen blondes Haar ebenfalls ölgetränkt war, unterbrach sich.

»Dann lassen Sie uns hier rausgehen«, sagte Block, der die Anspielung verstanden hatte. Er verabschiedete sich von dem Alten, der leise vor sich hinstöhnte.

»Ich mach mich nur etwas sauber, dann können wir reden«, schon war der Junge verschwunden.

Block hatte die Hoffnung aufgegeben, daß die Reise nach Malakoff ihn wesentlich weiterbringen würde. Zur Polizei wollte er auf gar keinen Fall gehen, auch in den letzten Wochen hatte er keinen Kontakt mit staatlichen Stellen gehabt, die Schläge, die er einmal bezogen hatte, taten noch ihre Wirkung.

»Der Alte hat immer Angst, daß jemand kommt und ihm den Laden abnimmt, das ist es, warum er nichts sagt.« Der junge Monteur hatte sich einen Sonntagsanzug angezogen, der etwas knapp war. Sie saßen in der geräumigen Küche, aus dem Fenster konnte Block die Straße beobachten, und die Gendarmerie.

»Verstehe ich nicht.«

»Das ist ganz simpel, Monsieur. Mein Vater ist damals betrogen worden. Er hat fünftausend Francs gezahlt, und dann ist dieser Landru mit dem Geld weg. Aber es kam der Krieg. Landru hatte ihm gesagt, er würde nicht eingezogen, weil er Mitarbeiter der Sûreté sei, und die würden nicht zum Kriegsdienst eingezogen. Das hat ihm mein Vater natürlich geglaubt. Ja, und dann, dann ist der wirkliche Besitzer auch in den Krieg gegangen und nie mehr wiedergekehrt, niemand hat sich gemeldet. Und mein Vater, der damals ja bereits angefangen hatte, in der Garage zu arbeiten, der hat immer weiter gemacht, und dann . . .«

Paul Block legte seine Rechte auf den Arm des Jungen: »Augenblick, sagten Sie, daß Landru sich als Mitarbeiter der Sûreté ausgegeben hat?«

»Ja, das hat er. Da können Sie den Alten fragen. Das wird er Ihnen bestätigen. Also, mein Vater hat gearbeitet und gewartet, daß jemand kommt und sagt, das ist meine Garage. Aber es kam keiner. Da hatte er zwar 5000 Francs gezahlt, mit denen dieser Schurke abgezogen ist, aber die Garage sollte ja viel mehr kosten. Deswegen ist er so stumm, wenn man ihn darauf anspricht, das müssen Sie verstehen.«

Paul Block hörte schon nicht mehr zu.

Er sah aus dem Fenster. Die Tür der Gendarmerie wurde geöffnet, zwei Flics traten heraus. Wenn Landru ein Mitarbeiter der Sûreté war, dann, in seinem Kopf überschlugen sich die Gedanken.

Die Flics schlenderten langsam auf die Garage zu.

Der eigene Mann, mit dem konnten sie machen, was sie wollen, der war eingeschworen. Aber es konnte natürlich auch eine Ausrede Landrus sein, um hier auf dem Land, wo niemand es nachprüfen würde, eine plausible Erklärung zu haben.

»Wie steht es denn nun, ich meine . . .«, der junge Monteur hielt die Hand auf.

Paul Block zog widerwillig einen Zehnfrancs-Schein aus der Tasche, reichte ihn über den Tisch.

Der junge Mann strahlte, bedankte sich überschwenglich.

Block merkte, daß er zuviel gegeben hatte.

Dann stand der Alte in der Tür, gefolgt von den beiden Flics.

21

Pariser Korrespondenz

Nr. 257/713

3. Jahrgang 5. 11. 1935

Goebbels' Geheimanweisungen enthuellen die strategischen Vorbereitungen im Westen

Berlin, 5. 11.: Die letzten Befehle des Propagandaministeriums an die Presse des Dritten Reiches, die uns bekannt wurden, liefern mit aller Deutlichkeit den Beweis, dass die Hitlerregierung ihr doppeltes Spiel in der auswaertigen Politik fortsetzt. Waehrend sie offiziell und inoffiziell immer wieder versichert, dass sie im Westen keine Angriffsabsichten verfolge, laesst sie Massnahmen treffen, die von strategischen Erwaegungen in bezug auf den Westen diktiert sind. Ueber den Wiederaufbau der Festungen wird gesagt: »Es ist verboten, Informationen oder Geruechte ueber den Wiederaufbau der Festungen, die auf Grund des Versailler Vertrages geschleift wurden, zu verzeichnen.«
Noch deutlicher ist dieser Befehl: »Das Kriegsministerium fordert nochmals und in dringender Form, dass die Presse Mitteilungen ueber die Frage der Befestigungen in der sogenannten »entmilitarisierten« Zone und die Einbeziehung dieses Gebietes in den militaerischen Aufbau des Reiches unterlaesst. Die Presse wird daran erinnert, dass es unzweckmaessig ist, ueber Neuerungen auf militaerischem Gebiet zu schreiben. Es ist besser, ueber die Fortschritte zu sprechen, die von unsern Nachbarn auf dem Gebiet der Ruestungen verwirklicht werden.« »Es ist nicht mitzuteilen, dass das Daimler-Werk in Marienfeld, das geschlossen war, die Herstellung der Tanks aufgenommen hat.«

Paul Block zog die Seite aus der Maschine und spannte eine neue ein. Seit Stunden war er damit beschäftigt, die von Rosenfelder ausgesuchten Meldungen zu verarbeiten, erst auf deutsch, denn Koszyk war an einer Grippe erkrankt, und dann auf französisch. Seine Kommentare wurden immer kürzer, die Fülle des Materials und dessen Aussagekraft standen im Vordergrund. Er fühlte sich wie eine Schreibmaschine. Auch seitdem Scheer eingestellt war, insbesondere für die französische Ausgabe, hatte sich ihre Arbeit nicht halbiert, sondern nur weiter vermehrt. So entstand eine geteilte Welt der Information: im Reich konnten die Deutschen das lesen, was ihnen zensiert vorgesetzt wurde, alle Hinweise auf Kriegsvorbereitungen wurden getilgt, in Frankreich und anderen Ländern konnten die Franzosen und Engländer lesen, was den Deutschen vorenthalten wurde. Das Hören ausländischer Sender war im Reich unter strengste Strafe gestellt. Mit gutem Grund. Die Teilung wäre aufgehoben worden.

»Paul, kommst du bitte mal herein«, sagte Rosenfelder, der für einen kurzen Augenblick die Zimmertür zur Redaktion öffnete.

»Ja, gleich«, sagte Block, ohne seine Arbeit zu unterbrechen. Er formulierte den Satz zu Ende. Eine willkommene Unterbrechung. Als er aufstand, spürte er seinen Rücken. Er stemmte die Arme in die Seiten und drehte seine Schultern.

Rosenfelder saß zwischen den Zeitungsbergen, aus denen er die Meldungen fischte, wie ein Archivar, dem ein Windsturm ins Werk gefahren war.

»Was bedeutet dir diese Arbeit bei der »Korrespondenz?« fragte er, als Block sich einen Stuhl freigeschaufelt hatte.

»Kurt, ist schon Feierabend?« gab Block zurück.

»Nein, ganz im Ernst, ich möchte mal wissen, warum du hier bei uns arbeitest?«

Block überlegte einen Augenblick, dann sagte er: »Weil ich glaube, daß diese Arbeit wichtig ist, für uns und für Deutschland. Wenn in Paris und anderswo die Leser erfahren...«

Rosenfelder unterbrach ihn: »Ich will keine politische Begründung von dir, sondern eine persönliche. Was bedeutet dir diese Arbeit?«

»Das ist nicht so einfach zu sagen, da müßte ich überlegen.«

»Dann tu's!«

Rosenfelder beugte sich über die Zeitung, die er auf dem Schoß liegen hatte.

»Kannst du mir sagen, warum du mir diese Frage stellst?« Paul Block hatte keine große Lust zu diesem Gespräch, aber seitdem das Verhältnis zu Rosenfelder angespannt war, wollte er ihn auch nicht brüskieren.

»Weil ich gerne eine Antwort von dir darauf möchte.« Rosenfelder sah nicht von seiner Zeitung auf.

»Also, gut, wenn du willst. Ich schreibe gerne, ich verdiene hier etwas Geld, ich kann nicht untätig rumsitzen und jammern, ich glaube, daß diese Arbeit politisch nützlich ist, ich will damit die Emigranten unterstützen, ich kämpfe auf meine Weise um Deutschland, wohin ich eines Tages wieder zurückwill und sei es nur, um dort zu sterben. Reicht dir das?«

»Nein«, gab Rosenfelder zurück. Er legte die Zeitung weg.

»Wieso nicht? Das ist meine persönliche Begründung.«

»Das ist sie nicht, Paul, das machst du dir und uns vor.«

Block räusperte sich: »Kurt, was willst du?«

»Ich will, daß du mir die Wahrheit sagst. Warum arbeitest du hier?«

Block kam der Gedanke, daß Rosenfelder ihn verdächtigte, ein Spitzel zu sein, ein Spion, der für die Franzosen arbeitete. Seine Kontakte zu französischen Behörden, sein Renommée, das allerdings längst verblichen war.

»Das ist die Wahrheit. Und du müßtest wissen, daß ich von Anfang an hier für unsere Sache geschrieben habe.«

Kurt Rosenfelder schüttelte den Kopf: »Aber nicht nur für uns, oder?«

»Was willst du mir unterstellen?«

»Ich unterstelle dir gar nichts.«

Block überlegte, ob er einfach aufstehen sollte und das muffige Büro verlassen, aber dann hätte er nicht herausbekommen, warum Rosenfelder ihn ausfragte.

»Kurt, ein letztes Mal und ganz freundlich, was weißt du, das dich ärgert. Hat jemand mich angeschwärzt?«

Wie oft war es vorgekommen, daß aufgrund eines Gerüchtes jemand in der Exilantenszene isoliert wurde. Sie lebten zusammen in einer großen Stadt und dennoch auf allerengstem Raum, da blieb es nicht aus, daß sie sich in die Quere kamen, daß sich Animositäten entwickelten, daß Freundschaften in Feindschaften umschlugen. Was hatten sie mit Gustav gemacht, der beim Kongreß der Schriftsteller plötzlich und nicht abgesprochen die Internationale angestimmt hatte, weil ihm danach zumute war — er hatte einen strengen Verweis von seiner Partei erhalten, daß er sich unsolidarisch benommen hatte.

»Mir ist zugetragen worden, daß du trotz unserer Abmachungen dich nicht an mein Verbot hältst, dich weiterhin mit diesem Landru-Thema zu befassen. Du weißt, daß du damit unsere gesamte Arbeit aufs Spiel setzt. Unter diesem Vorwand können uns die Franzosen den Hahn abdrehen. Das ist es, was ich weiß. Und das muß jetzt ein für allemal aufhören, Paul. Hast du das verstanden? Wir können uns nicht . . .«

»Laßt ihr mich beschatten?« fragte Block, seine Stimme überschlug sich. Woher konnte Rosenfelder wissen, daß er in den Nachtstunden und manchmal am Wochenende seine spärlichen Möglichkeiten ausnutzte, um die Recherche fortzusetzen?

»Das tut nichts zur Sache. Ich will von dir eine schriftliche Erklärung haben, daß du jegliche, und ich meine jegliche, Aktivität unterläßt, die in dieser Sache mit französischen Behörden zu tun hat. Ich will diese Erklärung bis heute nachmittag um drei Uhr. Das war's.«

Rosenfelder nahm die Zeitung wieder auf.

Block stand auf.

Er trat einen Schritt näher an den Schreibtisch heran. Dann schlug er Rosenfelder das Blatt aus der Hand: »Jetzt will ich dir mal etwas sagen, Kurt. Ich sitze hier in dieser Bude seit mehr als zwei Jahren, tipp' mir die Finger krumm, mache die Arbeit von Sekretären oder – Formulierungsgehilfen, zu einem absoluten Hungerlohn, ich mache diese Arbeit, weil ich mich dafür entschieden habe, sie zu machen, weil ich sie notwendig finde, und weil ich gerne mit euch zusammenarbeite. Aber glaube doch ja nicht, daß mir diese Arbeit auch immer Spaß gemacht hat. Ich habe sie oft verflucht, ich habe oft diese Arbeit gehaßt, weil sie mich angefressen hat, aufgefressen. Schlechte und schlimme Nachrichten zu verbreiten, das geht nicht ohne Spuren an einem vorbei. Man stumpft ab, man wird blind. Wenn du mich fragst, warum ich diese Arbeit trotzdem weitergemacht habe, dann sage ich dir, weil ich sie nicht hinschmeißen wollte, weil ich uns nicht im Stich lassen wollte. Deswegen.« Block schluckte, atmete tief durch, um sich zu bremsen, aber die plötzliche Wut hatte ihn gepackt.

»Hier sitzen und wie besinnungslos tippen, damit die Seiten voll werden, pünktlich rausgehen, damit gelegentlich aus unserem Material Futter für die ausländische Presse wird, das ist kein Journalismus, das ist Pflichterfüllung. Und ich habe mich nie darüber beklagt.«

»Du sagst gar nichts über diese Landru-Sache, fällt dir das auf?« Rosenfelders Stimme hatte eine Schärfe angenommen, die Block nur weiter reizte.

»Dann mach doch diese Arbeit selbst einmal, laß mich mal zwei Wochen hier in deinem Raum sitzen und die Sachen auswerten. Wieso bist du der geborene Chef und gibst die Anordnungen?«

Block ärgerte sich, daß er diesen Satz gesagt hatte, aber er war ihm herausgerutscht.

Die Tür ging auf.

»Raus, Henryk, raus.« Rosenfelder schrie. Block hatte ihn in den zwei Jahren noch niemals schreien gehört.

Die Tür wurde wieder zugezogen.

»Es ist besser, wenn wir hier das Gespräch abbrechen«, sagte

Rosenfelder. »Du willst mich nicht verstehen. Siehst du denn nicht ein ...«

»Du hast dieses Gespräch gewollt, und jetzt wird es zu Ende geführt. Ich kann dir genau sagen, warum ich diese Landru-Geschichte verfolge, das ist ganz einfach: sie interessiert mich. Und als Journalist habe ich neugierig zu sein. Hier kann ich das nicht, Kurt. Hier weiß ich, was ich morgen auf den Tisch bekomme.«

»Verstehe ich nicht, ich dachte, du stehst auf unserer Seite!« Rosenfelders Stimme überschlug sich.

»Was hat das damit zu tun, Kurt?«

Block verspürte große Lust, um den beladenen Schreibtisch herum zu gehen und seinen Chef zu verprügeln. Diese hinterlistigen Unterstellungen, diese falschen Anwürfe, Rosenfelder wollte seine Macht demonstrieren.

»Du bringst uns in Gefahr«, Rosenfelder stand auf, als wollte er sich Block stellen.

»Quatsch. Ich bringe mich in Gefahr, aber das ist mein Risiko, nicht deins.«

Sie standen sich gegenüber. Nur getrennt von dem Zeitungsberg. Eine falsche Bewegung hätte eine Schlägerei ausgelöst.

Esperia, 5. 11. 35

Nach einem Streit mit Rosenfelder die PK verlassen. Wenn er den Chef spielen will, mache ich nicht den Knecht.
Seitdem Andrea mir die Wohnung in der Rue de Seine überschrieben hat, habe ich geschwankt, ob ich diese Großzügigkeit über mich ergehen lassen soll. Jetzt kann ich nicht anders: ich werde ein Zimmer in der Rue de Seine für mich beanspruchen.
Brauche neue Finanzquellen.

Paul Block war besessen.

Kaum hatte er seine Kisten ausgepackt, sein kleines Zimmer in Besitz genommen, begann er Listen anzufertigen, biografische Daten zu vervollständigen, eine Zeittafel aufzustellen für April

1919, die Verhaftung Landrus, und die folgenden Monate: auf der linken Seite der Ablauf der polizeilichen Untersuchungen und deren Niederschlag in der täglichen Presse, auf der rechten Seite die laufenden politischen Ereignisse. Durch diese Gegenüberstellung konnte er die Synchronität, wenn nicht die Synchronisierung von beiden Handlungsabfolgen studieren.

Den ganzen Dezember versuchte er, Familienmitglieder Landrus ausfindig zu machen, konnte ein Dutzend verschiedener Namen und Adressen angeben, ständig hatten Landrus Frau und die vier Kinder beides gewechselt, aber wo sie sich jetzt aufhielten, gelang ihm nicht herauszufinden. Wie viele Leute, die früher Landru hießen, hatten ebenfalls ihren Namen geändert, im April 1919 schon vier Familien, die nun unter Landry firmierten. Bei der Wahl im November 1919 waren 4000 Wahlzettel auf den Namen Landru ausgestellt, so groß war seine Popularität, manche nannten sogar ihre Söhne nach seinen Vornamen: Henri und Désiré. Auf eine Pariser Straßenkarte, die fast die ganze Stirnseite des Zimmers einnahm, steckte Block kleine Zahlenfähnchen, und schrieb eine lange Legende an den Rand.

Die Suche nach Landrus Friseur hatte mehr Erfolg. Obwohl er deswegen viermal nach Versailles fahren mußte. Zwei Jahre nach der Hinrichtung besaß Papillon einen kleinen Laden in der Rue Delamont 34, dann hat ihm die Gesundheitsbehörde das Geschäft geschlossen, weil er nicht hygienisch sauber war. Er soll nach Deauville verzogen sein. Block wollte die nächste Gelegenheit nutzen, um in die Normandie zu fahren.

Je mehr er in Erfahrung brachte, desto weniger ließ er sich davon abbringen, daß seine gewagte Theorie zutraf.

Immer, wenn er nach Gambais fuhr, trieb er ein Spiel mit den Einwohnern. Sie haben doch bestimmt die Geschichte von Landru gehört, oh ja, Monsieur, können Sie sich noch erinnern, wo er gewohnt hat, bien sûr, Monsieur, können Sie mir sagen, wie ich da gehen muß, um zu seiner Villa zu gelangen, und dann erhielt er Anweisungen in alle Himmelsrichtungen. Noch weitläufiger wurden die Antworten, wenn er fragte, wann denn dieser Landru gelebt hatte, dann konnte er hören, das war zur Zeit meiner Großmutter, ganz bestimmt, können Sie mir glauben, als ich ein kleines Kind war, sagte eine Achtzigjährige, nein, glauben Sie mir, wirklich, das war voriges Jahr, ich kann beschwören, daß es heute auf den Tag drei Jahre her ist, daß sie ihn hingerichtet haben. Wenn er allerdings fragte, ob man glaubte, daß er tatsächlich diese Frauen alle ermordet hatte, dann war die Meinung einhellig, diese ganz bestimmt, aber es waren wahrscheinlich noch mehr. Nur, sie konnten ihm ja nichts beweisen.

Block hatte den Besitzer des Schuppens in Clichy ausfindig gemacht, der früher Landru gehörte. Ein schwergewichtiger Alter, mit aufgedunsenem Gesicht und einem dicken Wollschal. Er bot Block, den er für einen Kunden hielt, einen sauren Roten an und plapperte über Landru, als habe er in seinem Leben nichts anderes zu tun gehabt, als dessen Biografie zu studieren.

»Wissen Sie, dieser Mann war ja ein Genie des Verkaufs. Ich mache schon Flocken genug mit diesem Laden hier, aber was dieser Mann angestellt hat! Man muß doch erst mal auf diese Idee kommen, diese Idee, Frauen die Heirat versprechen und ihnen dann die Möbel billig unterm Hintern wegziehen. Wenn Sie wüßten, wie schwierig das ist. Gehen Sie doch mal rum, fragen Sie die Leute, ob sie sich von einem alten schäbigen Schrank trennen wollen. Nein, Gott bewahre, der stand schon vor hundert Jahren hier, der kommt nicht weg. Aber dieser Mann hat seine Zeit verstanden. Erstens gab es Frauen, die Männer brauchten, da konnte er Abhilfe schaffen, zweitens gab es Frauen, die brauchten Geld, da bot er ihnen ein Geschäft an, drittens, er bekam die Sachen billig. Genial. Wirklich genial. Aber sie haben ihm ja übel mitgespielt, diesem Mann. Übel. Als er noch im Gefängnis saß, haben sie ihm die Wohnung leergeräumt und alles versteigert, zu Geld gemacht. Ich glaube, da haben sich einige ganz schön die Weste angefettet. Plötzlich ist die

Polizei dagewesen, hat die Wohnung aufgelöst, die kostbaren Sachen wurden fortgeschafft, und keiner fragt danach. Ich war bei der Auktion dabei. Da gings um Flocken. Hôtel Drouot war das, und geboten haben wir. Obwohl es oft nur mittelmäßige Möbel waren, aber die Kunden haben sich später darum geprügelt. Der Auktionator hat immer gerufen, bevor er den Zuschlag gab: Ist Monsieur Landru anwesend? Dann gab's Gelächter. Ich würde wetten, daß Landru nichts, nicht einen Sou davon erhalten hat.«

Inzwischen hatte Block eine klare Vorstellung, wie die Abmachungen zwischen den Justizbehörden und Landru aussahen: er war »freier« Mitarbeiter, Zuträger der Sûreté gewesen, im Halbdunkel zwischen Legalität und Illegalität, durch sein Geschäft traf er viele Leute, konnte ein guter Informant sein, auch die Frauen, die er traf, wußten etwas zu erzählen, vielleicht ein kleiner Nebenverdienst, mehr nicht. Dann wird er verhaftet, Insepktor Belin, von der mobilen Brigade, man fragt ihn aus, der Geheimdienst bekommt Wind von der Sache, es ist peinlich, daß gerade ein Mitarbeiter so ein Schurke ist, aber, die rettende Idee, Befehl von oben, wir brauchen einen schillernden Fall für die Öffentlichkeit, warum nicht diesen Gauner Landru, er könnte die Rolle spielen, hat mit vielen Frauen zu tun gehabt, viele Frauen sind verschwunden, vielleicht, so dachte Block, hat Landru sich selbst als Frauenhändler betätigt, das machte die Sache noch einfacher. Er hat sie also umgebracht, das zu inszenieren war überhaupt kein Problem. Die wenigen Indizien, die plaziert werden mußten, ein Kinderspiel. Wenn Landru die Frauen ins Ausland geschafft hatte, dann bedeutete das nur, daß er doppelt kassierte, einmal die Habe der Frauen und dann Gelder von ausländischen Kunden, der Markt des weißen Fleisches, der in den zwanziger Jahren in Paris große Konjunktur hatte, das erklärte auch, daß er wesentlich mehr Geld zur Verfügung hatte als die Beträge, die während des Prozesses zur Sprache kamen. Sein Rechtsanwalt spielte in seinen Plädoyer darauf an, nicht ohne Grund. Ein Mitarbeiter des

Geheimdienstes erledigt eine Aufgabe für die Regierung, die von jeher sein Auftraggeber war.

Block suchte Mosaiksteine, um sein Bild zu vervollständigen. Aufgeregt, hektische Nachfragen stellend, völlig sicher, daß er auf der richtigen Spur war.

22

»Du mußt wisse, daß ich kein einsam Mensch sein kann, ich brauch die Leut, ich hab die Leut gern, you imagine, nicht nur wegen der Applausi. Wann immer ich in eine Stadt komm, wo wir gespielt haben, geh ich erst zu die Zirkus, frag die Kollege, das ist ein schön Zeit. Aber sonst sind die Städte alle gleich. Da kann ich auch in Genf wohnen. Da hab ich ein Heim.«

Paul Block hörte seinem Freund zu, spürte, daß Max seine Hilfe brauchte, eine Hilfe, die er nicht geben konnte. Seit Max in Paris angekommen war, hatte er nur von sich geredet, da waren wieder die alten Geschichten, wie er Grock kennengelernt hatte, wie sie sich langsam ihre Nummer erarbeiteten, wie der Erfolg immer rasanter geworden war, und bei der schnellsten Umdrehung hatte alles für ihn aufgehört.

»Das ist kein Leben, Paule, kein Leben, wenn du morgens fragst, was ist am Abend, wozu mach ich diesen Tag, ich hab versucht ein Nummer aufzubauen, ich hab gehabt ein paar Auftritte, ich hab auch Applaus gehabt, aber, das ist was anderes, die Schweiz ist ein klein Land, klein Publikum, oft sitzen sie auf ihre Händ', you imagine, das ist nicht so wie Wintergarden. Ich habe mein Leben genossen und will es wieder tun, aber du mußt wisse, daß ich brauch die große Hallen.«

Sie waren von Café zu Café gezogen, von Restaurant zu Bar, sie hatten sich aufgewärmt, aufgeheizt, Paul Block wollte wenigstens zuhören, wollte seinem Freund zuhören, wenn er ihm schon keine Hilfe geben konnte, wollte ihm das Gefühl geben, daß er sich auf ihn verlassen konnte. Ein Gaukler der Gefühle.

»Ich bin jung, ich kann immer wieder anfange, auch ganz andere Sache, Paule, you imagine, ich kann, was du willst. Vielleicht bleib ich hier, in diese Stadt, eine Zeit, vielleicht geh ich nach London, zurück, ich hab immer die Geige dabei, und meine Maske, ich kann sofort etwas machen, wenn du willst, Paule, kein Schwierigkeit. Ich kann improvisiere, kann Späß' machen.«

Block hatte Max davon berichtet, daß Marion und Regine an diesem Abend ihr Cabaret eröffneten, da wollten sie hingehen. Max hatte die Idee gefallen, langsam war er ruhiger geworden, hatte sich, von seiner hektischen Redeweise langsam abgleitend, von seinem Freund auffangen lassen. Block hoffte, daß Max das Programm gefallen würde.

Es war schwer, für Max einen Stuhl zu organisieren, denn die Premiere war ausverkauft. Regine, die schwarze Sängerin, hatte zwei Eröffnungscouplets gesungen. Dann gab es eine Szene, die bei den Wirtschaftsemigranten spielte, die in den Cafés des Montparnasse ihre Luftgeschäfte betrieben. Sie kauften und verkauften, sie spekulierten in Luftländereien, in Luftbodenschätzen, zu Luftpreisen. Jeder den anderen übertölpelnd, übervorteilend, jeder dem anderen vorlügend, daß die Chancen für seine Geschäfte steigen würden. Das Emigrantenpublikum erkannte sich.

Marion trat vor, in Uniform, ihr langes rotes Haar versteckt unter einer braunen Mütze: Herr Goebbels als Zirkusdirektor, die lange, schwarze Peitsche in der Hand, der große Ausverkauf, die große Verlade, ein ganzes Volk, das durch den Reifen springt. »Auch wenn er brennt, auch wenn er brennt . . .«, sang Marion, immer wieder den Marsch auf dem kleinen Bühnenboden skandierend. »Wie sie zucken, wie sie ducken . . .«, sie knallte mit der Peitsche. »Ein ganzes Volk in Reih und Glied, die Väter, Mütter, Brüder, Onkel, die Tanten, alle Anverwandten, die stehen stramm, wenn ich es will — sie springen durch den Reifen, auch wenn er brennt, auch wenn er brennt.«

Dann war es dunkel. Die Peitsche knallte, Gewehrschüsse folgten. Niemand klatschte. Es dauerte eine ganze Weile, bis das Programm fortgesetzt wurde.

»Wolle die Leut nicht lachen machen?« fragte Max leise. Block meinte, soviel gebe es da nicht zu lachen.

»Aber muß man lache«, Max schüttelte den Kopf.

In der Pause gingen Block und Max hinter die Bühne, sprachen mit Marion und Regine, die von Freunden umringt waren. Obwohl der Abend noch nicht zu Ende war, feierten alle schon den großen Erfolg. Lange hatten die beiden Frauen davon gesprochen, ein Cabaret aufzumachen, so lange, daß niemand mehr daran glaubte, aber dann hatten sie gehandelt. Indem die Freunde Marion und Regine umjubelten, sprachen sie sich selbst Mut zu, nicht zu resignieren.

»Aber ihr müßt die Publikum kitzeln«, Max wagte eine Kritik, mitten in dieses Lob hinein, »nicht nur schrecken. Wenn sie Angst kriegen, ziehen sie Kopf ein, Mantel hoch, niemand sieht sie und sie werden nicht gesehen. Wenn ihr kitzelt, strecken sie Kopf heraus und lache. Und wenn sie lache, viele Lache, dann mal schrecken, buh, aber dann auch wieder Lache.«

Marion hörte Max zu, gierig, von seinen Erfahrungen zu lernen. Dann scheuchten die beiden Frauen die Besucher aus der Garderobe, für den zweiten Teil brauchten sie noch etwas Vorbereitung. Max blieb. »Ich kann auch helfe.«

»Und als kleine Zugabe, von einem Kollegen, der zufällig heute in der Premiere ist: Max, der langjährige Partner von Grock.«

Die Uniform spannte am Bauch, die goldglitzernden Orden waren verrutscht, die Mütze tief über den Augen.

Max stolperte auf die Bühne.

Ein Goldfasan aus dem Nazi-Reich. Mit einer langen Peitsche. Zweimal ließ er sie schnackeln. Dann hatte sie sich um seine Füße gewickelt. Versuchte sich ihr zu entwinden. Der Kampf mit der Peitsche. Während Max seine Füße befreite, wickelte er das andere Ende um seinen Hals.

Dann fiel er hin.

Das Publikum stand auf, um besser sehen zu können.

Er zog die Peitsche fest, daß es aussah, als wolle er sich strangulieren. Dabei verdrehte er die Augen so komisch, wand sich auf dem Boden. Das Lachen.

Endlich hat er die Peitsche entwirrt, will mit ihr knallen, trifft aber nur sich selbst. Dann will er sie beschwören. Wirft seine Rechte nach oben, der Nazigruß. Er brüllt sie an. Aber die Peitsche bleibt ohne Reaktion.

Er zieht den Revolver, der im Gürtel steckt. Zielt auf das Publikum, legt an, drückt ab. Kein Schuß löst sich.

Geschäftig wie ein kleiner Junge untersucht er die Waffe, prüft die Trommel, den Lauf. Dabei schießt er sich ins Bein. »Es ist der falsche Fuß«, schreit er und hinkt auf beiden Füßen von der Bühne.

Der Beifall setzte zögernd ein, aber wurde immer stärker. Max trat vor den Vorhang, verbeugte sich tief: »Ich danke Ihnen, daß Sie mir zugeschaut haben.«

Rue de Seine, 31. 12. 35

Es ist schon zur Tradition geworden, die rote Nelke an Heines Grab auf dem Friedhof Montmartre niederzulegen. Wie schnell entstehen Gewohnheiten in einer ungewohnten Zeit? Heinrich Heine schreibt vor mehr als hundert Jahren an Varnhagen von Ense: »Ich habe wahrhaftig nicht die Dinge auf die Spitze gestellt, sondern die Dinge haben mich auf die Spitze gestellt, auf die Spitze der Welt, auf Paris ... Indessen: Fliehen wäre leicht, wenn man nicht das Vaterland an den Schuhsohlen mit sich schleppte. Es kann mir hier nicht schlechter gehn wie in der Heimat, wo ich nichts als Kampf und Not habe, wo ich nicht sicher schlafen kann, wo man mir alle Lebensquellen vergiftet.«

Bald sind es drei Jahre in der Emigration, eine Zeit, mit der man renommieren könnte. Die eigentliche Kunst ist die zu überleben, nicht zu resignieren, das Vaterland nicht aufzugeben. Möchte wissen, wieviel die Arbeit an der Landru-Sache zu diesem Überleben beigetragen hat, wenngleich sie auch anderes zerstörte.

Henryk hatte ihm ein Flugblatt mitgebracht, als brauchte er einen Vorwand, um Block zu besuchen. Sie sprachen über die Arbeit in der Redaktion, nein, es laufe alles gut, er solle sich keine Sorgen machen, auch kein schlechtes Gewissen, nein, es sei wohl besser so, schließlich sei Scheer inzwischen gut eingearbeitet, natürlich würde die Arbeit immer mehr, oft seien sie zwölf Stunden am Tag in der Redaktion, Henryk schloß seinen laufenden Bericht über die »Pariser Korrespondenz« mit dem Satz ab: »Paul, ich fände es gut, wenn du wieder mit uns arbeiten würdest.«

Block war erstaunt, hatte es eher als eine Befreiung für die anderen Redaktionsmitglieder verstanden, daß er seine Arbeit niederlegte. Schließlich störten seine privaten Recherchen nachhaltig die politische Arbeit an dem Nachrichtenorgan. Er bot Henryk einen Kaffee an, ging in die Küche und setzte Wasser auf.

»Was macht denn dein Mörder? Oder Nicht-Mörder?« rief Henryk aus dem Wohnzimmer, »hast du bald einen Freispruch für ihn?«

Block antwortete nicht.

Henryk fragte nicht nach.

Ich könnte zurückgehen, aber dann müßte Rosenfelder auch einen größeren Spielraum gewähren, dachte Block, der den Kaffee in die Tassen füllte.

»EHRENWERTES UND ERSTAUNLICHES TESTAMENT VON HENRI-DÉSIRÉ LANDRU — EIN DOKUMENT VON BRENNENDER AKTUALITÄT«, Henryk las mit lauter Stimme.

»Was ist das?« fragte Block, der das Wohnzimmer betrat.

»Das hab ich dir mitgebracht, ich dachte, es würde dich interessieren. Aber du hast ja keinen Blick drauf geworfen.«

Block schämte sich, er hatte es für eine Einladung zu einem politischen Termin gehalten.

> »Ich bin total erledigt, ich werde verlöschen. Das ist mein Testament. Ich Henri-Désiré Landru erkläre das Folgende:
> 1. Entgegen den bösartigen Unterstellungen der böswilligen Presse war ich immer ein eigenbrötlerischer Mensch, der es liebte, die Frauen am Rost zu

grillen, um ihnen höchstmögliches Glück zu gewähren, deswegen liebe ich über alles meinen Ofen.
2. Ich erkläre in aller Öffentlichkeit, daß ich ein Gauner war, aber niemals ein Mörder. Ich habe die Frauen immer als Birnen angesehen. Es ist nicht mein Fehler, daß ich Birnen gekocht liebe.
3. Mein Kochbuch gibt eine Methode an, wie Fleisch im Ofen neu erscheint. Das ist falsch. Die Frauen, bei denen ich diese Methode angewandt habe, sind nie wieder erschienen.«

Henryk gab Block das Stück Papier, unordentlich gedruckt, auf zwei Seiten, ein Testament, in dem Landru, der Witwer à la Mode, über die Verwendung von Kohlen im Ofen spricht und Anweisungen gibt, was mit seinem Bart, seinem Kopf und seinen Händen zu geschehen habe.

»Wo hast du das gefunden?« fragte Block, er war ganz aufgeregt, ein verspätetes Weihnachtsgeschenk.

»Bei einem Antiquar, ich fragte, ob er irgend etwas über Landru habe, und er holte dieses Flugblatt hervor. Ich dachte, es paßt in deine Sammlung.«

»Glaubst du, daß es ein echtes Testament ist?« Block drehte das Blatt ein paarmal hin und her.

»Keine Ahnung. Ich denke eher, daß sich jemand einen Scherz erlauben wollte. Die Sprache ist ironisch.«

»Gerade deswegen, dachte ich, wenn man Landru nicht umgebracht hat, sondern, wie ich glaube, hat laufenlassen, dann wäre es doch ein besonderer Witz gewesen, so etwas zu veröffentlichen.«

»Ach, du bist inzwischen sicher, daß deine Phantasien Realität sind? Das hatte ich nicht gedacht.« Henryk nahm die Tasse auf, blies über den heißen Kaffee und ließ Block nicht aus den Augen.

»Nein, nicht hundertprozentig sicher, aber eins weiß ich, er ist nicht hingerichtet worden.«

»Du nimmst es an?«

»Ich nehme es an.«

»Also weißt du es nicht«, Henryk verschüttete den Kaffee, weil er noch zu heiß war, als er ihn an die Lippen setzte.

»Er war einer von ihnen«, sagte Block, er spielte mit der Andeutung.

»Wie, einer von ihnen?« Henryk rückte auf dem Sessel, ließ sich nicht beirren von Blocks Eloquenz.

»Ein Mitarbeiter der geheimen Dienste«, antwortete Block langsam, »gemeinhin als Sûreté bekannt.«

Er machte eine Pause.

»Das nimmst du an oder das weißt du?« Henryk kam nach vorne.

»Ich habe einen Hinweis. Mehr nicht. Aber wenn das stimmt, dann ist das Rätsel gelöst. Denn mit einem aus der eigenen Truppe können die sowas natürlich machen. Die oberen Etagen pfeifen, sie wollen einen Skandal, ein schönes helles Feuer, weithin sichtbar in ganz Paris, und die mittleren Etagen nehmen den Auftrag an und fühlen sich verpflichtet. Clemenceau einen Gefallen zu tun, drücken auf die einfachen Inspektoren, damit sie einen am Wickel packen: jemand, den sie kennen, hat schon eine kriminelle Vergangenheit, um so besser, mit dem wird das Spiel gespielt. Resultat ist bekannt.«

Block wartete auf Henryks Zustimmung. »Klingt einleuchtend«, sagte der schwarze Kräuselbart, »aber weißt du wirklich, daß er Mitglied der Sûreté war?«

»Eine Hinweis habe ich bisher. Für den mußte ich zwei Tage sitzen.«

Block erzählte, wie er in Malakoff von den beiden Flics arretiert wurde, die ihm einfach den Arm umdrehten, ohne auch nur eine einzige Frage an ihn zu stellen. Sein Zusammentreffen mit dem vermeintlichen Garagenbesitzer war nicht ohne Folgen geblieben, denn der Alte hatte die Flics verständigt.

»Aber ein Hinweis wird nicht dadurch besser, daß man für

ihn hinter Gitter geht.« Henryk lachte, hob das Flugblatt hoch: »Du weißt ja nicht einmal, ob das hier echt ist!«

Rue de Seine, 16. 2. 36

In Spanien hat die Volksfront gesiegt. Wie lange mußten wir auf eine gute Nachricht warten, eine Nachricht, die uns Mut gibt? Der Wahlsieg der Republikaner, Sozialisten, Kommunisten, Syndikalisten zeigt einen Weg: wenn wir zusammenstehen, dann kann es gelingen, den Faschismus zu überwinden. Auch in Frankreich deuten die Zeichen in eine ähnliche Richtung, die nächsten Wahlen werden entscheiden. Dann wäre ein Gegengewicht geschaffen gegen das Reich und Italien. Habe mir überlegt, ob ich als Korrespondent für einige Emigrantenzeitungen nach Spanien gehen soll, um dort die Entwicklung mitzuverfolgen. Will zunächst ein paar Wochen abwarten.

Andrea hat geschrieben, sie ist auf dem Wege nach Paris, möchte mich gerne wiedersehen. Berlin scheint ihr unheimlich zu werden. Die Aufmärsche weisen schon die Richtung. Auf dem Reichsparteitagsfeld stehen die Nazis Gewehr bei Fuß. Wann legen sie an?

Deauville war wunderschön, die ersten warmen Tage am Wasser, die Paläste der Pariser Reichen, der Rothschilds und der Montforts, die lange Strandpromenade, von der Block nicht genug bekommen konnte. Wieso hab ich dieses Stück Frankreich stets ausgelassen, dachte er, Andrea wollte immer hierher, statt dessen waren sie in ihrem letzten gemeinsamen Urlaub nach Avignon gefahren. Als müsse er sich davon überzeugen, daß es noch Landschaften gab, die ihn begeistern konnten, lief er am Atlantik wie ein Storch auf und ab, die Wellen in sich aufnehmend, natürliche Erosion.

Es dauerte drei Tage, bis er sich sattgefühlt hatte, drei Tage, in denen er weder an das Reich, noch an seinen Frauenmörder denken wollte, und es war ihm für Stunden gelungen.

»Mein Mann ist verschwunden, einfach verschwunden, Monsieur, mehr kann ich Ihnen nicht sagen. So leid es mir tut.« Die ältliche Frau in der Tür eines zweistöckigen Hauses versperrte ihm den Eintritt. Block hatte die Adresse der Familie Papillon in weniger als zwei Stunden in Erfahrung bringen können, die Zugereisten behielt man im Auge, insbesondere, wenn sie aus Versailles kamen, was für die Provinzler gleichbedeutend mit Paris war.

»Wann ist er verschwunden?« fragte Block, der sanft gegen die Tür drückte.

Frau Papillon antwortete: »Schon lange her.« Sie stemmte sich gegen das Holz.

»Keine Sorge, Madame, ich komme nicht von der Polizei. Ich bin auf der Suche nach Landru, und ihr Mann war sein Friseur.«

Die Tür gab nach.

Der Blick in einen armen Haushalt.

Eine Küche, die gleichzeitig Wohnstube war. Am Tisch drei Gören, die Block anstarrten.

»Was soll ich Ihnen sagen, Monsieur ...«

»Block, Paul Block heiße ich. Ich möchte nur wissen, wann Ihr Mann verschwunden ist. Keine Sorge.«

Ihr graues Haar war zu einem Knoten zusammengebunden.

»Wir mußten unseren Laden schließen, die Polizei hat ihn gesperrt. Ein Freund hat uns hier in Deauville ein Friseurgeschäft besorgt. Mein Gott, wann war das? Vor zehn Jahren vielleicht. Aber seit wir hier waren, hat er Pech gehabt. Nie genügend Geld.«

Fremdenlegion, dachte Block, abgehauen, wie viele andere, aber er wollte die Frau nicht irritieren, sagte: »Warum ist er damals im St. Pierre entlassen worden? Hatte doch einen sicheren Posten als Gefängnisfriseur, oder?«

»Er wollte mehr Geld. Immer wieder haben sie ihn vertröstet, jeden Monatsersten hat er gefragt, waren über zweihundert Gefangene da, und er mußte alle Köpfe scheren, und dann die Gefängnisbeamten, wollten ja auch einen kostenlosen Haarschnitt, nicht, als mein Mann dann das eigene Geschäft hatte, haben wir gesehen, wieviel er verdienen konnte. Das war dreimal soviel, wenn das reicht.«

Sie standen immer noch an der Tür, und Block war kein Stück weitergekommen.

»Was hat Ihr Mann denn über Landru erzählt?«

Madame Papillon lächelte: »Hat nie viel erzählt, mein Mann. War ein Schweiger. Landru soll ein guter Mensch gewesen sein, sehr freundlich, hat gutes Trinkgeld gegeben. Noch am letzten Tag.«

»Und die Hinrichtung, wie war die?«

»Mein Mann war komisch, als er von der Hinrichtung kam. Ich weiß noch, daß er mir erst gar nichts sagen wollte, aber dann hat er doch etwas gesagt: ich mußte ihm den Bart scheren, hat er gesagt. Wahrscheinlich haben ihn die Behörden dazu gezwungen. Der Bart, das war ja seine Kraft, und die wollten sie ihm auch noch nehmen, bevor sein Kopf rollte.«

»Was haben Sie unternommen, als Ihr Mann verschwunden ist?«, fragte Block, der sich keinen Reim darauf machen konnte, daß nicht eine Zeitung darüber berichtet hatte, daß Landru bei der Hinrichtung keinen Bart getragen hatte.

»Was sollte ich tun, bin zur Polizei, aber bis heute nichts, kein Brief, kein Zeichen. Ich weiß gar nicht, ob ich ihn wiedererkennen würde, wenn er jetzt plötzlich auftauchte, so lange ist das schon her, Monsieur. Wollen Sie mir vielleicht mitteilen, daß er gestorben ist, mein Gott, ich hätte mir das denken können ...« Sie begann zu weinen.

»Nein, beruhigen Sie sich, ich suche nach Landru, Ihr Mann hätte mir helfen können.«

Block zog einen Zehn-Francs-Schein aus der Tasche: »Hier, nehmen Sie, Madame.«

Sie griff nach dem Schein.

Block merkte, daß er mit dem Geld Abstand von ihrer plötzlichen Emotion gewinnen wollte.

23

Dämmerzustand, ein Morgen im Halbschlaf, Gedanken über eine Abreise nach Spanien, über eine Ankunft Andreas, über ein Zusammensein mit Max, Überlegungen um eine Rückkehr in die Redaktion der »Korrespondenz«, um eine Veröffentlichung der wahren Landru-Geschichte, ein Morgen in der Rückenlage, ohne Schlaf.

Eine Phantasie beschäftigte Block seit seiner Rückkehr aus Deauville, ein Traum im Wachzustand, eine Abfolge von Ereignissen, die sich einbrannte und unumstößlich wurde.

Der Morgen des 25. Februar 1922.

Die Zelle Landrus im St. Pierre-Gefängnis in Versailles.

Landru wird vom Stellvertreter des Staatsanwaltes geweckt, es ist kurz nach fünf Uhr.

Sein Verteidiger Moro-Giafferi, dessen rechte Hand Navières du Treuil, der Generalstaatsanwalt Godefroy, der Gefängnisgeistliche Loisel sind anwesend.

Wachzustand, angespannt.

Landru sagt: »Sie finden mich gefaßt, meine Herren. Ich bin bereit.«

Die ganze Nacht hat er geschrieben, einen Teil der Papiere zerreißt er, den anderen Teil gibt er an Navières: »Für meine Familie.«

Der Stellvertreter des Staatsanwaltes fragt ihn nochmal, ob er jetzt endlich ein Schuldbekenntnis ablegen wolle.

Landru erwidert: »Ich habe mehrfach erklärt, daß ich unschuldig bin, und ich denke, das sollte Ihnen genügen.«

Der Gefängnisgeistliche will eine Messe feiern.

Landru wehrt ab: »Ich habe nie in meinem Leben eine Messe gefeiert. Ich denke, wir sollten die Herren nicht warten lassen.«

Der Scharfrichter Deibler betritt die Zelle mit zwei Gehilfen.

Sie binden Landrus Hände und Füße.

Landru bittet: »Nicht zu fest schnüren.«

Deibler weiß Bescheid.

Er schneidet ihm den Hemdkragen ab.

Schon am Morgen hat ihm der Friseur Papillon den Bart scheren müssen. Landrus Gesicht ist entstellt.

Der Scharfrichter übernimmt das Kommando.

»Adieu, maître«, sagt Landru. Die beiden Verteidiger bleiben in der Zelle, ebenso der Generalstaatsanwalt, dessen Stellvertreter und der Gefängnisgeistliche.

In einer anderen Zelle arbeitet der Friseur Papillon, stutzt einem Gefangenen die Haare, à la mode Landru. Der Gefangene trägt einen grauen Überzieher. Der Hemdkragen wird ihm abgeschnitten.

Der Scharfrichter geht voran, die Kolonne setzt sich in Marsch, dahinter Landru und die beiden Helfer.

Der Austausch geschieht auf dem Gang. Die beiden Helfer schieben Landru in die Zelle, in der schon der zum Tode Verurteilte wartet.

Die Blicke der beiden treffen sich.

Einen Augenblick.

Fast kein Aufenthalt.

Die Kolonne marschiert weiter.

Der Gefangene trippelt. Seine Füße sind gebunden, er muß trippeln. Im letzten Moment geschieht der Austausch, nur noch eine Handvoll Leute wissen das, bestimmt nicht die Verteidiger, keinesfalls die Gefängniswärter, nur der Scharfrichter und seine Helfer sind dabei.

Landru kleidet sich in der Zelle an, der weiße Anzug ist vorbereitet, ohne Bart ist er kaum zu erkennen.

Die Kolonne kommt durch das Gefängnistor, es ist sechs Uhr vier. Frühlicht.

Die zugelassenen Pressevertreter schauen auf die Füße, da trippelt Landru, denken sie, stolz, daß sie dabei sein dürfen.

Die fünf Treppenstufen hoch.

Der zum Tode Verurteilte weiß nicht, welche Rolle er spielt, vielleicht wundert er sich, welche Behandlung ihm vor der Hinrichtung noch zuteil wird. Minuten später wird er nicht mehr reden können.

Landru weiß den Weg zum Seitentor des St. Pierre-Gefängnisses, dort wartet Fernande Segret mit einem Wagen, sie werden zur Küste fahren und später das weiße Schiff nach Buenos Aires nehmen.

Das Fallbeil saust herunter. Wie zwei Athleten tragen die Helfer den Kopf im Korb weg, schieben einen Eimer unter den blutenden Hals. Die Journaille ist zufrieden.

Später kommt das Bulletin. Die Details, die alles glaubwürdig erscheinen lassen.

Wie man Landru Zigaretten angeboten hat — »Nein, ich rauche nicht« — wie man ihm Rum angeboten hat — »Nein, ich trinke nicht. Rauchen und Trinken sind Laster, an die ich mich nie gewöhnt habe. Sie schaden der Gesundheit.«

Ein Scherz von einem, dessen Gesundheit in wenigen Minuten perdu sein wird.

Ein Morgen im Halbschlaf, die Lösung im Dämmerzustand.

Block versuchte erst gar nicht wieder einzuschlafen.

Sophie brüllte: »Sie kennen wir doch.« Und Marie nickte eifrig.

Die »Femina bijoux« war trotz der frühen Morgenstunde bereits geöffnet, als könnte die längere Verkaufszeit auch einen besseren Umsatz garantieren.

Die beiden alten Damen trugen die grauen Westen, die Block schon beim letzten Besuch bewundert hatte.

Marie schimpfte los, daß er kein ehrenwerter Mann sei, er habe ihnen doch versprochen, daß sie nun endlich in die Zeitung kämen, und wo denn der Fotograf bliebe, tagelang hätten sie auf ihn gewartet, aber er sei nicht erschienen. Was er denn glaube, wie lange man so ein Spiel mit ihnen treiben könnte? Sie wären so fürchterlich aufgeregt gewesen.

»Wir sind ja auch nicht mehr die Jüngsten«, Sophie übertönte ihre Taubheit.

Paul Block hatte keine Lust, seinen kleinen Trick zu verteidigen, mit dem er sich beim letzten Besuch die beiden alten Frauen zu Freundinnen gemacht hatte, es gefiel ihm, wenn sie wütend waren. Ihre Art zu schimpfen war so freundlich, so elegant und verschmitzt, daß er Marie und Sophie nicht unterbrechen wollte. Er sei ja auch einer von diesen Pressefritzen, allesamt Lügner, immer würden die Versprechungen machen, und was sie für Ausreden hätten, aber sie würden sich nie an etwas halten, niemals. Marie schmunzelte: »Und auch Sie haben uns sitzen lassen, Monsieur.« »Wie bitte? Was hat er gesagt?«, Sophie hielt die Hand ans Ohr. »Nichts«, rief Marie zurück.

Der kleine Juwelierladen funkelte im Morgenlicht, das ergraute Silber und die mattglänzenden Edelstein-Imitationen gaben eine eigenartige Stimmung, hier hätte Ali Baba seinen Schatz finden können, von der Decke hingen verblichene Seidentücher, gehalten von Spinnweben, die Wände hoch gläserne Schränke, in denen Pokale und Spiegel aufgereiht waren. Schächtelchen und Schubladen voller Kram, den die beiden Alten augenscheinlich mehr liebten als ihre Kunden. Paul Block hatte einen seltsamen Anruf erhalten, eine Männerstimme, nicht sehr tief, langsam sprechend, sagte: »Fernande Segret ist zurückgekehrt.« Er wiederholte diesen Satz ein paarmal. Block hatte das zuerst für einen Scherz gehalten, und es kam einer in Frage, das war Henryk, der würde sich so etwas nicht entgehen lassen. Aber auch eindringliches Nachfragen hatte nur ergeben, daß Henryk zwar tatsächlich gerne diesen Streich gespielt hätte, aber er war es nicht. Block hatte sich vorsichtig umgehört, wer der Anrufer sein könnte, doch er fand niemanden.

»Sie wollen nicht wieder nur leere Versprechungen machen, denn wenn das so ist, dann müssen wir Ihnen die Tür weisen. Also, wie steht es?«, Marie hatte sich in Positur gestellt, hatte sich aufgebaut, mit ihren Einmeterfünfzig, und schaute zu Block hinauf.

»Nein, nein«, wehrte er ab, »diesmal kommen die Fotografen wirklich, meine Damen. Sie haben sich nur etwas verspätet.«

Marie gab sich damit nicht zufrieden. Ohne ein Wort zu sagen, beriet sie mit Sophie, was zu tun wäre, sie benutzten die Finger. Es sah aus, als liebkosten sie sich, sanfte Berührungen, leichtes Spiel der Hände.

»Aber ich habe noch eine Frage«, unterbrach Block, »wissen Sie, daß Fernande zurückgekommen ist?«

Das war ein Stichwort, das einen Schwall von Begeisterung auslöste, nein, Fernande, wann man sie sehen könnte, das wäre eine wirkliche Überraschung, so eine nette Person, und hoffentlich ginge es ihr gut, wenn sie wolle, dann könne sie wieder in diesem Haus wohnen, Fernande, warum sie denn noch nicht gekommen sei, sie wär' doch wie ihre eigene Tochter! »Sie muß uns nochmal zeigen, wie sie damals ohnmächtig geworden ist im Gerichtsaal«, tönte Sophie. Und wie schade es sei, daß sie damals nicht selbst im Prozeß gewesen seien, Fernande, die große Tänzerin, die begnadete Sängerin, die wunderschöne Figur, der große Stil, die schönen Cabarets, leider seien sie ja zu alt, um dorthin zu gehen, aber wenn Fernande wieder da sei, dann würden sie sich nochmal aufraffen.

Also war es ein Scherz gewesen, und er war darauf reingefallen, dachte Block. Wenn die beiden Damen schon nicht wußten, daß die Geliebte Landrus wieder in Paris war.

Block wollte mit seiner zweiten Frage etwas warten, weil die beiden sich immer noch an der Vorstellung entzückten, sie könnten Fernande wiedersehen. Was verband sie nur mit dieser Person, die Block während des Prozesses eher als eine viel zu dick auftragende Komödiantin kennengelernt hatte. Vielleicht war es der Kontakt zur großen Halbwelt, zur Galanterie der vornehmen Prostitution, verrucht und nobel zugleich. Vielleicht waren es die Kunden, die Fernande von Zeit zu Zeit in diesen zweitklassigen Laden geschickt hatte, dessen Modeschmuck ausreichte, um die trunkenen Freier zu betören. Fernande, wenn sie nur schon hier wäre, Marie hatte ihr Schimpfen mit Block längst vergessen, ihr Interesse galt einer ehrenwerteren Person.

Paul Block sah aus dem Schaufenster auf die Straße. An dem Eisenzaun des kleinen Parks lehnte ein Mann, der angestrengt in den Juwelierladen blickte. Seine dünnen Haare hatte er geschickt über die Glatze gekämmt.

»Haben Sie denn Fernande schon gesprochen? Sehen Sie unsere Kleine? Dann sagen Sie ihr, daß wir auf sie warten.« Marie bat ihn um einen Gefallen.

Block erzählte ihnen, daß er diesen Anruf bekommen habe und selbst nicht wisse, was er davon halten solle, schließlich habe er geglaubt, daß sie beide als erste erfahren müßten, wenn Fernande wieder in Paris sei. Marie »übersetzte« die Mitteilung Blocks in voller Lautstärke für ihre Schwester. »Wir hätten es gehört«, gab Sophie zurück.

»Wußten Sie, daß Landru bei der Sûreté war?« fragte Block, der Marie dabei ansah.

Sie verneinte seine Frage, gab sie aber lautstark weiter.

»Ja«, antwortete Sophie, »ich erinnere mich, er hat Fernande ein paarmal allein gelassen, sogar einmal Weihnachten und hat ihr gesagt, daß er zu seinen Kameraden bei der Sûreté ginge. Da ist sie zu uns gekommen, und wir mußten sie trösten.« Sophie nickte. Ihr Gesicht war voller Mitleid.

Marie wiederholte die Sätze ihrer Schwester, als habe Block sie nicht verstehen können.

»Wenn Sie etwas von Fernande erfahren, bitte, hier ist meine Nummer und hier ist etwas Geld, damit sie mich anrufen können.«

Die beiden Damen bedankten sich und wünschten ihm alles Gute.

»Und schicken Sie die Fotografen, Monsieur«, Marie hatte es wohl doch nicht vergessen.

Paul Block verließ den Laden in Richtung Sacré-Cœur. Er überquerte die Straße.

Die weiße Kirche war schon von der Sonne beschienen. Langsam stieg er die breiten Stufen hinauf. Die große Zwiebel, hatte er die Kirche genannt, als er sie vor Jahren zum ersten Mal sah. Eine Operettenkirche aus Schlagsahne, Pappmaché.

Block spürte, wie sein Puls schneller ging.

Vor dem letzten Treppenabsatz machte er halt. Wieso hatte niemand erfahren, daß Landru für den Geheimdienst arbeitete. Das konnte doch nicht allen entgangen sein. Sicher, es war auch eine gute Tarnung. Wenn er das sagte, dann fragte niemand nach, weil jeder Angst hatte.

Er stieg die Marmortreppen hoch, freute sich auf den weiten Blick über die Stadt.

Die Türen wurden weit geöffnet, eine Gruppe von Mönchen verließ eilig Sacré-Cœur. Sie trippelten im Gleichschritt. War Andrea eigentlich jemals hier oben gewesen?

Er drehte sich um, sah die Place Pigalle mit ihren Vergnügungslokalen, erst sündigen, dann büßen. Das Herz Jesu, dem die Sühnekirche geweiht wurde, nach der Niederlage gegen die Deutschen 1871, ohne Blutflecken in Weiß.

Dann sah er, daß der Mann mit den dünnen Haaren ebenfalls die Treppen zur Kirche anstieg. Wie ein Büßer sieht er nicht aus, dachte Block.

Paul Block fertigte eine Liste der Dinge, die er zu seiner notwendigen Habe rechnete. Zwei Koffer Kleidung mußten genügen. Die Schreibmaschine würde er mitnehmen. Ein großes Paket Bücher mußte deponiert werden, vielleicht auch der Sekretär, an dem sein Tagebuch entstanden war. Er hatte die Wohnung auf Hochglanz gebracht. Die Käufer wollten gegen 3 Uhr am Nachmittag erscheinen. Er hoffte, einen guten Preis zu erzielen.

Rosenfelder hatte ihn davon überzeugen wollen, daß es besser sei, die Wohnung zu behalten. Schließlich würde er ja nicht für immer nach Spanien gehen. Aber Block ließ sich nicht mehr umstimmen. So eine Wohnung behindert nur, hatte er gesagt und dabei einen Teil seiner Pläne verschwiegen. Seitdem er wußte, daß das Alzamiento nacional unter Francisco Franco und Primo de Rivera sich anschickte, die spanische Volksfrontregierung zu stürzen, war für Block eine Entscheidung gefallen: wenn die Hitler-Legion Franco unterstützte, dann wollte er mit seinen Genossen in internationalen Brigaden kämpfen. Dazu brauchte man keine Wohnung in Paris, kein Bett und keine Sessel.

Paul Block sah sich mehr in Schreibstuben sitzen, telegrafische Berichte verfassen, als tatsächlich mit der Waffe kämpfen, aber er wollte sich anlernen lassen.

Gegen Abend waren die Franzosen erschienen, die begeistert durch die Wohnung gingen, um dann einen Preis zu bieten, der Block enttäuschte. Sie gerieten ins Handeln, eine Fähigkeit, die Block nur unvollständig beherrschte.

Er erreichte, daß er die Wohnung erst dann verlassen mußte, wenn er nach Spanien ging. Zugleich waren die Möbel nicht im Preis inbegriffen, so daß er sich keine Gedanken über ihren Verbleib machen mußte. Später, als das ältere Männerpaar gegangen war, fiel ihm auf, daß es nicht so einfach sein würde, die Möbel nach der Rückkehr aus Spanien zu erhalten. Sie würden einen schriftlichen Vertrag brauchen.

Hotel Esperia, 4. August 36

Das Reich läßt mich nicht los. Heute einen Kommentar geschrieben, wie der Hinkefuß und sein Führer mit dem Glanz der Olympischen Spiele die Welt täuschen wollen. Die Kameras sind dabei. Diese Sätze kamen über den Äther:

> »Dunkle Wolken ziehen über Europa dahin. In
> banger Erwartung leben Millionen. Spannungen
> ungeheurer Umwälzungen entladen ihre Kräfte. Aber
> wie eine Insel des Friedens schwimmt Deutschland in
> dem Meere der Nationen. Das deutsche Volk hat
> unter seinem Führer zu sich selbst zurückgefunden
> und schreitet fest und sicher durch den Strudel der Zeit.

Da brechen aus dem grauen Gewölk helle Lichtstrahlen hervor und vereinigen sich zu einem traumhaften Wunder. Auf der Insel des Friedens entfaltet sich das Sportfest »Olympia« in wunderbarem Schein. Unerforschlich und seltsam ist die Fügung des Schicksals, die die Olympiade nach Deutschland weist. Kein Land der Erde war würdiger, das heilige Fest der Jugend zu feiern, als Deutschland in der festgesetzten Stunde.«

Welch ein Hohn: während die deutschen Condore in Spanien Tod bringen, während wilde Rüstung im Gange ist und Wälle befestigt werden, während aufgeregt mit dem Säbel gerasselt wird — ein Fest des Friedens. Seht her, wir lieben die Völker. Dies ist mein letzter Eintrag. In Spanien beginne ich ein neues Buch. Hoffentlich ein freudigeres Buch. No pasarán — heißt mein neuer Schlachtruf.

Henryks Zimmer hatte kahle Wände, am Fenster eine vertrocknete Blume, auf dem Boden ein paar alte Zeitungen. Das Bett in der Ecke war frisch bezogen. Für diese Nacht sollte es Block gehören. Wie ein einzelnes Zeichen von Wohnkultur stand der Sekretär aus der Rue de Seine mitten im Raum. Henryk machte Pläne, wohin er ihn am besten stellen konnte.

»Hast du all die Jahre so gewohnt?« fragte Block.

»Nein, das ist das komfortabelste Zimmer, ich bin vor vier Monaten hierher gezogen.« Henryk schob den dunkelbraunen Schrank neben das Bett. Block half ihm dabei. Er konnte sich vorstellen, wie sein Möbelstück in Kürze als Kleiderablage fungieren würde.

Henryk hatte ein paar Flaschen Rotwein mitgebracht, ein Abschied im kleinen Kreis. Krystyna wollte sich später auch noch einfinden.

»Kann man denn so leben?« fragte Block, dem dieses traurige Zimmer schauerlich vorkam.

»Ich bin doch kaum zu Hause. Die Betten der Frauen sind meist bequemer.« Henryk öffnete die Tür zu einem kleinen

Raum, der zugleich Toilette, Waschraum und Küche war. »Hier koche ich meinen Kaffee.«

Henryk holte zwei Gläser aus dem Regal. »Mach die Flaschen auf, wir müssen uns ranhalten, wenn wir das alles leertrinken wollen.«

Die letzte Woche war vergangen, als ob die Tage nicht durch Nächte getrennt gewesen wären. Sie hatten ihn in der Redaktion ausgelacht, als er mit zwei Koffern in den spanischen Bürgerkrieg ziehen wollte. Er mußte einen Tornister finden. Die Schreibmaschine wird noch eine Belastung werden, hatte Koszyk gesagt. Die beiden Franzosen, die die Wohnung gekauft hatten, wollten den Vertrag über die Möbel nicht unterzeichnen, er hatte Henryk übertragen, die Unterschrift zu bekommen. Alle Freunde, die er in den letzten Jahren irgendwann gesprochen hatte, wollten ihn sehen. Er hatte das Gefühl nicht loswerden können, als sollte er für sie mitkämpfen. Am liebsten wäre er mit Gustav oder mit Bruno gefahren, oder Bodo, der hatte bereits militärische Erfahrung, aber als er endlich seine Sachen erledigt hatte, waren sie schon auf dem Wege. Lange hatten sie über die mörderische »Nichteinmischung« Frankreichs gesprochen, hatten Hilferufe geschrieben, daß die französische Volksfrontregierung die moralische Pflicht hätte, Spanien zu unterstützen. Aber Léon Blum vergoß nur ein paar Tränen. Gegen Hitler in Spanien kämpfen, das war Paul Blocks Entscheidung, und dann vielleicht nach Lissabon fahren, ein weißes Schiff nehmen. Er erlaubte sich diese Gedanken nicht mehr, obwohl es ihn mehr denn je reizte. »Ich habe eine Bitte an dich, Henryk. Ich habe den Sekretär abgeschlossen. Aus gutem Grund. Da liegen meine Tagebücher, meine Aufzeichnungen, du weißt schon, Landru und all der Kram. Ich möchte nicht, daß du darin herumstöberst.«

»Wie kommst du darauf, Paul?«

»Komm, du bist genauso neugierig wie ich. Bitte, sollte ich nicht wiederkommen, oder sollte ich fallen, warte bitte ein Jahr, ich weiß, daß das sehr schwer ist, aber für einen Freund sollte es nicht unmöglich sein. Dann kannst du damit machen, was du willst.«

Henryk schenkte Rotwein nach.

Er ging um den Sekretär herum.

Befühlte ihn.

Legte ein Ohr an die Tischlade: »Oh, darin rumort es, ganz leise Gerüchte.«

Er klopfte auf den Deckel.

Dann roch er: »Leichenteile, weiche Leichen, riecht gar nicht gut.«

Block sah ihn an: »Ich würde wirklich darum bitten.«

»Paul«, Henryk streckte ihm die Hand entgegen, »sobald du unter der Erde bist . . .«, er stockte, »Entschuldigung.«

Block nahm seine Hand. Er lachte.

24

Als er an diesem Morgen die fremde Wohnung verließ, den Tornister auf dem Rücken, als wolle er verspätet zur Schule gehen, es war gegen sieben, und er hatte kaum eine Stunde richtig geschlafen, nur mühsam konnte er sich waschen und anziehen, weil sein Kopf schaukelte, das Gehirn in Rotwein eingelegt, Krystyna drehte ihm ihr müdes Gesicht zu, bis nachher hatte sie gesagt, er brauchte dringend ein Café, sonst würde er den Weg bis zum Bahnhof nicht schaffen, würde unterwegs einschlafen im Gehen, er versuchte sich zu beeilen, weil er meinte, er könne den Zug verpassen, ich hätte besser Spanisch gelernt als mich mit diesem Frauenmörder abgegeben, die Vögel lärmten gegen seinen Kopf, pickten an die Hirnschale, weckten ihn mit harten Schlägen, am schlimmsten waren die wachen Menschen, die bereits in Geschäften unterwegs vorbeieilten, diese Wachheit der ersten Stunden, die er seit Jahren nicht mehr kannte, betrunken in den Krieg, das war sein müdes Resümee, als er das Café betrat und gleich drei Tassen schwarzen Express verlangte, die ihm der Kellner ohne zu fragen nebeneinander auf die silberne Theke stellte, was hatte dieser Morgen an sich, daß er ihm so schwierig erschien, die Nacht mit Krystyna oder was er dafür hielt war seiner Erinnerung nach ganz befriedigend gewesen, auch wenn sie ihm gleich zu verstehen gegeben hatte, daß sie sich ihren eigenen Orgasmus vorbehalten würde und er sich deswegen nicht anzustrengen brauche, das konnte es nicht sein, der Abschied ist schwer, dachte er, wie trivial, wie langweilig, der Kopf ist ebenso schwer, der Schlaf war kurz, der erste Express tat seine Wirkung, er ließ sich die Morgenzeitung geben und fühlte sich sicher, Widerstandsaktionen bei den Olympischen Spielen, neben die Regattastrecke hatten sie mit Gips den Satz ins Gras gelegt: Hitler bedeutet Krieg, und tags drauf hatte es geregnet, und der Gips war fest geworden, so mußte die Ruderregatta einen halben Tag verschoben werden, bis die Ordnungskräfte die Schmähworte weggeschafft hatten, er erinnerte sich an seinen Kommentar zum schlechten Essen in der Villa Landrus, vielleicht werde ich ihn sehen, nach dem Krieg, Buenos Aires, was für ein Plan, würde ihn gerne kennenlernen, ein Mann spielt ein Spiel, es wird mit ihm gespielt, für seine Verhältnisse gewinnt er die Partie, kommt davon in einem weißen Schiff, vielleicht fahre ich auch in einem weißen Schiff, die Nachrichten aus Spanien machten klar, daß Hitler Kriegsgerät ausprobieren wollte, was ist ein Manöver, in dem Waffen erprobt werden, gegen einen richtigen Einsatz im Krieg, er trank den dritten Express, der bereits kalt war, legte die Münzen auf die Theke, vorsichtig drehte er den Kopf, aber der Rotwein schwappte immer noch zurück, im Zug schlafen, ich kann ja im Zug schlafen, er mußte drei Straßen gehen, um bis zur Métro zu kommen, das war seine Strecke, das muß ich schaffen, ob Rosenfelder froh ist, daß er mich nach Spanien schicken konnte, der hat mir nie vergessen, daß ich eigene Wege gegangen bin, das konnte er nicht vertragen, dieser Rosenfelder ist kein schlechter Chef gewesen, auf jeden Fall besser als meine früheren Chefs, er dachte an den Redaktionsleiter in Berlin, an sein Getue um jeden Satz, an seine Kommafuchserei, sein Rechthaben in grammatikalischen Fragen, das meist nur der Ausdruck für Konkurrenzprobleme war, wer kann denn besser schreiben, der Chef oder ich, dabei saß er mit seinem dicken Arsch fest in der Redaktion und bewegte sich nur unter Aufbietung größter Anstrengungen, und wehe, wenn er etwas zensierte, da war Rosenfelder doch anders, ich hätte ihm das sagen müssen, hätte mich bedanken müssen, ich werde ihm schreiben, gleich bei meiner ersten Reportage ein paar persönliche Worte, wie lang ist diese Straße, die Geschäfte waren verschlossen, nur die Bäckereien dufteten, er bekam Hunger, wann hab ich eigentlich das letzte Mal gegessen, der Reiseproviant, er hatte zwar einen Tornister auf dem Rücken, die Schreibmaschine in der rechten Hand, aber nichts zu essen, und im Zug wird es bestimmt nichts zu essen geben, er kaufte ein ganzes Brot und für den schnellen Hunger fünf Croissants, verspeiste sie im Gehen, gewohnt in der Übung, sich keine Zeit fürs Essen zu nehmen, der Landgraf hatte gesagt, als Journalist muß man essen und fragen können, und nicht mit vollem Mund sprechen und Fragen stellen, wie einfach war das, ich frage dich aus, er bog in die Rue Falguière ein, die hohen Häuser ließen kaum Sonnenstrahlen durch, er dachte an Henryk und Koszyk, die beiden Freunde, die seine Reportagen verarbeiten würden, wieso waren sie nicht mitgekommen, wieso ich, Henryk war jünger, der würde auch besser kämpfen können, oder der Neue, der auch schon fast ein Jahr dabei war, mit dem hatte er sich nicht anfreunden können, da hatte ihm Landru keine Zeit zu gelassen, was wird er wohl machen in Argentinien, er muß in der besten Gesellschaft eingeführt sein, sonst wäre er nicht auf einem Empfang gewesen mit dem Polizeichef von Buenos Aires, sonst würde er nicht selbstverständlich am Tisch der Reichen sitzen, ein feiner Mann aus Paris, aus der alten Kulturwelt, oft hatte er von der Bewunderung Lateinamerikas für Europa gehört, Landru mittendrin, ein Mann mit Tischmanieren, gepflegte Gespräche, vielleicht immer noch im Dienst der Sûreté in einer Außenstelle, liefert Informationen und bekommt Geld, wer ist wer in der französischen Kolonie in Buenos Aires, wie laufen die Geschäfte, wie stehen Frankreichs Interessen, zurückgekehrt zu seiner alten Profession, natürlich hat man ihn nicht laufenlassen, damit er sich ein schönes Leben macht, er muß für seine Pension arbeiten, der Kopf noch oben und noch zu gebrauchen, er wußte sich zu verkaufen, die hohen Platanen mit ihren breiten Blättern, das feste Grün, er blieb stehen, fühlte seinen Pulsschlag, sein Kopf hämmerte als würde ein Specht von innen gegen die Gehirnschale schlagen, er mußte die Schreibmaschine für einen Moment absetzen, wird komisch aussehen, wenn ich an der Front stehe, mit dieser Schreibmaschine, vielleicht kann ich ein paar Kugeln damit abfangen oder sie mutig dem Feind entgegenschleudern, wenn's an den Rückzug geht, er hatte gehört, daß die Gefangenen der internationalen Brigaden von Francos Söldnern mit besonderer Behandlung empfangen werden, nicht gleich töten sondern erst foltern, er wußte, daß er nicht der Typ war, der sich opfern würde, du bist kein Märtyrer, er sah eine schwarze Citroen-Limousine, die in Richtung Montparnasse fuhr, er winkte, vielleicht konnte man ihn ein Stück mitnehmen, der Fußmarsch hatte ihn ermüdet, aber der Wagen hielt nicht an, weiter, er nahm die Schreibmaschine in die andere Hand, Rue Vaugirard, es konnte nicht länger als eine Viertelstunde sein, hätte ich doch nicht so viel getrunken als würde es nie wieder etwas zu trinken geben, Henryk war verrückt gewesen, als er die acht Flaschen Roten anschleppte, Krystyna hatte kaum etwas getrunken, wenn die Deutschen Flugzeuge einsetzten, dann konnte sich die Volksfront ausrechnen, wann sie kapitulieren mußte, ein ungleicher Kampf, wenn doch wenigstens die Franzosen von ihrer »Nichteinmischung« abrückten, da halfen auch die Freiwilligen nichts, wir kämpfen aus Solidarität und mit schlechten Waffen, die kämpfen für Sold und mit modernem Kriegsgerät, vielleicht ist es falsch nach Spanien zu fahren, dachte er, vielleicht ist es falsch von dort berichten zu wollen, ich muß mir klar sein, daß ich kämpfen muß, daß ich eine Pistole in die Hand nehme, ein Gewehr, daß ich meine Schreibmaschine vergessen kann, vielleicht ist es falsch, aber er hielt nicht an, sondern ging weiter in Richtung Montparnasse, die Métro, er sah bereits das große M, die schwarzverschnörkelten Geländer, der Strom der Menschen, die sich die Treppen hinunter drängelten, wollen die alle nach Spanien, was ist das für ein Morgen, wenn man nicht mal klar im Kopf ist und trotzdem sich aufmacht, um in einen Krieg zu ziehen, in einen Krieg gegen das eigene Land, gegen das Reich, gegen die Faschisten, die sich in einem fremden Land breitmachen wollen, vielleicht stehe ich deutschen Faschisten gegenüber, ich werde meinen Freund Mühsam rächen, und wenn es nur deswegen ist, nur wegen Erich, und die vielen anderen, die hinter Gittern sitzen oder bereits umgebracht worden sind, wenn es für die ist, dann weiß ich schon, warum ich fahre, auch wenn der deutsche Faschist, der mir da gegenübersteht, gar nichts damit zu tun hat, er dachte an Rache, so wie er daran dachte, ob er genug Kleingeld für die Métro hatte, die Treppe hinunter mußte er aufpassen, daß seine Schreibmaschine nicht jetzt schon im Gedränge verlorenging, er stieg in den wartenden Zug, er spürte seine Beine seine Arme seinen Kopf, wieviel wiegt so ein Gehirn, wenn es im Rotwein schwimmt, im Prozeß gegen Landru hatte ein Gutachter gesagt, ein Schädel ist wie eine Steinmauer mit Gips außen und Tapeten innen, den kann man nicht so ohne weiteres verbrennen, sie hatten Versuche gemacht, mit dem Ofen aus der Villa in Gambais, Versuche, menschliche Schädel zu verbrennen, die beflissenen Gutachter hatten sich aus der Anatomie Schädel kommen lassen, hatten es ganz genau studiert, es bleiben immer ein paar hundert Gramm Asche übrig, wenn man es schafft, die Feuerung für mehrere Stunden aufrechtzuerhalten, die Métro ruckte an, er hatte von Freunden gehört, die mit Kampfgeheul nach Spanien gezogen waren, mit dieser Hurrastimmung, immer noch das »Es-ist-schön-für-die-Ideale-zu-sterben« im Kopf wie beim Ausbruch der Krieges 1914, mit Blumen im Arm und Frauen, die ihre Helden verabschiedeten, Genossen, die glaubten, wenn man nur auf der richtigen Seite kämpfte, dann wäre auch der Glanz in den Augen gerechtfertigt, die glänzenden Waffen, er wollte sie nicht tadeln, wenn sie diese Begeisterung hatten, er hatte sie nicht, er wollte seine Pflicht tun, wollte den spanischen Genossen beistehen, würde nicht jammern, wenn dabei ein Arm verlorenging, aber sich an der Spitze des Zuges ins Getümmel stürzen, das würde er nicht tun, während der Métrozug durch den Tunnel raste, wurde sein Kopf klarer, die Bewegung machte ihn denken, er hatte eine Linie gezogen, einen Punkt gefunden, der für ihn wichtig war, die alte Frau gegenüber lächelte ihm zu, zeigte ihr zahnloses Maul, ihre verschrumpelte Haut warf dicke Falten im Gesicht, ob er auch nach Spanien wolle, ihr Sohn sei schon unterwegs, man müsse diese braunen Schweine abstechen, ihr Mann sei schon zu alt dafür, aber den Jungen, den hätten sie geschickt, die Métro hielt, die alte Frau stand auf und wünschte ihm, daß er viele Faschisten zur Strecke bringen möge, er hatte nichts erwidert, wollte sich nicht verraten, was hätte sie von ihm gedacht, wenn sie erfahren hätte, daß er Deutscher war, er hatte schon wieder Hunger, wollte aber das Brot nicht anbrechen, vielleicht kann ich an der Gare eine Flasche Wasser kaufen, der Zug fuhr kurz nach neun, Andrea wird mich verpassen, wenn sie heute ankommt, es wird der falsche Bahnhof sein, ihre Briefe, die in größer werdenden Abständen eintrafen, hatten immer wieder Hinweise auf ihre Ankunft enthalten, aber gekommen war sie nicht, die große Ankündigerin, ich komme, ich komme, ich komme nicht, wie oft hatte sie das in diesen drei Jahren geschrieben, sie wird auf Max stoßen, wenn sie nur lange genug sucht, Max, der mit Marion und Regine allabendlich auf der Bühne steht, der immer noch davon spricht, daß er in den nächsten Tagen nach London weiterfahren muß, aber ein fester Bestandteil des Programms ist, was für ein Morgen, an dem man an Freunde und Feinde denkt, nur weil man in einen Krieg zieht, einen Krieg in einem fremden Land, der einen eigentlich nichts angeht, aber gehen Kriege überhaupt jemand etwas an, so kannst du nicht fragen, so wird es keine Antwort geben, schon gar nicht an so einem Morgen, er mußte aussteigen, zu seiner großen Freude sah er andere Männer mit Tornistern, die fahren nach Spanien, die fahren wie ich, er wollte sie ansprechen, wenn er sich etwas zu trinken besorgt hatte, in einer halben Stunde ging der Zug, Gare d'Austerlitz, der Weg nach Süden, hier fuhr auch der Zug ab, der ihn nach Lissabon gebracht hätte, um dort das weiße Schiff zu nehmen, mit dem er nach Buenos Aires fahren konnte, das weiße Schiff, auf dem Landru gefahren war, er entschloß sich das Gesicht von Landru zu vergessen, Argentinien war weit weg, so sehr es ihn lockte, verlockte, überkam, er würde diese Geschichte seinen Genossen in den internationalen Brigaden verschweigen, was ging es sie an, warum soll ich das erzählen, vielleicht als Belustigung, als abendliche Vorstellung nach dem Kampf, interessant genug war die Geschichte, zum Erzählen reichte sie allemal, er stand in der großen Bahnhofshalle, fand den Quai, auf dem der Zug wartete, ich werde stehen müssen, dachte er, als er sah, wie viele Fenster belegt waren, aber warum nicht stehen, wenn man schon in den Krieg fährt, muß ich denn sitzen bis zur letzten Minute, er kaufte sich die »Humanité«, als brauchte er einen Ausweis, der kleine Laden vor dem Bahnhof verkaufte nur Wein, Wasser gibt es nicht, sagte der blonde Verkäufer, er kaufte zwei Flaschen Weißen, und ein paar süße Stückchen, die er gierig verschlang, der Bahnhof war voller Menschen, sie schoben und drängten in alle Richtungen, gleich den Zügen, die sie auseinanderführen sollten, den ersten Stich fühlte er ganz genau, er saß rechts hinten unter den Rippen, er drehte sich um, sah ein flaches Gesicht, schwarzes Bärtchen, eine runde Nase, der zweite Stich, während er gehalten wurde, war ein wilder Schmerz im ganzen Körper, er riß die Augen auf, die Arme sackten, er sackte zusammen, lautlos, kein Schrei, spürte, wie Hände nach ihm griffen, den Tornister vom Rücken, der Schmerz.

Nachwort

Paul Block hat es so nie gegeben. Aber seine Berichte im »Berliner Tageblatt« über den Landru-Prozeß sind authentisch. Geschrieben von »unserem Korrespondenten« aus Paris.

Den Clown Grock hat es so gegeben. In seiner letzten Biografie beschreibt er ausführlich, wie er im September 1926 bei einem Festbankett den angeblichen Mörder Landru gesehen hat. Der Polizeichef von Buenos Aires hat ihm dazu eine erstaunliche Geschichte erzählt: Landru lebe mit französischer Staatspension in Argentinien, mit der Auflage, nicht mehr nach Frankreich zurückzukehren. Die Morde seien erfunden (immerhin elf an der Zahl), um die Öffentlichkeit von Handlungen der französischen Regierung abzulenken. Anstelle Landrus sei ein anderer Mann guillotiniert worden. Grock schreibt, daß er sein Versprechen gehalten habe, über diese Geschichte zu schweigen. Wie sein in Genf lebender Partner Max van Embden bestätigt, hat Grock die Entdeckung in Buenos Aires im kleinen Kreis häufiger zum besten gegeben. Den Film von Chaplin, »Monsieur Verdoux«, der nach Akten des Falles entstanden ist, hielt Grock für reine Fiktion. Jedoch hat der Clown Grock den Journalisten Block nie getroffen.

Der Roman spielt mit historischen Figuren, fügt Dokumente ein (wie das Polizei-Protokoll vom 14. April 1919 oder den Auszug aus dem Nachrichten-Magazin INPRESS vom 5. November 1935), konstruiert Zusammenhänge im widersprüchlichen Fall des Henri-Désiré Landru. So unscheinbar und unwahrscheinlich diese Konstruktion sein mag, sie enthält etwas von dem, was wir heute mit dem geläufigen Wort »Informationspolitik« bezeichnen. Fast unbemerkt für die Öffentlichkeit vollzieht sich die Herausbildung einer Medien-Realität, in die Interessierte ihre Darstellung von Wirklichkeit einfügen können. Wie weit diese Steuerung durch Medien gehen kann, zeigt unsere jüngere Geschichte. Der systematische Aufbau einer Ablenkungsmaschine im Faschismus ist die konsequente Nutzung der Kommunikationsapparate. Landru und seine Behandlung in den Medien kann ein Modell sein. Es mag alles Zufall genannt werden, was in diesem Roman ausgebreitet wird, aber es ist genauso möglich, daß nichts zufällig war.

JÜRGEN ALBERTS

Verlagsgemeinschaft Ernst Klett Verlag –
J. G. Cotta'sche Buchhandlung

Printed in Germany
Schutzumschlag: Klett-Cotta-Design
Gesetzt von Hans Janß, Pfungstadt,
aus der 10/12 Punkt Baskerville,
auf holzfreiem Werkdruckpapier
bei Wilhelm Röck, Weinsberg, gedruckt, wo auch
die buchbinderische Verarbeitung erfolgte
Zweite Auflage, 1987
CIP-Kurztitelaufnahme der Deutschen Bibliothek

Alberts, Jürgen:
Landru : Roman / Jürgen Alberts. –
2. Aufl. – Stuttgart : Klett-Cotta, 1987.
ISBN 3-608-95467-8